KB201010

회비 좀 보내주세요

고교동창 열혈총무의 회비 걷는 법

회비 좀 보내주세요

장흥만 지음

| 서 문 |

안녕하세요? 저는 1977년에 서울 대신고등학교를 26회로 졸업했습니다. 나이 50이 다 돼서 고등학교 동창회 모임에 참석하고 친구들을 만났는데 어느 날 총무를 하라고 해서 엉겁결에 임명이 되었습니다.

총무가 회비를 걷어야 하는데, 그냥 돈 보내라고 하기 미안해서 친구들과 나눌 수 있는 몇 가지 글을 써가며 회비 독촉을 했습니다. 이런 글들이 몇 번 반복되다 보니 친구들도 재미있다고 하고 저도 생활의 일부가 돼서 어느 순간 주제를 찾아 헤매게 되었습니다.

저는 친구들에게 문자로 글을 보냈는데 공교롭게도 온라인 문자는 천 자(1,000자)까지만 작성해서 보낼 수 있었습니다. 그래서 무슨 내용이든 이를 넘지 않도록 작성해야 했고 결과적으로 모든 문자는 '한글 천자문'이 되었습니다.

글이 계속되니 이 책을 낼 때 즈음에는 160건을 넘겼으며 이 정도의 양이면 책으로 한 권 만들어 봐야겠다는 생각이 들었고 나름대로 출판사를 섭외하게 되었습니다. 감히 만용이 아니었기를 바랍니다.

이 책은 복장으로 치면 정장이 아닌 평상복이며 자유복입니다. 다소 세속적인 표현도 마다하지 않았고, 좀 격한 나무람도 담겨있습니다. 문학적 소양이 부족한 관계로, 세련된 문장으로 감동을 끌어내는 것은 엄두도 낼 수 없었지만, 생활에 얽힌 뉴스나 르포 같은 온갖 장르의 글로 그저 작은 공감을 목표로 썼습니다. 어떤 날은 순수한 제 생각을 적었고 또 어떤 날은 온전히 다른 사람의 책에 쓰인 내용을 소개하기도 했습니다. 어떤 글은 다소 기교적이기도 하고 어떤 글은 아주 직설적이고 해서 주제나 표현방법 등에서 일관성이 없습니다.

그럼에도 불구하고 인생 좀 산 노인의 5년여에 걸친 직관과 사유에 의한 좌충우돌이 누군가에게 생각 좀 할 빌미를 준다면, 그리고 몇 군데라도 맞장구를 쳐준다면 이 책이 결실로 완성되는 계기가 될 것입니다.

서문이든 말문이든 역시 1,000자 정도로 줄입니다.

2024. 9. 30.
마곡동 사무실에서
글쓴이 장흥만

목차

004 서문

013 인생은 전쟁터 2019.5.1.

015 남은 5만 시간 2019.5.15.

017 골프 얘기 2019.8.1.

020 60대는 황혼이 아닙니다 2019.9.11.

022 신중년과 낀세대 2020.1.6.

024 코로나 2020.2.3.

026 희생은 있지만 멸망은 없다 2020.2.27.

028 코로나가 준 교훈 2020.3.26.

030 허무하게 지나가는 봄 2020.4.24.

032 부머 리무버 2020.5.25.

034 어디든 익숙해짐 2020.6.29.

035 언택트 사회의 정의 2020.7.23.

037 얼른 씻어! 2020.8.22.

039 홈 루덴스 2020.9.26.

041 챙겨야 할 것들 2020.11.4.

043 지루한 일상 2020.11.26.

045 접종 갈등 2020.12.17.

047 시련이 나를 더 강하게 2021.1.11.

049 잃어버린 지갑 2021.3.1
051 내가 손해 볼게 2021.3.22.
053 외로움 2021.4.1.
055 엘리트보다는 포퓰리스트 2021.4.29.
057 8090과 386 2021.5.10.
059 접종 2021.6.14.
061 할아버지의 회고록 2021.6.24.
064 비상식 2021.7.12.
066 워라밸 2021.7.31.
068 2등을 응원함 2021.8.12.
070 아프가니스탄의 정의 2021.8.30.
072 60대의 몸캠 2021.9.16.
074 언론의 모습 2021.10.14.
076 대장동 자본주의 2021.11.1.
078 국뽕 2021.11.22.
080 묘비명 2021.12.6.
082 불평등 2021.12.25.
083 선거구경 2022.1.13.
085 탈레반 포고령 2022.1.22.
088 말이란 것이 2022.2.22.
090 악의 존재는 신의 섭리 2022.3.7.
092 확진 2022.3.14.
094 서울대 출신 2022.3.21.
096 통계 숫자 2022.4.1.
098 능력주의와 격차 2022.4.11.

105 검수완박 2022.4.27.
107 국민투표 2022.5.2.
109 보이스피싱 2022.5.20.
113 국민에게서 총을 뺏으면 안된다 2022.6.8.
115 기술이 도착하는 곳 2022.6.24.
117 리버스 멘토링, 멘토링의 끝 2022.7.18.
119 이혼, 결합 2022.8.16.
121 가뭄, 홍수나 막아봐 2022.8.25.
123 사람의 자식 1 2022.9.13.
125 서구의 세계관 2022.9.26.
127 쓰레기통 2022.10.12.
129 키이우 서정 2022.10.24.
131 이태원 원가 2022.11.10.
132 항룡유회 2022.11.16.
134 한글 박대 2022.11.28.
136 한글 자해 2022.12.1.
138 로봇이 오면 2022.12.5.
140 쿠바에서 있었던 일 2022.12.13.
150 이마 위의 신호등 2022.12.20.
152 빌라왕 1 2022.12.23.
154 빌라왕 2 2022.12.26.
156 빌라왕 3 2022.12.28.
159 새해 인사 2023.1.4.
161 연필이 다 닳았습니다 2023.1.10.
163 표준화와 차별화 2023.1.20.

165 야누스의 얼굴 오피스텔 2023.1.27.
168 몬태나주의 대형 풍선 2023.2.4.
170 노인 통계 2023.2.13.
172 전화 좀 받아주세요 2023.2.20.
174 루이비통닭 2023.2.27.
176 뱅크런 2023.3.14.
178 사진 이야기 2023.3.16.
180 복권 이야기 2023.3.21.
182 오른쪽으로 서시오 2023.3.28.
184 뉴스 촌평 2023.3.31.
186 샤머니즘의 부활 2023.4.5.
188 지하철 잔혹사 1 2023.4.15.
191 김병주, 카네기 2023.4.18.
193 지하철 잔혹사 2 2023.4.20.
195 소설믹스 2023.4.24.
197 아울렛 2023.4.25.
199 주 5일 근무제 2023.5.1.
201 간판 바꾸기 2023.5.4.
204 광화문 월대 2023.5.8.
206 고래 싸움에 2023.5.17.
208 호사다마 2023.5.30.
209 이름 짓기 1 2023.5.31.
211 자네 입으로는 아니야 2023.6.7.
213 스티브 잡스 2023.6.12.
215 타이타닉, 타이탄 2023.6.22.

218 구인광고 2023.6.30.
220 밥 좀 주세요 2023.7.8.
222 비 오는 아침 2023.7.15.
224 과일 특공대 2023.8.1.
226 신용평가와 미인대회 2023.8.7.
228 잼버리 2023.8.12.
230 뇌물과 선물 2023.8.21.
232 운전 교육 2023.8.31.
234 석유 이야기 1 2023.9.8.
236 지진 2023.9.13.
238 석유 이야기 2 2023.9.18.
240 노란 버스 2023.9.20.
242 내 아이는 왕의 DNA를 가졌다 2023.9.27.
244 최○황 칼럼 2023.10.4.
246 하마스, 이스라엘 2023.10.7.
248 메이드 인 차이나 2023.10.23.
250 황색언론 2023.11.3.
252 정부24 2023.11.9.
254 소변 대신 방사능? 2023.11.17.
256 사람의 자식 2 2023.11.21.
258 돈 복무 2023.11.29.
260 마피아 1 2023.12.15.
262 마피아 2 2023.12.15.
264 청첩 2023.12.26.
266 밤비노의 저주 2023.12.29.

268 히스패닉 아니면 흑인 2024.1.4.
270 선거철까지만 기다려 2024.1.13.
272 북한음식점 2024.1.24.
274 인력사무소 2024.1.27.
276 공공의 적 전세제도 2024.2.5.
278 출산정책 2024.2.8.
281 선거 2024.2.14.
283 종교 갖는 법 2024.2.26.
285 밥그릇 문제 1 2024.2.28.
287 밥그릇 문제 2 2024.2.29.
289 판다 유감 2024.3.6.
291 프로님 2024.3.19.
293 노키즈존 2024.4.1.
295 차별과 편견 2024.4.8.
298 비상경영 2024.4.19.
300 급발진 2024.4.26.
302 이름 짓기 2 2024.5.2.
304 우회전 유감 2024.5.8.
306 남녀상열지사 2024.5.10.
308 화엄사 홍매화 2024.5.22.
309 자동 폐기 2024.5.30.
311 페미니즘 2024.6.1.
314 6·25전쟁 1 2024.6.11.
316 6·25전쟁 2 2024.6.12.
318 6·25전쟁 3 2024.6.13.

320 6·25전쟁 4 2024.6.14.
322 명품의 두 얼굴 2024.6.18.
325 한자 이야기 2024.6.24.
327 백두산 여행기 2024.7.9.
329 말도 마, 헷갈려 2024.7.11.
331 대통령 욕하기 2024.7.19.
333 여우와 포도 2024.7.23.
335 종이 침대 2024.7.27.
337 커피, 담배, 고무 2024.7.30.
339 고무 이야기 2024.7.31.
341 원자탄 1 2024.8.5.
343 원자탄 2 2024.8.6.
345 원자탄 3 2024.8.7.
347 금융실명제 2024.8.13.
349 광복절 단상 2024.8.15.
351 마케팅 이야기 2024.8.23.
353 딥페이크 2024.9.3.
356 전기차 2024.9.9.
359 닭도리탕 2024.9.13.
361 우리의 소원은 통일 2024.9.24.
363 한국은행 총재 2024.9.27.

366 말문

인생은 전쟁터

2019.5.1.

오월이 되었습니다. 숱한 메이퀸을 발굴해 낸 장미의 계절. 살아있는 모든 것들이 꽃망울처럼 싱그럽고, 달리는 말처럼 기운찬 시기. 바야흐로 온 천지에 물이 오르는 활력의 시기입니다. 그러나 올봄은 이렇게 따사롭고 활기찬 날씨에도 불구하고 많은 사람들이 먹고사는 걱정으로 원기를 느끼지 못한다고 합니다.

저도 월급쟁이 하던 시절에는 IMF도 별 고생 없이 넘겼는데, 은퇴하고 뭐 좀 한다고 자영업을 해보니 경기가 좀 더 피부에 닿는 듯합니다. 그런데 좀 긴 시간을 뒤돌아보니 우리에게 과연 호경기는 얼마나 되었던가 하는 생각이 드네요.

우리 경제가 지난 40~50년간 이만큼 성장했다는 주장이 맞는다면 분명 불경기보다는 호경기가 더 많았기 때문이라는 생각인데 왜 기억에는 불경기만 가득한지 모르겠어요. 아무래도 돈 벌 때는 소리 없이 미소 짓지만 어려울 때는 아우성치게 되어서 그런 것 같습니다.

며칠 전에 TV를 보니 유시민 씨가 "정치는 전쟁의 문명화된 형태다"라고 얘기하더군요. 어쨌든 정치는 전쟁이라는 말이지요. 그런데 경영하는 사람들은 시장이 전쟁터라고 하고, 선생님들 학생들은 입시가 전쟁이라 하고, 젊은이들은 또 취업이 전쟁이라 합니다. 그러니까 지나친 비약이 아니라고 받아들여 준다면 모든 사람들의 삶이 전쟁이라는 우울하고도 파괴적인 결론에 이르게 됩니다.

TV에 〈극한직업〉이라는 프로그램이 있지요. 이 프로그램이 여태 몇 년간 방영되는 걸 보면 '거의 모든 직업이 극한직업'이라는 결론에 이릅니다. 따라서 우리 친구들도 전쟁터에 있는 셈이고, 휴전도 종전도 냉전도 아닌 실전에 임하고 있는 거지요. (아니 그럼 지금 군인만 전쟁하지 않고 있는 건가요?)

말이 왜 이리 길어졌느냐면, 다들 전쟁이라고 해도 동창회를 전쟁이라고 하는 사람은 없다는 겁니다. 오히려 전쟁의 피로를 위로하고 마사지해 줄 안식처이자 휴양소라는 것이지요.

어서들 오세요. 빨리 가려면 혼자 가지만, 멀리 가려면 함께 가라고 했습니다. 남은 인생 80만 넘긴다고 해도 20년인데 서로 마주 보면 웃고, 뒤돌아서면 등 두드려주는 아름다운 저녁노을을 만들어 봅시다.

남은 5만 시간

2019.5.15.

노년이 길어지니까 친구들과의 '합석'도 자연스럽게 늘게 되는군요. 최근까지는 인생이 3단계였지요. 물정 모르고 자라면서 공부하는 시기, 일하며 자식 키우느라 달려가듯 보내는 시기, 은퇴하여 잠시 졸다가 "내 이럴 줄 알았다!" 하면서 영면하는 시기.

그러나 요즘은 인생을 사계절에 비유하는군요. 봄과 여름은 기존 1단계, 2단계와 같은데 60세쯤 은퇴해서는 원하든 원치 않든 뭔가 활동을 해야 하는 '가을'이 생긴 거지요. 이게 한 이십 년 정도 걸리는 시간이니 자연이나 인생의 섭리에 기댈 게 아니고 뭔가 인생 매니지먼트가 필요한 시기라는 겁니다.

이십 년이면 175,200시간이고 이 중에 하루 8시간씩만 잡아도 58,400시간이네요. 왜 이런 계산을 하느냐면, 말콤 글래드웰*이라는 사람이 쓴 무슨 책에서 일만 시간의 법칙이라는 게 나오는데 사람이 뭘 해서 전문가가 되려면 일만 시간의 수련이 필요하다는 거지요. 그렇다면 60세 이후에도 80세까지 살면서 최소한 5개의 전문분야를 확보할

* 말콤 글래드웰(Malcolm Gladwell)은 영국 출신으로 캐나다에서 공부했고 1996년부터 워싱턴포스트 뉴욕지부장을 했다고 합니다. 2009년에 집필한 아웃라이어(OUTLIERS)라는 책에서 1만 시간의 법칙(The 10,000 Hours Rule)이라는 것을 대중에게 알려 호응을 받았습니다.

수 있다는 얘기가 됩니다.

지금까지 이렇게 주절거린 이유인즉, 우리가 60세 넘어서 전문분야 5개까지 갖고 살 필요는 없으니 한 가지 전문가 몫은 친구들에게 투자하는 것이 어떨까요? 즐거운 수련이 되지 않을까요?

골프 얘기

2019.8.1.

오늘은 골프 얘기를 좀 하고자 합니다. 속설에 "누워서 하는 것 중에 가장 재미있는 건 섹스요, 앉아서 하는 것 중에는 마작이고, 서서 하는 것 중에서는 골프가 최고다."*라는 말이 있지요. 저는 개인적으로 이 말에 동의합니다. 한 가지는 못 해봤으니 그렇다 치고요.

골프는 스포츠와 오락이, 기술과 힘이 교묘하게 어우러져 참으로 매력적인 운동입니다. 한 홀마다 승부가 이루어져서 18홀 동안 긴장을 풀지 못하는 한편, 각각 다른 레이아웃의 코스에서 경기가 진행되는 다양함도 재미를 더합니다. 18홀이 다 다르고 또 다른 골프장에 가면 전혀 다른 풀밭이 펼쳐집니다. 뛰지 않고 걸어서 경기를 하니 부드럽고 원만하며 스스로 타수를 카운트하니 신사다운 운동입니다. 더구나 우리 같은 초로의 플레이어도 20대를 제압할 수 있는 스포츠입니다.

그런데 우리나라 골프의 치명적인 약점은 비용입니다. 세상에 한 번 나가서 2~30만 원을 써야 하니 어느 서민이 쉽게 감당할 수 있겠습니까? 제가 안타깝게 생각하는 것이 바로 이 부분입니다. 왜냐하면 다른

---

* 골프는 14세기에 스코틀랜드에서 시작되었다고 하는데 (13세기 네덜란드 기원설도 있습니다.) 스코틀랜드의 최초 여성 골퍼로 알려져 있는 메리 여왕이 1567년 남편(단리 경)이 죽은 지 사흘 만에 골프를 쳤다는 기록이 있군요. (정적들이 이를 트집 잡아 여왕이 남편을 죽였다고 선동하여 결국 메리 여왕이 처형을 당했다고 합니다.)

나라에서는 그렇지 않기 때문이지요.

저는 2004년에 미국 뉴욕에서 1년간 연수를 받을 기회가 있었습니다. 그 당시 골프에 푹 빠져있었는데 한국에서는 주로 연습장 플레이어였지요. 반면에 미국은 골프의 천국이었습니다. 맨해튼에서 30분 거리에 있는(서울로 치면 상계동이나 상암동, 천호동 정도) 퍼블릭 골프장 입장료가 30불, 그 당시 우리 돈으로 3만 원이었습니다. 이게 한 10분만 더 가면 25불, 20분 더 가면 20불, 오후 좀 늦게 가면 16불, 시니어는 12불, 뭐 이런 식으로 가격이 책정되어 있었습니다.

외국의 퍼블릭 코스는 캐디도 없고, 카트도 없으며*, 심지어 그늘집도 핫도그 정도만 팝니다. 입장료 외에 더 들어가는 비용이 없지요. 제가 미국에 있는 동안 주중에는 별로 못 갔지만 주말에는 이틀 연속 골프를 치러 다녔습니다.

미국의 퍼블릭 골프장은 혼자 가도, 둘이 가도 됩니다.** 입장권을 사면 표 받는 할아버지가 네 명씩 묶어줍니다. 그러면 그 자리에서 인사하고 라운딩합니다. 그러니 대중운동이라고 하지 않을 수 있나요? 당시 우리나라 정규 골프장이 2백여 개였는데 일본이 2천 개, 미국이 2만 개

---

* 물론 따로 신청하면 캐디도 있고 카트도 있습니다. 저는 신청해 보질 못했습니다만 캐디가 매우 비싸다고 들었는데 최근 검색하니 우리나라와 큰 차이는 아닌 것 같습니다.

** 회원제 골프장도 라운딩 인원수는 제한이 없는 것 같은데 철저하게 회원만이 이용할 수 있으며 혹시 손님(guest)을 데려오면 경기과에 알려야 하고 연말에 손님 한 명당 약 10만 원의 비용을 지불해야 한다고 들었습니다. 그러나 회원제 골프장 역시 비싼 음식 파는 그늘집은 없으며 캐디, 카트가 옵션인 것은 퍼블릭 코스와 마찬가지입니다.

라고 해서 놀랐던 적이 있지요.*

뉴욕에서 골프를 즐기면서 발견한 3가지 재미있는 사실을 말씀드려 볼까요?

첫째는 평일에 골프장에 가면 절반 이상은 은퇴한 노인들이 플레이를 한다는 겁니다. 그러니까 골프장이 노인들 놀이터라는 거지요. 어떤 할아버지는 광목 같은 천으로 만든 캐디백을 아무 스스럼없이 들고나와 운동하는 것을 보기도 했습니다.

둘째는 놀랍게도 미국 골프장임에도 거의 절반 정도는 한국 사람이 골프를 치러 온다는 것입니다. 그리고 골프를 기가 막히게 잘 치는 사람은 대부분 한국 사람이었습니다.

셋째는 여자 4명이 한 팀으로 플레이하는 사람들은 100% 한국인이었다는 것입니다.(제가 목격한 팀 중에는 그랬습니다.)

이런 상황에 LPGA를 싹쓸이하는 우리나라 골프를 어떻게 봐야 하나요? 경제력입니까? 집념입니까? 타고난 재능입니까?

---

* 누군가 정확하게 세어보고 알려준 사실은 아닙니다. 다만, 뉴욕의 퀸즈와 브루클린이라는 borough(우리나라 구와 비슷)가 있는 롱아일랜드 섬이 면적으로 우리나라의 67분의 1 정도인데 (구글 검색으로) 골프클럽이 130개 있다고 하니 허풍은 아니군요.

60대는 황혼이 아닙니다

2019.9.11.

추석이 다가오니 이제 정말 가을이라는 생각이 드네요. 가을은 남은 꽃향기의 여운과 짙게 멀어진 남색 하늘, 그리고 갖가지 열매로 우리를 아쉬움의 감상과 풍요로움의 허세로 안내합니다. 그리고 덤으로 찾아오는 시간의 자각, 이제 또 한 해가 가겠구나 하는 거스를 수 없는 상념이, 떨어진 기온과 함께 피부 안팎을 쫄게 합니다.

과거엔 추석이 되면 농사일을 마무리하며 겨울 채비에 들어갔지요. 하지만 지금은 10월 4일에도 출근해야 하고, 11월 12일에도 하던 일을 계속해야 합니다. 더구나 12월에는 내년에 할 일을 '계획'이라는 것으로 포장해야 해서 더욱 바쁩니다.

농경시대의 루틴이 산업사회에 적응하지 못하는 가운데 우리는 조상으로부터 받은 DNA 때문에 이 계절의 변화에 다소 센티해지기는 합니다만 문명이라는 이름으로 펼쳐놓은 이 책상농사는 몇 모작인지 알 수가 없습니다.

세간에 시옷 자가 들어가는 나이가 중반이라고 하더군요. 셋, 넷, 다섯, 여섯… 이제 예순셋이 될 테니 60대 중반이 되는 거 아닌가요? 하지만 옛날 농부처럼 가을걷이 끝내고 쉬려 하지는 않겠지요? 10월에도,

11월에도 일해야 하는 것처럼 우리의 60대는 황혼이 아닙니다. 계절은 바뀌고 달력은 몇 장 남지 않았지만, 우리의 남은 정열이 '늙음'이 아님을 보여줄 수 있을 것입니다.

비록 다소 거칠고 수척해진 몸이더라도 일생의 가장 깊은 지혜로 젊음을 능가하고, 아직도 용맹정진할 수 있는 패기로 가업을 성취하며, 세월의 기품을 담은 신체에는 '로맨스 그레이'라는 상표를 붙여서 저자의 아낙들에게 테스토스테론을 뿌려대는 쾌거가 가능하지 않을까요? 추석 명절 잘 보내시고 세월 간다고 허무해 하지 마시고 건강 챙기세요.

신중년과 낀세대

2020.1.6.

안녕하세요? 대신고 26회 동창 여러분께 '근하신년' 인사드립니다. 올 한 해도 가정에 만복을, 신체에 강건을 내내 누리시길 바랍니다.

우리가 비록 이제 60대 중반에 이르렀지만, 세상에서는 우리를 '노인'이라고 하지 않고 '신중년'이라고 한답니다. 거기다 '오팔세대'라고 해서 58년 개띠를 중심으로 한 베이비부머들을 한껏 추켜올려 주더군요. 재력도 빵빵하고, 인터넷이나 휴대폰 사용에 젊은이들 못지않으며, 아직도 자아실현을 위해서 노력하는 이 사회의 중추적 구성원이랍니다. 아직 꺼지지 않은 연탄이라고나 할까…. 오팔이란 것도 58 외에 오팔이라는 보석이 가지는 다채로운 빛깔(회색이 아니라)을 상징하기 위해서 숫자로 쓰지 않고 문자로 표현한답니다.*

사실 우리는 '낀세대'라는 표현이 딱 맞았지요. 순박한 윗사람과 영악한 아랫사람 사이에서 머리 굴리며 컸고, 군대 가서 고참한테는 두들겨 맞고, 쫄병은 못 때렸으며, 사회생활을 하면서도 윗사람 커피 챙기고 아랫사람 부려 먹진 못했지요. 그런데 문제는 또 뭐냐 하면 세상이 좋아져서 부모님은 오래 살고 자식은 삼십이 넘어도 결혼할 생각을 않으니

* 김난도 외 8인, 《트렌드 코리아 2020》, 미래의창, 2019.

환갑 넘어서도 위아래 눈치 보며 끼어 삽니다.* 자, 그럴 바에야 "그래, 내가 중심이다"라고 소리치는 것이 결코 허세가 아닐 듯합니다.

그래서 친구가 좋습니다. '헤헤, 이 새끼들, 헤헤헤.' 누가 들으면 손주 보고 하는 말이라고 생각할 수도 있지만, 카톡에 밴드에 친구들이 남기는 신기한 것, 외설스러운 것, 평범한 것, 심지어 유치한 것까지도 '헤헤' 하고 웃으며 봅니다.

---

* 4년도 더 지난 2024년 6월 4일 동아일보 기사에 '마처 세대'라고 하여 "부모를 부양하는 '마'지막 세대이자 자녀에게 부양받지 못하는 '처'음 세대"라는 기사가 실렸습니다.

코로나 2020.2.3.

요즘 '안녕하세요?'라는 인사의 무게감이 그야말로 육중합니다. 정말로 '안녕'해야 하기 때문입니다.* 처음에는 잠시 당황하다가 시간이 좀 지나니 짜증이 나기 시작하는군요. 아니 뭐 이런 지저분한 놈들 때문에 세상이 모두 마스크 쓰랴, 손 씻으랴, 사람 많은 곳 피하랴 쓸데없는 일에 매진하게 되었네요. 지금 웃통 벗어부치고 있는 힘 다 쏟아 일하기도 부족한 판에 난데없이 생물학전 비슷한 바이러스라니? 그런데 총무는 이 판국에 또 감기가 걸려 수시로 쿨럭쿨럭하고 있어 남들 눈치 보느라 참으로 심신이 몇 곱절 피곤합니다.

역시 이런 혼란의 와중에는 지침도 일정하지 않습니다. 총무가 요 며칠 카톡방에서 맞닥뜨린 정보는 일치하지 않는 것이 좀 있군요. 우선 마스크 얘긴데, 무슨 80, 무슨 94 등을 사용해야 한다는 주장이 있고, 그냥 침 튀기는 거 방지할 수 있는 일반 마스크도 충분하다는 주장이 있습니다. 또 손 세정제 관련해서는, 대중교통에도 비치해야 한다거나, 물 없는 곳에는 마련해 놔야 한다는 의견이 있는가 하면, 누구는 그 세정제는 박테리아 씻는 거지 바이러스 씻어내는 것이 아니라는 얘기를 하고, 누구는 또 알코올 농도가 70% 이상이 돼야 효과가 있다고 하니 그

* 2020년 1월 하순부터 중국에서 입국하는 사람들 위주로 코로나19의 감염이 확산되기 시작했습니다. 의학계에서 침방울을 '비말'이라고 표현하는 것도 배웠습니다.

야말로 중구난방입니다.

어떤 미래학자가 과학의 발달은 사람의 신체를 제조할 수 있게 하고 두뇌를 조직할 수 있게 하며, 심리를 형성할 수 있게 한다고 주장합니다. 그래서 몇십 년만 지나면 부속을 갈아 끼우며 불로장생할 수 있게 된다는 것이지요.* 그런데 이런 주장에 회의론적 일침을 가하는 연구자들이 있습니다. 인간이 제품을 선택하는 것처럼 자신의 몸을 구성할 수 있게 되면 분명히 거의 모든 사람이 톰 크루즈나 조지 클루니 또는 줄리아 로버츠, 엠마 왓슨 같은 몸을 요구하게 될 거라는 겁니다.

이처럼 인간이 획일화되고 다양성을 상실하게 된다면, 이런 유형의 인간이 유난히 취약한(또는 이런 유형의 인간에게 유난히 치명적인) 어떤 바이러스가 창궐할 때 결국 인류가 멸망하게 된다는 것이지요.** 신종 코로나바이러스에 죽은 사람들이 어떤 유사한 유전자나 세포로 동질성을 보유하고 있는지 봐야겠네요.

우리가 죽지 않을 수 있다는 것이, 최소한 그런 주장이, 희망을 보는 것인가요? 신성을 모독하는 것인가요? 오늘은 여기서 줄입니다.

---

* 레이 커즈와일의 특이점이 온다(김명남, 장시형 역, 2007)는 800페이지가 넘는 책인데 위 세 줄로 요약했습니다. 하지만 책 표지에 있는 문구가 더욱 함의적이네요. "기술이 인간을 초월하는 순간, 인간은 기계가 되고 기계는 인간이 된다."

** 주로 종교계에서 신의 영역을 노리는 과학에 경종을 울리고자 하는 얘기인 듯합니다만, 논리로는 좀 부실한 것 아닌가 하는 생각입니다. 과학이 역사적으로 위와 같은 가설에 양보한 적이 있는지 궁금합니다.

희생은 있지만 멸망은 없다

2020.2.27.

오늘은 코로나바이러스 외면하고 다른 얘기를 좀 하려 했는데 지금 상황이 코로나 얘기 말고는 할 게 없네요. 우리 친구들은 모두 건강하게 잘 지내고 있지요?

가끔 생각해 보는 건데, 사람이 평생을 살면서 그야말로 태평하게 사는 시간이 과연 얼마나 될까요? 일 년에 한두 번 감기 걸려서 병원 다니고, 누구는 입원 수술하느라 한두 달 앓고, 심지어 어느 때는 혓바늘이 서서 음식도 자유롭게 먹지 못하면서 또 한 열흘 고생하고…. 이런 시간 다 빼면 90세까지 살아도 90년 산 게 아니라는 겁니다. 평생 '사는 게 사는 게 아닌' 시간이 얼마나 많을까요? 정신적으로 평온하지 못했던 시간, 예를 들어 부부싸움 하고 며칠 대화 없이 사는 시간이나 직장에서 상사와 충돌하고 불편했던 시간, 이런 것까지 보태면 인생이 절반으로 감축되는 것 아닌가 생각됩니다.

요즘 코로나 때문에 사람 많은 곳이 불안하고, 혼인이나 장례 같은 행사 치르면서 미안하고, 문 손잡이 만지면서 찝찝하고, 버스나 지하철 타는 것이 꺼림칙한 것이 우리의 삶을 불량하게 만들고 있군요. 이런 멘탈리티 외에도 손 씻느라고 물이랑 비누랑 시간을 평소보다 더 소모해야 하고, 마스크 한 개 5천 원이라도 안 살 수가 없으니 손실이 추가됩니다. 그래서 인생 평온한 시간을 또 뺏기고 있군요. 그런데 누구는 핑곗김에 외식 안 하고 극장 같은 곳 안 가서 오히려 돈은 덜 쓴다고 쓴 웃음 짓습니다.

전염병에 관한 제 생각은 이렇습니다. 처음에 몇 사람의 환자가 발생할 때 사람들은 별생각 없이 모이고 만나고 하겠지요. 그러다가 바이러스의 정체가 밝혀지고 위력이 알려지면 수칙이 발표되고 지키는 사람과 지키지 않는 사람으로 나뉜 상태에서 또 얼마간의 시간이 흐를 겁니다. 여기서 전염력이 강한 바이러스라면 점점 환자가 늘어나고 사람들은 그 상황에서 나름대로 모임을 조절하게 될 겁니다. 그러다가 불행히도 그야말로 '창궐'하는 시점에 도달하면 사회는 패닉 상태가 될 것이지요. 그런데 이 결과 사람들이 만나지 않게 되니까 바이러스는 점차 숙주를 찾기 어려워지고 결국 소멸하게 된다. 뭐 이런 생각입니다. 제가 하고 싶은 얘기는 "희생은 있지만, 멸망은 없다"라는 겁니다. 멸망 걱정하지 말고 희생 걱정합시다. 마스크 쓰고, 손 자주 씻고, 사람 모이는 곳 가지 맙시다.

코로나가 준 교훈

2020.3.26.

한 달을 기다려도 이놈의 코로나는 기세가 꺾이질 않네요. 두어 주 동안은 '맘 편하게 먹고 쉬자' 하는 생각으로 괜찮았는데 이제 슬슬 좀이 쑤시는 분들이 계시지요?

엊그제 어느 단톡방에 코로나바이러스가 우리에게 가르쳐 준 몇 가지라고 하며 의미 있는 글이 올라왔더군요.

1. 코로나는 문화, 종교, 직업과 관계없이 우리 모두가 평등하다는 것을 알려주었습니다. 비록 지저분한 중국의 재래시장에서 시작되었다고는 하지만 모나코 국왕도, 영화배우 톰 행크스도, NBA 농구선수도 피하지 못했습니다.
2. 우리가 경계라고 세워놓은 것은 코로나에게는 별 가치를 부여하지 못했습니다. 짧은 시간에 지구를 돌면서 무차별적으로 전염을 가했습니다.
3. 우리 사회가 이렇게 물질적으로 발전하였음에도 정작 중요한 것은 사치품이 아니라 맑은 물이나 마스크 같은 기본적 재화라는 것을 알려주었습니다.
4. 우리가 진정으로 헌신해야 할 일은 직업적인 것이 아니라 서로를 보살피고 보호하는 일이라는 것을 깨닫게 해주었습니다.
5. 어려움이 지나면 여유가 올 것이며 이 또한 지나갈 거라는 겁니다.

이상은 빌 게이츠가 온라인에 올린 내용이라는 데 사실 여부를 확인하지는 않았지만, 이 상황에 우리 자신을 성찰할 수 있는 내용이라는 판단으로 제가 요약해서 전달해 봅니다. 세속에 "아픈 만큼 성숙해진다"라는 말이 있듯이 분명히 이 지구적인 시련이 우리 인간을 한 단계 성숙시킬 것임을 부인할 수 없습니다.

그런데 사회는 복잡해서 대부분의 사람들이 병 얻어 죽을까 봐 약국 앞에 장사진을 치는 동안, 망하기 일보 직전이었던 마스크 회사 사장님은 두어 달 만에 10억을 챙겼고, 무슨 회사는 진단키트 만들어서 손 벌리는 47개국에 줄 서라고 큰소리를 치니. 이게 '신의 섭리'인지요. 이것도 인류가 참여해야 할 하나의 게임인가요? 누구는 팔자를 그치는데, 누구는 팔자를 고치고…. 하지만 위의 빌 게이츠의 깨달음처럼 우리는 무언가 배워서 보내기로 합니다.

과거 축구선수 박주영이 골을 넣으면 무릎 꿇고 기도하는 세리머니를 했는데 독실한 기독교인인 그가 자신의 골을 '신의 은총'으로 받아들인다는 표시였지요. 그런데 누군가가 "그래 니가 은총을 받았으면 상대편 팀은 저주받았다는 거냐?" 라고 비판을 하면서 박주영의 골세리머니는 바뀌었습니다. 상황이 위중할수록 우리의 행동거지나 말투가 참으로 중요합니다.

허무하게 지나가는 봄

2020.4.24.

어느덧 제가 소식을 전한 지도 한 달이 넘었습니다. 뭐 특별한 일이 있었던 것도 아닌데 일상이 원활하지 않으니 총무도 무기력했던 게 아닌가 생각됩니다.

그 사이, 연분홍 치마가 봄바람에 휘날리지도 못한 채, 산제비 넘나드는 성황당 길목에서 같이 웃지도 못한 채, 그렇게 봄날이 가고 있군요. 인생에 맞이하는 수많은 봄 중에 어느 하나라도 귀하지 않은 것 없건만 이렇게 창밖의 풍경으로 우리 인생 귀하디귀한 하나의 봄이 허무하게 지나가고 있습니다.

그럼에도 지금 시련은 극복하면 그만일진대, 가을이나 겨울에 이 상황이 또 올 수도 있다니, 더구나 앞으로는 지금까지와는 다른 삶을 살아야 한다니, 군대 갔다 와서 다시 가는 꿈 꾸는 것 같기도 하고, 늘그막에 이사 가서 데면데면한 사람들 속에서 빵 먹고 살라는 말 같기도 하군요. 부디 가짜뉴스이기를 바랍니다.

우리 친구들도 어려운 경우가 많이 있겠지요? 사실은 저도 코로나에 실컷 두들겨 맞는 중입니다. (투병은 아니고요.) 그래서 이렇게 나약하고 비관적인 수사가 나열되고 있는지도 모르겠습니다. 하지만 이제 모두들 힘냅시다. 터널 끝이 보이지 않습니까? 이거 지나가면 한강 공원 마당 한 칸 세내서 큼지막한 현수막 걸어놓고 힘차게 소리 한 번 질러봅시다.

하지만 아직은 "똘똘 뭉쳐서 모이지 말아야 한다"는 역설적인 팬데믹 슬로건이 강력하게 유효하므로 조금만 더 참고, 마스크 쓰고, 손 씻어야 합니다. 며칠 동안 바람이 미친 듯 부네요. 공중에 떠 있는 바이러스라도 저 태평양 소금물에 담가버렸으면 좋겠습니다. 우리 친구들 모두 파이팅입니다!

부머 리무버 2020.5.25.

또 한 달이 지났군요. 모두들 잘 지내고 계시지요? 부뚜막에서 다 된 밥에 침 흘리고 있는데 누군가가 재를 뿌려서, 안타깝지만 새로 밥 지어야 할 것 같습니다. 젊은 친구들이 '자발성(사전적 의미하고 달리 우리 부모님은 이걸 '참을성'과 같은 뜻으로 사용했습니다.)'이 없어서 하지 말란 것 참 질 못하니 사회적 거리두기가 일상화되어야 한다는 주장을 좀 이해할 수 있을 것 같습니다.

미국 일부 젊은이들이 코로나19를 '부머 리무버(boomer remover)', 그러니까 '베이비부머세대 제거제'라고 부른다네요.* 우리나라의 수치를 보아도 20대 이하의 감염자가 무려 35%에 육박하는데 사망자는 단 1명도 없답니다. 반면에 80대 이상은 걸렸다 하면 절반은 사망이라고 하니 통계적으로 입증된 것 아닌가 해서 할 말이 없군요. 이런 통계를 바탕으로 "일본은 국민연금 숨통 좀 틔워줄 기회라서 아베가 일부러 적극적 방역에 나서지 않는 것이다."라는 가짜뉴스인지 음모론인지 모를 황당한 주장이 들리기도 합니다.

* 얼마 전 뉴질랜드 의회에서 어느 노인의원의 얘기를 들은 젊은 의원이 "오케이 부머~"라고 일갈했는데 이 말이 "알았다. 늙은이야!"라는 표현이라는군요. '부머' 자체가 부정적으로 쓰이는 줄 그때 알았습니다.

최근 휴일에 한강공원으로 운동하러 나가면서 동창회 모임 할 자리를 물색하느라 신경 좀 쓰며, 발치에 뿌린 듯 작고 예쁜 여러 가지 봄꽃과 연두에서 초록으로 변해가는 싱그러운 초목을 보며 나이를 잊고 사는데 최근 며칠 사이에 벌어지는 이 사태에 다시 좌절하지 않을 수 없었습니다.

이제 먹고 살 일 걱정하지 않는 친구들도 많겠지만, 혹여라도 아직 비즈니스에 몸과 맘이 매인 친구들은 온라인으로 올라갈 궁리를 좀 더 해야 하는 것 아닌가 하는 생각이 드네요. 한 십오 년 전에 온라인으로 전환하지 않으면 모두 망할 것처럼 떠들어댔지만, 그럼에도 불구하고 지금까지 대충 버텨왔는데 이제는 좀 심각하게 받아들여야 할 때가 된 듯합니다. 구체적이고 도움될 만한 케이스가 있으면 밴드에 올려주세요.

코로나 때문에 총무의 본업인 회비 독촉을 하지 못하고 있습니다. 하지만 재난지원자금 일부라도 동창회에 기부하면 잘 쓰겠습니다. 코로나는 우리 동창회 계좌도 반 토막을 냈습니다. 뭐가 어찌 됐건 무조건 건강하시길 바랍니다.

어디든 익숙해짐

2020.6.29.

상반기 온통 코로나, 코로나 하다가 이제 마감입니다. 온 세상이 감염됐어도 갈 사람은 가고 살 사람은 살고 즐길 사람은 즐기고 있네요. 아일랜드 속담에 "사람은 어디든 익숙해지기 마련이라서 목을 매달아 놔도 거기에 익숙해진다."라는 말이 있다는군요.

어쨌든 이렇게 산다는 것이 부뚜막 새앙쥐가 사람 발소리에 초긴장하면서도 솥뚜껑 열어보는 것처럼 우리는 날아다니는 침방울에 공포감을 느끼면서도 회사 가고, 예배 보고, 회식하고, 지하철 탑니다.

인문학적 조예가 있다는 분들이 포스트 팬데믹이라 해서 사람 살아가야 할 방향이 바뀌었다고 나름대로 역사를 통찰하니 지금까지와는 조금 다르게 살아야 하나보다 하는 생각이 듭니다. 나이 들어서 나아진 환경에 적응하는 것도 시간이 필요한데 생활에 이리도 불편을 주는 환경이라면 좀 더 오래 걸리겠네요.

언택트 사회의 정의

2020.7.23.

올해는 장마가 제법 길군요. 하지만 중간중간 하늘이 벗겨지면서 해 구경도 하고 그래서 대기는 좀 좋아지는 것 같습니다. 공기도 좋은데 마스크까지 쓰고 다니니 혹시나 폐가 "우리 주인이 휴양지 놀러 왔나 보다"라고 오해하지 않을까 생각됩니다. 우리 친구들은 이 날씨와 이 날들을 어떻게 보내고 있나요? 여전히 나갈까 말까, 만날까 말까, 모일까 말까 이런 참으로 익숙지 않은 사회적 판단을 머뭇거리며 하루 이틀 지내고 있지는 않나요?

엊그제 어느 모임에 갔더니 누가 코로나 이후의 '언택트' 사회에 대해 얘기를 하더군요. 재미있는 분석이 있어서 좀 옮겨보겠습니다.

우선 앞으로 대학의 서열이 바뀔 거라는 말씀이 있었는데요. 소위 SKY보다는 방통대가 명문으로 떠오를 가능성이 있답니다. 온라인 강의를 따라갈 학교가 없다는군요.

두 번째는 기업에 관한 것인데 앞으로는 기업의 가장 큰 리스크가 자금도 설비도 각종 법규도 아닌 바로 사람(직원)이 될 것이라는 겁니다. 누구 한 명이라도 코로나 양성 나오면 회사가 주저앉아야 하는 상황이니 이해가 갑니다. 실제로 요즘 대기업들은 직원들에게 "예식장 가지 말고 축의금만 보내라. 장례식장 가지 말고 조의금만 보내라. 다녀온 사람 징계한다"라고 한답니다. '인사가 만사'에서 '무사가 만사'로 바뀌고 있군요.

세 번째로 상상하기 어려운 얘기지만 "살처분이 동물에 국한되지 않을 수도 있다."라는 예언을 하더군요. 너무 앞서 나간 끔찍한 얘기지만, 마이클 샌델 교수의 《정의란 무엇인가?》에는 "소수의 목숨과 다수의 목숨을 거래해야 하는가?"라는 질문이 분명히 있습니다.*

어쨌든 결론적으로 이 상황에 "접촉은 줄이되, 연결은 늘려야 한다"라는 명제로 귀결된다는 것입니다. 그래서 생활도 그렇고 비즈니스도 그렇고 모든 부분에서 언택트로 가능한 영역을 찾아내고 이를 실현하거나 확대하는 것이 돈도 되고 삶의 질도 향상할 수 있다는 것이지요.

그런데 과거 누군가가 비즈니스 관련해서 이런 말을 했습니다. "앞으로 10년 후에 번창할 사업을 찾아내지 말고, 앞으로 10년 후에도 없어지지 않을 사업을 찾아내라." 그렇다면 언택트로 가는 사회에서 컨택트로만 가능한 분야는 어떤 것이 있을지 찾아볼까요? Sex요? 그건 이미 뇌파를 조종해서 쾌감을 느낄 수 있도록 언택트로 해결할 거라는 과학자들의 포부가 쏟아진 분야입니다. 다들 잘 지내시길 바랍니다.

---

* JUSTICE(Michael Sandel), p27.
마이클 샌델 교수는 자신의 책에서 "고장난 열차를 다섯 명의 철도인부가 작업하는 곳에서 한 명이 작업하는 노선으로 바꾸는 것이 과연 정의인가?"라고 묻습니다.

얼른 씻어!

2020.8.22.

역대급 장마에 별 탈 없이 잘들 지내시는지요? 작년 언젠가 제가 문자에서 비 안 온다고 우사님 원망을 해댔는데 아마도 우사님이 삐쳐서 올해 장마를 기약하셨던 것 같습니다. 권력 쥔 실세에게 들이대면 반드시 후환이 있기 마련입니다. 깊이 반성합니다.

장마가 길었으니 그 덕에 무더위는 좀 짧아진다는 것. 에너지 불변의 원칙과 새옹지마 법칙이 세상만사에 적용되니 뭔가 좀 도를 넘더라도 성급하게 당황하거나 짜증을 내진 말아야겠다는 것을 배웠습니다. 이제는 겸손하고 겸허하게 이 무더위를 넘기고 가을의 청량함과 풍성함을 기다려야겠습니다.

9월이 되면 등산이나 당구 모임도 활성화될 것으로 생각했는데, 여전히 불투명하군요. 매일 저녁 TV 앞에 앉아서 오늘은 또 코로나 환자가 얼마나 늘었나 긴장하며 뉴스를 보는데, 요 며칠은 허망하기 그지없습니다. 아무리 대형 TV를 거실에 걸어놔도, 5G 스마트폰을 손아귀에 쥐어도, 함께 늙어가는 친구들과 얼굴 마주하고 소주 한잔 하고픈 욕구를 충족시킬 방법이 없습니다.

어쩔 수 없이 요즘 우울한 것이, 코로나는 확산일로에 있는데 모이지 말라고 해도 기를 쓰고 모이는 사람들이 있는 것, 부동산 대책 세운다고 계속 헛발질해대는 정부,* 그걸 기회로 또 모여서 성토한다고 침 튀기고, 동네 아파트 단지마다 단톡방 만들어서 이 동네 집값은 왜 이리 안 오르느냐고 악다구니 쓰는 인간들, 그런데 정작 스트레스 해소할 야구, 축구는 입장도 못 하게 하고, 뒤풀이 없는 등산 가려니 무슨 유격훈련 가는 느낌인지라 아, 참 재미없네요.

요즘 퇴근해서 집에 들어가면 아내 일성이 뭔지 아십니까? "얼른 씻어!"입니다. 바이러스나 묻히고 다니는 남정네에게 살가운 인사보다는 전투적 명령이 어울릴 것은 사실이지요. 뭐 그러려니 하고 수도꼭지 틀어버립니다.

유럽이나 미국에서 봉쇄당한 사람들이 자유를 달라고 외치는 모습이 남의 일 같지 않군요. 하지만 환갑이 지난 우리는 좀 더 진중하고 차분하게 처신해야 하겠지요? 모두들 건강하시길 빕니다.

---

* 문재인 정부의 부동산대책은 일개 시민 입장에서 봐도 참으로 하수였습니다. 그런데 당시 대통령비서실의 누군가가 "서민이 집을 가지면 보수화한다"는 주장을 했다는데 그런 맥락이라면 그동안의 헛발질이 이해가 갑니다.

홈 루덴스

2020.9.26.

여름이 갔습니다. 몇 달이나 우리를 뜨겁게 사랑해 주던 여름은 어느 날 변심한 애인처럼 쌀쌀맞은 바람을 남기더니 어느새 지구 저편 남반구 쪽으로 걸어 내려갔습니다. 떠나는 여름이 아쉬운 것은 뜨거웠던 그의 심장과 폭풍 같았던 그의 입김, 그리고 유난히 눈물이 많았던* 그의 순정이 가슴에 진하게 묻어 있기 때문입니다. 하지만 계절에 대한 미련보다는 그냥 몇 개 남지 않은 여름이 가버렸다는 것 때문에 더욱 허탈한 것이지요.

세월이 간다고 아쉬워하고는 있지만 사실은 요즘이 산업혁명 시대보다 시간적으로 10배는 빠른 속도라고 합니다. 따라서 요즘 1년이 당시의 10년인 셈이니 우리가 80년을 살면 그 당시 사람들이 800년 산 거나 마찬가지라고 합니다. 이걸로 '살만큼 살았네', '그런데 아직도 많이 남았네'라고 위로하고 싶네요. 그런데 문제는 변화가 이렇게 빠르게 진행되니 세상사에 따라가느라 심신이 피곤하군요. 자식들에게 너무 뒤처지지 않도록 열심히 뛰어봅시다.**

---

* 그해 여름 비가 참 많이 왔습니다.

** 농사 지을 때는 오래 산 사람이 많이 아는 사람이었는데 이제 세상이 빠르게 바뀌니까 젊은 사람이 더 많이 아는 사람이 되었습니다. 늙기도 서러운데 지혜조차 부족하니….

어쨌든 이제 계절도 가을, 우리 인생도 가을입니다. 그런데 날 더워지면 물러날 거라는 코로나는 온도에 개의치 않고 극성인데 추워지면 더할까, 감기나 폐렴하고 합쳐지지나 않을까, 뭐 이런 걱정이 가을의 정취를 반가워할 여유를 주지 않는군요.

엊그제 누가 요즘의 세태에 '홈 루덴스족'이라는 사람들이 늘어 가고 있다는 얘기를 하더군요. 집에서 '안전하게' 놀고 즐기는 사람들을 지칭하기 위해서 '호모 루덴스'*를 변형시킨 신조어인 것 같은데, 이미 몇 년 전에 태어났지만 상황이 상황인 지금 유행이 되는 것 같습니다.

우리 친구들도 이제 홈 루덴스가 되어버린 경우가 많을까요? 우리도 온라인 교육 플랫폼을 본떠서 가칭 '대신고 26회 우정네트워크'를 개설하여 수시로 드나들면서 실시간 대화를 하고, 사정이 정 어려우면 송년회도 비대면 화상 모임으로 하는 것을 검토해야 하나요?

하여간 추석 명절 잘들 쇠시고, 부모님 보고 싶어도 가능하면 참고, (요즘 부모님 슬로건이 '불효자는 '옵'니다'라고 방송에 나오더군요.) 건강한 모습으로 다시 만날 수 있기를 바랍니다. 대신고 26회 파이팅!

---

* 'Homo Ludens'라는 말은 1938년 네덜란드의 역사학자이자 문명이론가인 요한 후이징가(Johan Huizinga)라는 사람이 쓴 책의 제목이랍니다. Ludens라는 단어는 영어에 같은 의미의 단어가 없고 단지 스포츠, 놀이, 학교, 실행 뭐 이런 의미가 섞여있는 것이라고 합니다.

챙겨야 할 것들

2020.11.4.

오랜만이군요. 요즘 하는 일은 별로 없어도 시간은 빠릅니다. 누가 말하길 "하루는 더디게 가는데 일주일은 빠르고 한 달은 총알 같네"라고 하더군요. 저 역시 엊그제 동창들에게 문자 보낸 것 같은데 벌써 한 달이 넘게 쉬고 있었습니다.

나이가 들수록 "세상을 이렇게 살아야 한다"는 말에 관심을 두게 되는군요. 그래서 최근에 누가 전해준 여생에 대한 우리의 태도를 간추려 보겠습니다.

1. 긍정적 마인드
2. 행복한 결혼생활
3. 금연
4. 금주
5. 운동
6. 적당한 책임
7. 지적인 호기심

우리 친구들은 몇 가지를 갖고 살고 있나요? 한두 가지쯤이야 챙기지 못할 수도 있겠지만 한두 가지밖에 실천하지 못하고 있다면 좀 분발해야 할 것 같군요.

이렇게 몇 가지를 챙기고 살아야 사는 것 같다는 얘기가 있는가 하면, 절대 빼놓을 수 없는 것이 있다는 사람들도 있네요. 나폴레옹은 "영토를 잃을지언정 시간을 잃을 수는 없다"라고 외쳤고, 가수 김종국은 "통장의 잔고가 빠지는 건 용납하지만 근육이 빠지는 건 용납할 수 없다"고 했답니다. 저에게는 26회 동창회가 부실해지는 것이 용납할 수 없는 비극입니다.

우리 송년회를 해야 하는데 현재 상황으로 괜찮을지 참으로 고민이 됩니다. 조만간 회장님과 전직 회장님들 의견을 모아서 결정하고 통보하겠습니다. 혹시 올해 송년회가 이루어지지 않더라도 너무 실망하지 마시고 내년을 기약하도록 하시지요. 만약 내년 초에 코로나 백신이 생산되어 이 질병이 정복되면 바로 모임을 갖도록 하겠습니다. 한 열흘쯤 발병 추이를 보아 회장단과 협의하고 연락드리겠습니다.

요즘 온라인이 거의 극성이다 보니 유튜브, 블로그 등 온라인 활동을 하는 사람들이 유명해지고 오프라인에서 유명한 사람들도 거의 유튜버 활동을 하는 등 뉴스나 연예, 스포츠 쪽이 온라인으로 활성화되는데 우리 친구들도 관심을 가져보면 어떨까 하는 생각입니다. 지난달에 동창 한○호가 색소폰 연주를 유튜브에 올려놓은 것을 보니 아주 부럽고 멋졌습니다. 저도 최근에 다른 사람 블로그를 두어 개 써 주었는데 반응이 좀 있다고 저한테 블로그 아르바이트를 하랍니다. 열심히 살아야겠지요?

지루한 일상

2020.11.26.

인생 참 이렇게 지루한 질병과 싸우기는 처음이군요. 지금 느끼는 건데 참으로 지루한 것이 무서운 것이구나 하는 생각이 듭니다. 그런데도 우리 친구들은 모두 건강하게 잘 지내고 있어서 다행히 '그냥 지루할' 뿐입니다.

어쨌든 이제 모임 관련 사항도 결정할 때가 되었고 해서 공지합니다. 우리 대신고 26회 동창회는 올해 송년회를 생략하기로 했습니다. 이런 상황에서는 송년회를 개최하는 것이 오히려 친구들에게 핀잔을 들을 일이라는 판단입니다.

총무가 일하는 곳이 마곡의 한 오피스텔 건물인데, 마곡이 김포공항, 인천공항 가는 길목이어서 이 건물에는 젊은 항공사 직원들이 많이 살고 있습니다. 이 동네에서는 캐리어를 끌고 멋지게 걸어가는 스튜어디스가 나타나도 늘 있는 모습이라서 사람들이 별로 쳐다보지 않습니다. 그런데 코로나 때문에 항공사 직원도 한 달 일하고 두 달 쉬고, 두 달 일하고 석 달 쉬고 이런 '지루한' 절반의 일상이 계속되자 직원도 지치고 회사도 지쳐서 그만두기도 하고 그만두게 하기도 합니다. 그 영향인지 이 건물과 부근이 활기를 잃고 젊은이들이 다니던 미용실, 피트니스, 카페 등 주변 상권이 충격을 받아 휘청거리고 불안감, 상실감, 위기감 이런 종류의 느낌들이 퍼져가면서 신도시의 분위기가 가라앉고 있습니다. 이제는 캐리어를 끌고 지나가는 승무원이 눈에 띄면 '아, 드디어 일하러 가는구나'하는 모종의 안도감을 느낍니다.

과거 IMF 시절에 구조조정의 칼끝에 서 본 경험이 있어서 그런지 지금의 이러한 상황이 남의 일 같지 않습니다. 더구나 자식 같은 젊은이들이 눈앞에서 좌절하는 모습을 보는 것은 제게도 고통이며 뭔가 도와줄 게 없다는 무기력함을 느낍니다. 감염되지 않은 사람에게도 '코로나 블루'는 찾아오는군요.

코로나 확산 초기 대구지역에 위기 상황이 발생했을 때 중앙정부의 지원으로 이를 극복하는 과정에서 대구시장이 "우리에게 정부가 있다는 것을 느꼈다"라고 감사를 표시한 기억이 있습니다. 이제는 국민이 "우리에게 국가가 있다는 것을 느꼈다"라고 할 수 있도록 정부가 역할을 할 때라는 생각입니다.

어제도 확진자가 583명이나 발생했군요. 뭉치면 죽고 흩어지면 산다는 말이 정답이네요. 백신이 百神입니다. 거의 개발되었다니 팔뚝 걷어붙이고 건강하게 기다립시다. "Kill the Virus!"* 26회 파이팅!

---

* 코로나 바이러스가 기승을 부릴 때 주한미군방송(AFN Korea)에서 외친 구호를 모방해 보았습니다.

접종 갈등

2020.12.17.

날씨가 상당히 춥군요. 나이 드니 온도가 내려가면 피부가 발작하네요. 로션이니 크림이니 잔뜩 문지르고 바르고 해도 그때뿐이니, 그야말로 꺼칠함이 참으로 사람의 자신감을 빼앗아 갑니다.

코로나 백신을 여기저기서 좀 접종하기 시작했다고 해서 문득 "그럼 여행사 주식 사야 하는 거 아니냐?"라고 주식 좀 하는 사람에게 잘난 척 했더니 "응, 근데 주식시장은 이미 코로나 끝났어"라고 대답하더군요. 역시 세상은 앞서가는 인간들이 따로 있네요.

이제 다음 걱정은 빈부 격차 아닌 '백신 격차'가 될까요? 사람들이 서로 만나서 "너 맞았어?"라고 물어본 후 어울릴지 말지를 결정할 것 같군요. 뒷담화로 "쟤 아직 안 맞은 애야"라고 누군가를 따돌리기도 하고, 모든 상점에는 '접종자 환영'이라는 문구가 출입문에 걸리고, 공항에서는 접종사실증명 확인 후 항공기 좌석을 배정하고, 못 맞은 사람은 여전히 마스크 착용하고, 맞은 사람은 마스크 대신 접종증명서를 가슴에 패용하고…. 이런 상황을 만들지 않기 위해서는 코로나바이러스 접종이 완전히 관 주도로 이루어져야 할 것이라는 생각도 듭니다.

그런데 이런 상황에도 좀 특이하게 생각하는 사람들이 있습니다. 임상에서 2만 명이 접종했는데 4명이 구안와사 증세를 보였다고 하니 "난 안 맞고 말 거야. 걸리면 차라리 며칠 앓고 회복하는 게 낫지, 얼굴이 돌아간 채로 살 수는 없잖아"라는 사람도 있다고 합니다. 하지만 인생 살면서 머리 터지게 고민해야 할 굵직한 결정이 한 두 개가 아닌데 이런 것까지 그 범주에 넣지는 마시기 바랍니다.*

보건당국과 관료들은 어느 회사 제품을 얼마에 사서 누구에게 먼저 접종할 것인가 관련해서 밤잠을 설치고 있을 것 같군요. 경험으로 볼 때 이런 일은 잘해도 본전이고, 뭐 하나 실수하면 가차 없이 언론, 여론의 비수가 날아듭니다. 사실은 이런 일이 월급 몇 푼 받으면서 할 일은 아니라는 생각입니다.

추운 날씨에 건강을 먼저 생각하시고, 총무는 며칠 후에 올해 결산보고 하러 다시 나타나겠습니다. 으라차차 26회!

---

* 노박 조코비치라는 테니스 대스타가 코로나 백신 접종을 거부해서 호주오픈 테니스대회 출전권을 박탈당했다고 하네요. 그 덕에 라파엘 나달이라는 다른 경쟁자가 우승을 차지했다고 합니다.

시련이 나를 더 강하게

2021.1.11.

어물쩍 새해 첫 달도 반이 지나갑니다. 눈도 한 번 제대로 왔고, 한강도 얼고 오랜만에 영하 20도를 넘나드는 궂은 날씨가 이어지네요. 이 상황에 나약한 우리 인간들이 주거에만 잠복하며 일상을 멈추고 코로나 눈치만 보고 있는 줄 알았더니 웬걸 스피와 스닥이가* 하늘 높은 줄 모르고 날아오르며, 유튜브, 넷플릭스 이런 것들이 핫한 것을 보니 모두들 어느 구석에선가 분주히 자판을 두드리고 있는 것 같습니다.

총무도 얼른 컴퓨터 앞에 앉아서 자판을 두드려 친구들한테 신년인사를 합니다. 새해 복 많이 받으시고 올 한 해도 모두들 항상 건강하시고 만사형통하시길 빕니다.

올해가 소띠해인 신축년이라 하는데, 우선 신축 아파트가 많이 쏟아질 거라는 우스갯소리가 있고, 소처럼 우직하게 천천히 나아가지만 소통은 랜선으로 빛과 같이 빠르게 이루어지는 검객의 칼솜씨를 볼 것이라는 기대도 있습니다. 하반기쯤 가서는 집단면역 끝에 봇물 터지듯 터져 나올 모임과 여행을 어떻게 감당할지 모르겠습니다.

---

* 주식시장 코스피와 코스닥을 청년들 애칭으로 불러본 겁니다.

어쨌든 사람도 변하고 시장도 변하고 있습니다. 코로나 초기에는 마스크 업체가 떼돈을 번다고 부러워했는데 이제는 망하기 시작했다는 얘기가 있고, 재택근무 잘하는 회사가 살아남고, 테이크아웃 전문점 매출이 늘고 있습니다. 반찬가게는 매출이 30% 정도 늘었다고 하고, 배달의 민족은 웹사이트가 마비되고 라이더들은 춥지만 돈은 좀 번다고 합니다.

한 편 여전히 사람 모여야 하는 곳은 아주 풍비박산이라 이 겨울이 참으로 길 것 같고, 긴급 구호자금 몇 푼으로 기약 없는 언택트의 터널을 언제 빠져나갈지 원성과 탄성이 곡성으로 바뀌지 않기를 바랄 뿐입니다.

인간의 본성은 오프라인이라는 믿음이 있습니다. 그래서 이 질병만 정복하면 우리의 모든 일상은 쏜 활시위처럼 원상을 회복하고 광장에서 만나 악수하고, 웃고 떠들고 할 것입니다.

어제 신문을 보니 어느 목사님이 "지금까지 인간을 이긴 바이러스는 없었다"라고 일갈하시던데요. 철학자 니체도 일찌감치 한마디 했지요. "시련이 나를 죽이지 못하면 나를 더 강하게 만들 뿐이다." 친구들이여 이겨 내고 강해집시다.

신축년 소처럼 열심히 일하고 우직하게 살며 소처럼 웃읍시다. 우하하하! 26회 파이팅!

잃어버린 지갑 2021.3.1

봄이 왔습니다. 음침한 하늘과 봄비에 젖은 길이 어느 대중가요를 연상케 하는 아침입니다.* 모두들 잘 지내고 계시지요? 총무가 한 달에 한 번은 소식을 보내야 한다고 생각하고 있어서 부지런히 얘깃거리를 채집하고 또 친구들 경조사 전해주고 하는데 요즘은 일상이 느리게 움직이기 때문인지 화제도 곤궁합니다.

최근에 아파트 경비원이 주민이 잃어버린 현금을 찾아 준 사례가 2건이나 기사화된 것으로 기억하는데 어제는 지갑을 분실하고 되찾아 감격하는 사람이 쓴 블로그를 또 읽었습니다. 그래서 생각이 났는데 어느 외국의 잡지사가 '잃어버린 지갑'이라는 주제로 실험을 한 적이 있다고 합니다. 실험자들은 전세계 16개 도시에 각각 12개의 지갑을 도처에 흘려 놓고 이 지갑이 주인에게 돌아오는지를 지켜봤다고 하네요. 유감스럽게 서울은 실험도시에 선택되지는 않았던 것 같습니다.

그 결과가 재미있기는 하지만 상상을 초월하는 것은 아니었습니다. 회수율 1위 도시는 핀란드의 헬싱키였는데 12개 지갑 중 11개가 돌아왔다고 하네요. 꼴찌는 포르투갈의 리스본이었고 12개 중 1개만 돌아

* 1971년에 가수 김추자 씨가 부른 '봄비'라는 곡을 생각했습니다. 1951년생이니 요즘 젊은이들은 잘 모르는 분일 겁니다.

왔다고 합니다. 그런데 돌아온 지갑도 다른 나라에서 관광을 왔던 노부부가 습득해서 주인을 찾아 달라고 맡겼다고 하네요.

저 위 블로그에는 우리나라에서도 같은 실험을 한 적이 있다는 얘기가 있습니다. 역시 외국 방송사에서 실험을 하나 했다는데 100개의 쇼핑백에 포장한 물건과 GPS 장치를 담아 지하철 100군데에 분산해 놓고 실험을 했답니다. 하지만 돌아온 것이 6개밖에 되질 않아 실험자들이 실망하고 있었는데 GPS 확인 결과 물건이 한 군데에 모여 있어 찾아가 보니 지하철 유실물 센터에 81개의 쇼핑백이 보관되어 있더랍니다. 회수율 87%였으니 우리나라가 이 분야 선진국임은 틀림없습니다. 덧붙이자면 '카페에서 가방이나 노트북, 휴대폰 같은 물건을 놓고 화장실 가는 것'과 '택배 온 물건을 문 앞에 놓고 가는 것' 등이 외국인들이 놀라는 상황이라고 하네요.

우리는 이렇게 정직한 나라에 살고 있습니다. 습득한 물건을 돌려준 사람들이 일반 시민일 터이니 인심은 곳간에서 나지만 양심은 다른 곳에서 형성되나 봅니다.

3월 학기가 시작됐으니 동창회비도 조심스럽게 요청합니다. 회비는 인심인가요 양심인가요? 친구들의 건강을 빕니다.

내가 손해 볼게

2021.3.22.

백신 들어오면 금방 맞나 했더니 일반 국민은 아직 시작도 못 했군요. 우리 동창들 중에서는 접종한 친구들도 있겠지요? 냉수도 순서가 있는 법이니 기다려야 하겠지만, 어서 주사 맞고 좀 편한 마음으로 생활하고 싶네요.

최근 신도시 개발지역을 미리 아는 사람들이 투자해서 말이 많군요. 돈이 좋은 것이고 세상에 돈 버는 방법이 많으니 여러 가지 케이스가 있겠지만, 지난번 '잃어버린 지갑'처럼 남의 것을 주워서 돌려주지 않는 사람이나 정보의 불균형을 이용해서 한 건 하려는 사람이나 양심 불량인 것은 사실입니다. 그러나 세상에는 반대의 경우도 있습니다.

미국에 이민 간 어떤 사람은 세탁소를 운영하다가 세탁물 바지에서 1,000달러가 나왔는데 이를 온전하게 돌려줬답니다. 이 사실이 소문이 나서 세탁소가 번창하기 시작했고 결국 700명의 직원을 거느리는 거대 세탁소 프랜차이즈를 운영하게 되었답니다.

또 다른 사례로 어느 회사에서 오너가 회사를 사원 중 하나에게 물려주기로 하고 대상자 몇 명을 골라 숙제를 주었답니다. 각자 꽃씨를 한 개씩 주면서 "이걸 가장 잘 가꾸어 온 사람에게 회사를 물려주겠다"라고 했다는군요. 몇 달 후에 화분을 가져오라고 했더니 모두들 예쁜 꽃이 핀 화분을 들고 왔는데 한 사람이 얼굴을 붉힌 채로 빈 화분을 내밀었고 이 사람이 회사를 물려받게 됐다고 하네요. 오너는 '사실 그 씨앗은 한 번 삶아서 나누어 준 것이었습니다'라고 했답니다. 누가 지어낸 이야기인지도 모르겠지만 어쨌든 대표가 된 사람은 그렇다 치고 저는 꽃을 가꾸어 온 사람들이 어떻게 됐는지가 더 궁금해졌습니다.

어느 철학자는 '손해 볼 준비가 되어 있는 사람'을 현자라고 하더군요. 결정하기 어려운 일이 생겼을 때 '그래 내가 손해 볼게' 하는 것이 현명한 결정이라는 겁니다. 사실 생각해 보면 거의 모든 갑돌이와 갑순이는 '차카게' 살고 있습니다. 그리고 어느 글쓴이의 말대로 인생 사는데 필요한 모든 것은 유치원에서 배운다고, 인간다움에 뭐 그리 학문적 토대가 필요한 것은 아니라는 말에 공감합니다.

회비 좀 보내주세요~!

외로움

2021.4.1.

드디어 봄 다운 봄인가 봅니다. 코로나에 황사까지 우리를 고단하고 칙칙하게 감싸고 있지만 그래도 온기가 달라지는 4월입니다. 하지만 여전히 친구 대신에 지겹게도 '거리두기'와 함께 하고 있어야 하니 그 알량한 봄기운으로는 여기저기서 '고독'이니 '우울'이니 하는 말들을 걷어낼 수가 없군요. 그래서 요즘 새삼스러운 일인지는 모르겠지만 외로움이 화두가 되는군요.

사실 우리 인간이 외로움을 느끼게 된 건 그리 오래되지 않은 일이라고 합니다. 16세기 존 밀턴의 서사시 〈실락원〉에 '외로움'이라는 단어가 등장했다고 하는데, 인류의 역사는 차치하고라도 농업을 시작했다는 1만 년 정도만 따져도 정말 최근이네요.

어느 영국인이 그런 얘기를 하면서 자기 외할머니도 돌아가시기 전에 어렸을 때 살던 곳으로 돌아가고 싶다는 말씀을 많이 하셨다고 합니다. 할머니의 고향은 거친 들판 끝에 많지 않은 가구가 모여 사는 시골 마을이고 '공중 변소'를 쓰는 곳이었지만, 이 사람의 분석으로는, 할머니는 그런 불편함이 있던 곳일지라도 '외롭지 않았기' 때문에 그리워하는 것이라고 합니다.

문제는 외로움이 시골 요양원에 한정된 것이 아니라 가정을 이루고 식구들의 끼니를 챙기는 주부에서부터 대기업에서 뻰질나게 해외 출장을 다니는 마케팅 책임자나 하루에도 몇 번씩 회의를 하는 바쁜 사람들도 호소하는 경우가 많답니다.

이런 외로움 때문인지 최근 이와 관련한 각종 비즈니스가 생기고 있다고 합니다. 미국에는 몇만 원을 받고 손님을 (절대 건전한 방향으로) 안아주거나 쓰다듬어주는 등의 스킨십 샵이 있다고 하고, 우리나라에도 에이핑크 손나은과의 VR 데이트를 상품화하던 업체가 있다네요.

어떤 사람들은 반려동물을 키우면서 외로움을 줄여보려 한다는데, 웬걸 낮에 주인이 출근한 동안 외로운 반려동물들이 우울증으로 약을 처방받아야 하는 경우가 발생한다는군요.*

---

* 다니엘 튜더, 《고독한 이방인의 산책》, 문학동네, 2021.
다니엘 튜더는 1982년 영국 맨체스터에서 태어났고 당시 서울살이 11년 차라고 하였습니다. 외국인이 우리 사회를 들여다보고 쓴 글은 항상 재미있습니다.

엘리트보다는 포퓰리스트

2021.4.29.

날씨도 확 풀리고 이제 활동할 일만 남은 것 같은데 상황이 그렇지를 않군요. 누구는 '보복소비'하러 다닌다고 하고, 누구는 이웃 나라에 여행 간다고 하는데 알고 보니 우리나라 얘기는 아니군요. 몸이 근질근질합니다.

지난번 메시지 보낸 이후에 날씨뿐 아니라 달라진 것이 많군요. 대도시 시장 두 분이 새로 오셨고*, 코로나 확진자가 엄청 늘었으며, 한국 최초의 아카데미상 수상자가 나왔고**, 미국인들이 화성에서 헬기를 띄우는 동안 동남아 어느 나라에서는 군인이 국민에게 총질을 해대고 있네요***. 이런 몇 가지 중에 우리 친구들은 어떤 소식이 가장 관심이 있었나요?

어느 글에서 보니 상위 1%의 엘리트만 보면 미국이 최고고, 10%만 보면 일본이나 유럽이 앞선답니다. 그런데 20~30%로 가면 한국만 한 나라가 없다고 하네요. 그래서 무슨 이슈가 발생하면 국민 대다수가 전

---

* 서울시장(오세훈 당선), 부산시장(박형준 당선)을 말한 건데 당시 모두 야당후보였군요.

** 봉준호 감독의 영화 〈기생충〉과 배우 윤여정 씨 얘기입니다.

*** 미얀마에서 군부쿠데타가 발생하여 각주를 정리하는 2024년 8월 현재도 내전 중이라고 합니다. 최근 관련 특집방송을 보았는데 군부에 저항하는 세력의 어느 시민이 "우리는 러시아의 우크라이나 침공과 중동지역의 전쟁으로 국제사회의 이목에서 벗어나 있다"고 하더군요.

문가가 돼 버리는 재미있는 나라라고 합니다. 아마 우리 친구들도 위와 같은 최근 이슈에 관심은 좀 제각각이더라도 각자가 이미 논문에 한 줄 보탤 식견을 장착하고 있을 줄 압니다.

사실은 그러다 보니 엘리트를 존경하고 추종하기보다는 소위 좀 우습게 보면서 자신과의 역량 차이를 별로 인정하지 않으려고 하는 경향이 있다고 합니다. 어찌 보면 이런 경향이 선뜻 우상을 만들어 내지 않는 이유가 되는 동시에, 정치적·사회적 여론이 이분화되어 지금까지 흘러온 이유도 된 것이라는 생각이 듭니다. 그래서인지 우리나라에는 포퓰리즘이 엘리트주의보다 먹히는(필요한) 것이라는 의견도 있더군요.

영화 〈미나리〉에 '(병아리) 수놈은 알도 못 낳고 쓸 데가 없어서 소각시켜'라는 대사가 나옵니다. 수놈 중에서도 늙은 수놈은 어찌해야 하나요? 다음번 문자에는 청년세대에 따돌려지는 기성세대를 논해 본겠습니다.

8090과 386

2021.5.10.

어버이날 대접 좀 받으셨나요? 저는 개인적으로 생일이나 기념일 이런 것 챙겨 주고받는 것을 좀 싫어합니다. 그 때문에 살면서 아내에게 바가지 많이 긁혔지요. 정작 내가 소주 한잔 하고 싶은 날이 있고, 뭘 좀 먹고 싶은 날이 있고, 새 옷을 입어야 할 명분이 생기는 날이 있지 않습니까? 저는 그런 것은 그냥 그때그때 요긴하게 채워줘야 하는 것이지, 백화점 세일 하듯 날 잡아서 하는 억지춘향식의 행사가 맘에 들지 않습니다. 아내도 부모도 평소에 부족한 것 채워드려야지, 단체로 생색내는 것이 아직도 인생 연출하는 것 같이 느껴져 조금 불편합니다. 하지만 어디 가서 이런 내색 쉽게 하다간 별놈 다 있다고 핀잔듣기 딱 알맞겠지요?

최근에 80년대생이 쓴 책을 한 권 읽었는데 깜짝 놀랐습니다. 내용인즉, 이제 젊은이들의 머릿속에 80년 이전 세대는 거의 관심이 없고 80년대생과 90년대생의 사고와 관념을 구분 짓고 그 차이점을 분석하면서 이 사회를 규명하는 중이라는 것이었습니다. 8090의 차이가 무엇인가 궁금하기 전에 우선 발끈해지더라고요. "아니, 젊은 놈들한테 우리는 이제 안중에 없다는 건가? 세상에 이 같잖고 당돌한 것들이 그동안 '피와 땀과 눈물로' 넘치는 영양분 채워 밥 먹여주고 따뜻하고 아늑한 곳에서 꿀잠 재워가며 키워준 애비에미를 감히 담론의 장에서 삭제하다니…"라는 생각이 들었습니다.

그런데 또 어쩌겠습니까? 머리는 굳고, 근육은 풀어지고, 오감이 쇠퇴했는데 누가 그렇게 부어터진 정으로 상석에 앉혀주겠습니까? 자식보다 손주한테 남은 기력 소진하고 있는 동안 젊은 친구들은 자리를 옮겨버린 겁니다. 그들은 이제 "386? 그거 명확한 경계 없는, 정치보다는 문화나 상품소비자 관련 호명이지"라고 하며, 그 386에 해당한다는 63년생 진중권이 스스로 "사회가 젊어지려면 이제 우리가 그들에게 살해당해야 한다"라고 했다는군요. 정작 자신은 지금도 이준석한테 잔소리를 하면서….

우리도 젊어서 선생님과 아버지를 일체화하여 '꼰대'라고 지칭하면서 질풍노도의 청년 결기를 앞세운 것이 사실일진대 이제 와서 이 한 줌의 권위라 해도 놓자니 아쉽고 젊어지자니 버거운 게 현실이군요. 두어 살 더 먹었으면 미련 없이 내려놓을 텐데….

몇 개 내려놓더라도 동창회는 꽉 잡읍시다!

접종

2021.6.14.

백신 접종들 하셨나요? 저는 6월 8일에 AZ*를 맞았습니다. 동창을 포함한 우리 또래의 친구들이 많이들 1차 접종을 마쳤더군요. 아직은 주변에서 접종 후 특이증상을 듣지 못했고 저 자신도 이틀 정도에 걸쳐 타이레놀로 증상을 완화시키면서 지나갔습니다. 다만 저는 48시간이 지난 후에 접종 부위가 빼근한 증상이 한 이틀 정도 나타나더군요.

백신이 확보되질 않네, 접종이 늦어지네 하는 비판적인 뉴스나 기사 등이 이제는 거의 사라졌네요. 오히려 이제 없는 잔여 백신 찾아 검색하는 사람들이 많이 늘었고 얀센 같은 경우에는 젊은이들이 몰려서 아주 성황리(?)에 접종이 진행되고 있군요. 인터넷에는 "아니 백신 안 맞겠다던 사람들 다 어디 간 거지?"라며 현 상황을 눙치는 댓글러들이 많네요.

이제 대부분 접종하는 쪽으로 생각을 굳힌 것이라 보고, 새롭게 국민의 힘의 당 대표가 된 이준석 씨도 "방역 같은 부분에는 협조를 아끼지 않겠다"고 대통령에게 말씀드렸다는데, 이 부분에서 우리 국민성을 최대한 발휘해서 '빨리빨리' 맞고 '빨리빨리' 물리칠 수 있기를 바랍니다.

* 아스트라제네카라는 제약회사가 만든 백신을 맞았다는 것입니다.

사실 총무는 계절이 바뀌면 감기를 한 차례씩 앓고는 했는데 코로나 발생 이후에는 1년 반 동안 감기에 걸리지 않았습니다. 그래서 개인적인 경험을 바탕으로 혹시 앞으로는 감기가 사라지고 코로나만 남아서 백신과 변종 바이러스의 숨바꼭질이 이어지는 건 아닐까 하는 어두운 상상도 해봅니다.

2차 접종까지 마친 사람을 모임의 인원수에서 제외해 주는 조치가 선포되면 우리 동창회도 가능할 것으로 생각됩니다. '부뚜막에 소금도 집어넣어야 짜다'고, 회비가 통장에만 있으면 뭐하겠습니까? 우리 친구들 모인 식탁을 차려 놓아야 맛이 아닐까요? 총무가 회비 많은 척 허세를 부립니다.

할아버지의 회고록 2021.6.24.

다음은 돌아가신 어느 할아버지가 쓴 자전적 회고록에 나오는 내용입니다.

> 우리 할아버지는 1855년에 태어났습니다. 만 27세에 19세인 할머니와 결혼했고 그해에 큰아들을 낳았습니다. 그 후 십 년간 할머니는 8번의 출산으로 쌍둥이 포함 무려 9명의 자식을 생산했습니다. 그런데 이후에도 4년이 지난 1897년에 11번째 자식인 아들이 태어났습니다. 이 사람이 바로 우리 아버지입니다. 하지만 여기서 그친 것이 아니고 2년 후에 또 딸을 낳았고 다시 5년 후에 드디어 13번째인 막내아들로 할머니는 출산을 마감했습니다. 그때 할머니 연세가 40세였다고 합니다.
> 당시 이 생산성은 우리 고장에서 그리 큰 기록은 아니었습니다. 어느 집은 아이를 여럿 낳으면서 도저히 이름을 외울 수 없게 되자 '열한'이라고 순번으로 이름을 짓기도 했습니다.
> 우리 할아버지는 열정적인 자식 농사에도 불구하고 52세에 돌아가셨습니다.

이상의 글은 우리나라 얘기는 아니고, 미국 버지니아주 어느 동네에서 일어난 일인데 러셀 베이커라는 사람이 자신의 가족과 이웃의 얘기를 책에 쓴 것입니다.* '열한'이라는 사람은 사실 'Eleven'이었습니다.

과거에 대추나무 연 걸리듯 자식을 생산한 사람들이 우리 할아버지 할머니뿐이 아니라는 것, 할머니는 어린 나이에 신부가 되었다는 것, 그리고 할아버지는 환갑도 지나기 전에 돌아가셨다는 것 등이 우리의 옛적과 꽤나 겹치지 않습니까?

다른 얘기도 해볼까요? 저 할아버지가 어려서 찍은 사진을 보면 미국 사람들도 '스마일' 하면서 찍은 사진이 거의 없습니다. 모두들 근엄하고 진지한 표정입니다. 그들도 사진 찍으면서 웃기 시작한 지 그리 오래되지 않았습니다.

한 가지 더, 1900년대 중반까지 미국의 주택도 화장실이 마당에 있었습니다. 우리 어렸을 때 주로 대문가에 있던 화장실처럼 그랬지요. 그러다 보니 당시 미국 사람도 밤중에는 '요강'을 사용했다는 겁니다. 양변기가 화장실을 집안으로 끌고 들어온 것은 맞지만 '요강'의 자리를 차지했을 뿐입니다.

서양인들이 겉으로는 쉽게 나타내지 않지만 사실 문명의 자부심이 없지 않겠지요? 하지만 그들이 아주 조금 앞서간 것이지 뭘 그리 대단한 별종으로서 다른 길을 걸어온 것은 아니라는 겁니다. 여러분이 만난

---

* Growing Up(Russell Baker, 1982.
이 분이 뉴욕타임스 칼럼니스트였는데 퓰리처상을 두 번이나 수상했다고 합니다. 2019년에 돌아가셨습니다. 문자로는 소개하지 못했지만 이 책에는 저자가 어렸을 때 단 것을 먹이려는 할머니와 제지하는 어머니의 '고부간 갈등' 사례도 기록되어 있습니다.

서구인은 "라떼는 말이야"라고 했나요? 아니면 "난 그런 적 없어"라고 했나요?

비상식

2021.7.12.

오늘은 제 사무실과 같은 건물에 있는 상점 얘기를 좀 하려고 합니다. 떡볶이 프랜차이즈 소매점인 이 상점은 약 4개월 전에 오픈했는데, 개업하고 며칠 지나고 나니 출입문에 '매주 화요일은 휴무입니다'라는 안내문이 붙었습니다.

그렇구나 하고 또 며칠이 지났는데 지난 5월 1일 토요일에 문을 닫은 채 다른 안내문이 붙었습니다. '근로자의 날 휴무'. 아, 자영업자의 근로자의 날 휴무는 특이하네. 아르바이트만 고용한 것이 아니라 정규 직원도 있나? 혹시 유급 휴일일까 하고 몇 가지 궁금한 생각이 들었습니다.

그리고 무심하게 한 달여가 더 지났습니다. 이번에는 또 다른 안내문이 붙었습니다. '혹서기 주중 휴무를 하루 늘려 월요일, 화요일 쉽니다.' 음, 주 5일 근무(영업)하는 떡볶이집이라….

그런데 엊그제 출입문에 또 다른 안내문이 붙었습니다. "코로나 확산으로 인하여 당분간 포장만 가능합니다."

보통 세상에는 상식적인 부분과 비상식적인 부분이 있다고들 하지요. 그럼 저 상점은 어느 쪽에 속하는 것일까요? 누구는 영업시간 제한

한다고 시위를 하는데, 누구는 저렇게 능동적으로 대응하니 아무리 먹고 살 만하다 한들 소규모 자영업자의 행태로는 참으로 독특한 케이스라는 생각입니다.*

상식을 잃어버린 다른 한 가지 더 전해드립니다. 예전에 서울대학교 공과대학 어느 여자 교수님이 결혼을 하게 되었는데 이 분이 예비신랑에게 요구한 것이 '구리반지'였습니다. 이 교수님 말로는 다이아몬드는 약 1억 년이 지나면 탄소, 즉 '연필심' 같은 것으로 변한답니다. 그리고 우리가 아는 물질 중 가장 안정적인 물질이 '구리'라고 합니다. 그래서 이 물리학 박사님께서는 백년가약이라는 결혼예물로 다이아몬드보다는 구리가 자격이 있다고 주장했답니다. 이것도 상식적인 것인지, 비상식적인 것인지 모르겠네요. 뭐 '전문적'이긴 합니다만.

* 그런데 1년도 지나지 않아 주인이 바뀌더니 요즘은 그리 파격적인 안내문은 붙지 않습니다.

워라밸 2021.7.31.

날씨가 많이 덥군요. 이게 에어컨으로 실내를 식히니까 자연스레 외부는 더 더워지는 거 아닌가 하는 생각이 듭니다. 편익에는 비용도 따르기 마련이라서 우리의 문명도 대차대조표처럼 차변에 뭔가 생기면 대변에도 뭘 감안해야 하나 봅니다. 올해는 폭우니 산불이니 유독 자연재해 소식이 많아서 환경과 기후 걱정을 좀 더 하게 되는군요. 게다가 백신은 계속 접종되는데 확진자는 점점 더 늘어나니 전 세계가 당황하고 있는 모습이네요.

그 와중에도 밖에서는 올림픽 경기가 열리고 안에서는 대통령 되려고 하는 사람들이 목소리를 높이고, 모이지 말라고 하는데도 데모 좀 해야겠다고 깃발을 흔드는 사람들도 있군요. 일부 말리고 싶은 마음도 있지만 뭐 할 일은 해야 한다면 어쩌겠습니까?

휴가철이 시작되었답니다. 그런데 해외여행이 어려우니까 국내 어디로든 가보자는 사람들이 많은지 오늘 아침 강원도 가는 고속도로가 차로 가득 차 있다고 하네요. 누군가 "여행은 예방약이고, 치료제이며, 회복약이다" 라고 했다니 그깟 차 좀 밀리는 건 좀 더 깊은 맛을 위한 절차적 소스일 뿐입니다. 여행하는 사람들이 모두 건강하게 잘 지내고 오길 바랍니다.

오늘 아침 신문을 보니까 카카오 김범수 의장이 삼성의 이재용 부회장을 제치고 우리나라 최고 부자가 됐다는 기사가 있네요. 재산이 15조 원이라니 이제는 '억' 소리도 별것 아닌 게 됐다고 봐야겠군요. 자산가의 아들로 태어난 것도 아닌 그가 자수성가하여 최고 부자가 됐다니 칭찬해 주고 부러워할 수밖에 없습니다. 그런데 참고로 아마존의 제프 베이조스는 재산이 500조라는데, 이거 김범수 의장한테 더 분발하라고 해야 하는 건지, 아니면 이제 그만 이웃돕기 하라고 해야 하는 건지 모르겠네요.

엊저녁 부동산 관련 뉴스를 보던 제 아들이 "월급은 300만 원을 받든 500만 원을 받든 어차피 그걸로 집을 장만할 수 없기 때문에 요즘 친구들은 급여보다는 '워라밸'을 더 중시합니다"라고 하더군요. 실제로 서초동 법원의 젊은 판사들이 부장판사한테 "7시 넘어까지 일 못 해요"라고 했다는데, 법복을 입혀 놔도 세태는 감춰지지 않는다는 생각이 듭니다. 에디슨이 "천재는 99%의 노력과 1%의 영감이다"라고 했지만 요즘 젊은이들이 "부자는 99%의 상속분과 1%의 행운이다"라고 믿는다면 김범수나 제프 베이조스라 한들 자극이 될까요?

8월 한 달 더위도 이기고 질병도 이기고 늠름한 자세로 헤쳐나갑시다. 파이팅!

2등을 응원함

2021.8.12.

말복이 지나니 더위가 아주 조금 고개를 숙인 것 같습니다. 주변에 나이 먹은 사람들이 모두 여름보다는 겨울이 낫다고 하네요. 체온을 발산하는 기술보다는 지켜주는 기술이 앞선 때문인가 봅니다.

코로나 접종을 잘해서 11월이면 집단면역이 될 거라고 했는데 실상은 하루 확진자가 여전히 2천 명이 넘어가고 백신 도입에 차질이 생긴다고 하니 이게 바로 '희망고문'이라고 하는 것인가 봅니다. '올해는 송년회를 할 수도 있겠다'라고 생각했는데 새로운 뉴스에 점점 당황하게 되는군요.

상황이 이러니 요즘 생활은, 집에서 인터넷으로 수업하고, 회의하고, 친구들과 만나고, 음식 주문하고 정보 검색하고 그야말로 온라인 세상입니다. 과거 노무현 대통령이 "권력은 시장으로 갔다"라고 했는데 이제 정보는 '포털'로 가고, 모임은 'ZOOM'으로 가고, 지식은 '유튜브'로 간 것 같습니다. 그래서 '나는 생각한다. 고로 나는 존재한다'라고 했던 데카르트가 요즘 세상을 본다면 '나는 접속한다. 고로 나는 존재한다'라고 할 거라네요.

코로나 덕분에 마스크 장사해서 돈 벌었다는 얘기는 동네 구멍가게 얘기였군요. 이제는 온라인 플랫폼을 운영하는 사람들이 그야말로 떼돈을 버는 세상이 됐습니다. 그런데 이렇게 돈 버는 사람들의 생각이 좀 다르네요. 그중에 누군가가 "경쟁은 루저들이나 하는 짓이다"*라고 했답니다. 그다음 얘기는 당연히 '우리는 독점한다.' 이런 것이지요.

맞습니다. 독점하면 경쟁하지 않아도 되지요. 그런데 우리 일반 소비자는 거대기업이 어느 분야를 독점하도록 소비해야 할까요? 과거에 기아자동차가 현대자동차그룹에 인수되었을 때 개인적으로 껄끄러웠고 최근 대한항공이 아시아나를 인수한다는 데에도 개인적으로는 불편합니다. 저 사람들은 '합병(독점)하면 비용을 낮춰서 소비자에게도 유리하다'라고 하지만 정말 그 말을 믿어도 될까요?

미국의 어느 렌터카 업체는 "우리는 2등입니다. 그게 바로 우리가 노력하는 이유죠"라고 광고를 해서 소비자에게 크게 어필했습니다.** 저도 2등을 응원합니다. 포털은 '다음'을 이용하고 '캐리어 에어컨'***을 샀으며, '르노삼성 자동차'를 구입한 친구에게 박수를 보냈습니다. '1등만 알아주는 더러운 세상'이 되지 않길….

---

* 페이스북 초기 투자자이며 페이팔 공동 창업자인 피터 틸이라는 사람의 말이라고 합니다.

** 미국 렌터카 업체 AVIS의 과거 슬로건입니다.

*** 에어컨을 발명한 윌리스 캐리어(Willis Carrier)의 이름에서 비롯된 브랜드인데 우리나라에서는 물론 해외에서도 삼성과 엘지에 좀 밀리는군요.

아프가니스탄의 정의

2021.8.30.

미군이 아프간에서 철수하고 그 후유증이 지속되는 가운데 우리나라도 몇백 명의 아프간인을 받아들이게 됐네요. 우리에게 도움을 주었던 사람들이라 여론은 그들의 입국과 정착에 매우 호의적인 듯합니다. 그런데 어느 단톡방에서는 "난 절대 반대야. 내가 중동에서 생활해 봐서 알아"라고 방을 뛰쳐나가는 사람도 있었습니다.

떠도는 자료를 보니 아프간이라는 나라가 참으로 기구한 근현대를 살고 있다는 생각이 듭니다. 영국, 러시아, 미국 등 소위 열강과 싸워가면서, 국력을 소진한 건지 키워온 건지 알 수가 없군요. 탈레반이 다시 정권을 잡았다니까 테러 조직의 부활을 염려하는 사람들도 있는데, 또 누구는 "탈레반과 이슬람국가(IS)는 코카콜라와 펩시콜라 같아서 상표를 벗겨놓으면 구분하기 어렵다"라고 하네요.

하긴 그들이 1,400년 된 불상을 파괴하고, 샘물교회 사람들을 참수하는 등의 영상을 전 세계에 공개한 것을 생각하면 소름이 돋지만, 그 땅에서 그 사람들 사이에서는 어떤 위상으로 어떻게 체감되고 있는지 알 수 없는 것이지요.

하버드대의 마이클 샌델 교수가 쓴 책 《정의란 무엇인가》에는 다음과 같은 내용이 있습니다.

> 2005년에 네이비 씰 소속 미군 4명이 탈레반 지역 정찰을 나갔는데 산에서 내려오던 염소몰이꾼 2명과 마주치게 됐습니다. 돌발상황에서 미군들은 고민했지요. '저들을 죽여야 하나? 아니면 그냥 내려가도록 해야 하나?' 잠시 토론한 후에 '민간인을 죽이지 말자'라는 결론을 내렸고 그대로 내려보냈습니다. 그런데 이 결정이 참혹한 결과를 초래합니다. 약 한 시간 후에 그들은 AK소총과 로켓추진 수류탄으로 무장한 80명 이상의 탈레반에 포위되었고 결국 4명 중 3명이 사살되었습니다. 게다가 미군을 구출하려고 날아온 헬기까지 격추당해서 탑승한 16명의 군인이 모두 죽었습니다.*

마이클 샌델 교수는 위의 실화를 '어떤 게 정의인지' 토론하는 데 쓰려고 했지만 저는 최근의 미군 철수와 위의 사건을 연관 지어 친구들에게 이렇게 질문해 봅니다.

1. 미군이 탈레반 지역을 정찰하기로 한 결정이 잘못된 것인지
2. 염소몰이꾼을 죽이지 않은 것이 잘못된 결정인지
3. 적의 화력을 무시하고 겨우 헬기 한 대로 붙잡힌 미군들을 구출하려고 했던 것이 잘못된 것인지

9월이 세월의 문턱에서 노크를 합니다. 문 열어줘야 하겠지요? 며칠 남지 않은 여름 모두들 건강하게 잘 지내시길 바랍니다.

---

* JUSTICE(Michael Sandel, 2009), p24~27.

60대의 몸캠 2021.9.16.

우리 친구들도 모두 건강하게 잘 지내고 계시지요? 최근에 뉴스를 보다가 너무 건강해서 사고 치는 60대를 봤는데요. 보이스피싱에 속아서 젊은 여자하고 어찌 좀 해볼 거라고 몸캠을 찍어서 넘겼다가 협박당한 사연이었습니다.

집에서 처자식과 함께 TV 보다가 저런 뉴스를 접하니 괜스레 부끄럽고 당황스럽더라고요. 나이가 이쯤 됐으면 인품은 언급하지 않더라도 발정의 본능 정도는 다스릴 수 있어야 할 텐데 저 XXX 같은 인간이 60대를 망신시키고 있다는 생각에 은근히 화가 났습니다. 그런데 뉴스 내용에는 '이런 사건이 많이 발생해서 뉴스로 보낸다'라는 취지의 멘트가 있더군요. 많다고? 그래 뭐 요즘 60대는 30년 전 40대나 마찬가지라고 봐야 하니, 기운 좀 쓰겠다는데 말릴 생각은 없지만 그래도 한 갑자 했으면 나잇값은 좀 해야 하는 것 아닌가요?

70대 중반의 연예인과 30대 여성의 로맨스가 소송으로 치닫고, 88세 노인이 60세 아내의 잠자리 거부에 무자비한 폭력을 행사했다는 이런 뉴스는 남의 집 일 같은데 이상하게도 저 60대의 몸캠 사건에는 예민해지는 이유가 뭔지 모르겠습니다. 7~80대는 노망으로 치부하고 60대는 치정이라고 생각되는 건가요? 어쨌든 지금은 '임자, 사내들 사이에서 아랫도리 얘기는 하지 않는 거야'라고 할 수 있는 분위기가 아니네요. 예전에 만해 한용운 선생이 속세에서 처녀를 상품으로 놓고 씨름을 했는데 상대방을 넘어뜨린 후 그 처녀에게 다가가 엉덩이를 한 번 스치고는 "허 고놈 엉덩이 참 잘 생겼다"라고 하시고 껄껄 웃으며 떠났다는 일화가 있습니다. 이런 게 오히려 더 마초적이지 않습니까?*

명절은 다가왔는데 벌초도 (직접) 못하고, 차례도 (모여서) 못 지내고 여러 가지로 허전하군요. 그래도 연휴는 주어졌으니 나름 활용하시길 바랍니다. 건강하고 행복한 추석 연휴 보내시고 총무는 문자로 선물 대신합니다.

26회, 침 흘리지 말고 땀 흘립시다. 파이팅!

---

* 이 글의 각주를 정리하고 있는 2024년 8월에는 딥페이크(Deepfake)라고 하여 인공지능 기술을 이용해서 사진이나 영상을 조작하는 일이 이슈가 되었는데 그중 많은 부분이 음란물과 관련이 있어서 그랬습니다. 멀쩡한 여성들이 피해자가 되는 상황인데 범인을 붙잡아도 징역 2년 6개월이 최고형이라고 해서 또 공분을 사고 있습니다. 정부에서 7년 정도로 늘이는 것을 추진하겠다는 뉴스가 있었습니다.

언론의 모습

2021.10.14.

대선 열기가 점점 뜨거워지면서 누구든 '큰 거 한 방' 터뜨리려고 안달이 나 있네요. 최근에는 '포렌식'이라는 디지털 기기 분석기술이 발전해서 예전 같으면 증거 없이 넘어갈 일도 폭로가 되는 상황입니다. 누군가가 정치인과 언론인은 '관종(관심종자)'이라고 하더군요. 관심을 받지 못하면 시들어버리는 종자라서 동조하든 비판하든, 찬양하든 욕지거리를 하든 '무조건 기사 내자. 부고만 아니면 된다', 뭐 이런 식이랍니다. 요즘은 온라인 세상이니까 이렇게 해서 클릭만 유도하면 언론은 돈 벌고 정치인은 표 번다는 것이지요.

그러다 보니 부작용이 많습니다. 유튜브에는 거짓말이 시골 하늘 유성처럼 떠돌고, 심지어 중량급 이상의 언론도 이런 장난을 하지요. 얼마 전 법무차관 비서가 무릎 꿇고 우산을 씌워줘 '황제 의전'이라는 기사가 났는데 정치권까지 성토하며 들썩이다가 바로 그 모습이 기자들이 요청한 모습이었다고 해서 슬그머니 자취를 감춘 사례가 있었습니다. 이게 정말 언론의 모습이라면 '자나 깨나 뉴스 조심, 펜은 칼보다 못 미덥다'라는 표어라도 걸어 놓고 살아야겠네요.

그런데 사실은 이게 어제오늘의 일도 아니고 비단 우리나라의 문제만도 아닌 듯합니다. 과거 우리 고등학생 시절에 영국의 세인트 앤 여자대학 기숙사에는 (다른 학교와 마찬가지로) 남학생들이 들락거리기 시작했는데, 당시 완고했던 일부 여성들이 뭔가 제재를 해야 하는 것 아니냐고 민원제기를 했더랍니다. (남학생 출입금지 규칙은 이미 사문화된 상황이었나 봐요.) 그러면서 했던 주장이 "누군가 같이 자면 하다못해 수돗물이라도 더 쓰게 되니 뭔가 부담을 시켜야 하는 것 아니냐?"라고 따져서 학교 측에서는 할 수 없이 '기숙사에 방문해서 잠을 자면 (예를 들어) 3천 원의 비용을 부담해야 함'이라고 규칙을 바꿨답니다.

그러자 그 다음 날 어느 신문 왈, "세인트 앤 여대생, 하룻저녁에 3천원"이라고 기사를 냈다는군요. 그 신문이 〈가디언〉이라고 당시 150년쯤 된 (올해로 딱 200년 되는) 영국 3대 일간지였답니다. 우리나라 언론에도 '대신고 26회 졸업장 1년에 5만 원'이라는 기사가 나타날까 봐 총무는 조심스럽습니다.

주말에 기온이 곤두박질친답니다. 가을이 창밖에서 달려 지나간 말과 같습니다. 따뜻한 복장으로 건강한 겨울 준비하시고 총무는 위드 코로나가 어떻게 구현되는지 '언론'에 귀 기울이고 있겠습니다.

대장동 자본주의

2021.11.1.

대장동 아파트가 정치권의 대장이슈가 돼서 식을 줄을 모르네요. 자본주의의 핵심인 '돈 놓고 돈 먹기'가 누구에게는 성공 신화인데 누구에게는 부도덕의 본보기라고 하며 돈이 지나간 길을 찾아보자고 여럿이 분주합니다. 엄청 큰돈인데도 홍수나 태풍처럼 지나간 자리도 없이 묘연하여 추측과 억측이 난무하는군요.

원래 자본주의라는 것이 '부의 격차'와 '실업'이라는 두 가지 치명적인 약점을 갖고 태어났는데, 대가나 보상이라고만 보기에는 너무나 막대한 수입이 짭짤함보다는 씁쓸함으로 사회를 어둡게 하네요.

재미있는 것이 제2차 세계대전 당시, 지구상에 자본주의 국가는 미국하고 영국 두 나라밖에 없었다고 합니다. 다른 곳은 파시스트이거나, 공산주의이거나, 봉건 식민지배를 받거나 아니면 제3세계이거나 뭐 그랬다는군요. 그래서 우리가 지금 당연한 것처럼 받아들이는 이 자본주의는 하마터면 지구상에서 사라져버렸을 수도 있었다는 거죠.

결국 '인류가 만든 궁극의 시스템이야'라고 잘난 척하지만 '부의 편중'이라는 태생적 장애는 극복이 어려운 것 같습니다. 어떤 이는 "정말 도움이 필요한 사람(예를 들어 노숙자)은 좀 더 잘 살아야 하겠다는 의욕도 없고 심지어 투표도 하지 않기 때문에 정치인이 신경 쓰지 않는다"
라고 합니다.

어쨌든 빈부의 격차는 언젠가 자본주의를 내동댕이칠 것이기 때문에 대장동이 됐든 백현동이 됐든 저렇게 상식이 혼쭐나버리는 결과는 발등을 찍는 도끼가 될 것이랍니다. 이미 오래전부터 기업의 목표는 '이윤의 추구'에서 '적정이윤의 추구'로 바뀌어 설파되고 있는데, 이런 슬로건이 단순한 경제적 립 서비스에 그친다면 어느 날 마르크스가 무덤에서 벌떡 일어나 이렇게 소리칠 거라는 거죠. "거 봐!"

11월에는 몇 명씩 모여도 된다는 소식이 있군요. 우리 친구들도 이제 산악회, 당구회, 골프회 등 다시 열정으로 뭉치는 날이 오고 있습니다. '외롭고 심심했던 날들의 보상'이 될 수 있도록, 외로움의 격차가 심화되지 않도록 동창회 운영진도 노력하겠습니다. 대신고 26회 가즈아!

국뽕

2021.11.22.

가을이 불안 불안한 꼬리를 드러냈다 감췄다 하는군요. 지난 토요일에는 오랜만에 동창회 '26산악회'가 산행을 했습니다. 모임 제한도 다소 누그러진 데다 홍○기 친구가 산악회 회장으로 새로 취임해서 도저히 빼먹을 핑계를 댈 수 없는 11월의 산행이었습니다.

어쨌든 오랜만에 친구들과 만나서 삼청공원 흐드러진 단풍구경도 하고, 얘기도 좀 하고, 소주도 한 잔 마시니 속이 다 후련했습니다. 그런데 그동안 누구는 여기가 아팠고, 누구는 이런 수술을 했고 하는 얘기들이 많아 나이가 들어가는 것을 실감하겠더군요.

이○근이 단톡방에 글을 올렸는데 재미교포가 우리나라의 생활상을 보고 놀라는 모습이었습니다. 비데, 차량 블랙박스, IoT라고 불리는 각종 원격조종장치 같은 것들이 미국에도 아직은 보편화되지 않은 편의장치인 모양입니다. 이 글을 보니 저도 다음과 같은 일들이 생각났습니다.

> 1. 독일에 광부로 가서 30년 넘게 살다가 돌아오신 어느 노신사를 만났는데 그분은 한국의 월급쟁이가 이틀이 멀다 하고 회식을 하면서 회사돈으로 술 마시고 고기 먹고 하는 모습이 놀랍다고 했고

2. 미국 가서 돈 좀 벌어 어깨에 힘주고 귀국한 사촌 형님이 어느 부촌 아파트에 한 1년 살면서 사람 좀 사귀더니 "얘, 한국에는 왜 이렇게 부자가 많은 거니?" 하셨고요.*

3. 어느 책에 보니 미국의 작은 도시 주변의 외딴집에는 인터넷이 연결되지 않아서 아이가 인터넷으로 해야 하는 숙제를 받으면 아빠가 퇴근해서 아이를 차에 태우고 다운타운의 스타벅스 주차장으로 데려간답니다. 그러면 아이가 와이파이를 연결해서 얼른 숙제를 마치고 집으로 돌아간다네요.

이상 물질적인 측면에서의 '국뽕'이었습니다. 그런데 여기에 하나 더 추가하고 싶은 게 바로 과연 주말에 감히 처자식 놔두고 친구들과 모여서 등산 가는 나라가 또 있을까 하는 생각입니다. — 문화적 '국뽕'입니다. — 소위 선진국이라는 곳에서 그랬다간 얻어맞든지 이혼당하든지 했을 텐데….

그런데 누군가 추궁해도 대답은 이겁니다. "좋은 걸 어떡해~" (산악회원 모집 중!)**

---

* 이 형님이 또 한 가지 놀란 것은 귀국해서 새 집에 인터넷 신청하고 커튼 주문했더니 다음 날 바로 설치하고 장착해 주더라고 하면서 "미국에서는 일주일 정도는 기다려야 한다"고 하시더군요.

** 외국에서는 취미가 '등산'이라고 하면 다시 한번 쳐다본답니다. 자기들 말로 '알피니스트'를 연상케 하는 모양입니다.

묘비명

2021.12.6.

10월까지도 30도를 넘나드는 기온이 걱정스럽더니 잠깐의 휴식시간처럼 가을이 지나가고 이제 12월, 겨울입니다. 영하 몇 도의 날씨가 며칠 있었지만 이제 조금씩 적응이 되니 그다지 춥게 느껴지지는 않네요.

그래도 환절기는 맞나 봅니다. 여기저기서 부고가 들어오는군요. 노인들은 계절이 바뀌면서 많이들 가시더라고요. 그런데 요즘 부고는 참으로 그 스펙트럼이 널찍합니다. 주로 같은 항렬의 형님들이 돌아가시고 있는데, 엊그제는 어느 동우회 부고가 이렇게 왔습니다. '○○○(42년생) 장모상'. 42년생이 장모상이라니요. 부고로 100세 시대를 실감하는 역설이 가능합니다.

인간이 다른 동물과 차이 나는 점의 하나가 '언젠가는 자신이 죽을 것'을 안다는 것이랍니다. 그런데 이 사실이 우리 인간의 삶을 그야말로 번잡하게 만드는 것일 수도 있겠네요. 죽음이 철학을 인문학 가장 밑에 기본으로 깔아 놓고 '삶을 알려면 죽음을 이해해'라고 압박하는 바람에 철학자가 아니더라도 어느 정도는 삶과 죽음의 고리를 성찰하지 않을 수가 없는 것 같습니다.

그러다 보니 누구는 '죽음에 대해 생각하지 않는 것이 가장 좋다(에피

쿠로스)'라고 했다 하고, 누구는 '아침에는 죽음을 생각하는 것이 좋다(김영민)'라고 합니다. 그런데 사실 사는 것이 죽(어가)는 것이기 때문에 이미 알고 있는 것을 생각하지 않는다고 해서 망각으로 가는 것은 아니겠지요. 두 사람 모두 극단의 얘기를 하는 것이라서 그냥 내 마음이 허락하는 정도만 받아들이면 될 것 같습니다.

나이가 들면 죽음을 생각하지 않을 수가 없지요. 그래서 돈이 많은 사람은 상속을 걱정하고, 유명한 사람은 묘비명을 고민하고, 건강하거나 허약하거나 모두들 한 계절이라도 연기할 방법을 찾을 겁니다.

우리가 아는 유명한 묘비명은 버나드 쇼의 "우물쭈물하다가 내 이럴 줄 알았다"가 있고, 누구는 "X 같은 일이 일어났네"라고 했네요. 우리 시대의 개그우먼 김미화가 미리 만든 자신의 묘비명이 뭔지 아십니까? "웃기고 자빠졌네"입니다.

내년 우리 친구 김○석의 생전 장례식을 기대하며 대신고 26회 동창들의 만수무강을 기원합니다.

참, 올해도 동창회는 무산될 것 같습니다. 이 망할 놈의 코로나바이러스에 묘비명을 새겨줄 구세주는 아니 오시는지요.

불평등 2021.12.25.

"우물쭈물하다가 내 이럴 줄 알았다"라는 말이 맞는군요. 어느덧 한 해가 갑니다. 올해는 뉴스의 반이 코로나 소식이었고, 최근에는 대통령 선거 관련 소식이 또 다른 반이네요. 개인적으로 종합해 보니 코로나 외에도 환경과 불평등이 큰 이슈가 되고 있군요. 빙하와 산불, 탄소배출 같은 얘기들이 좀 더 부각되었고, 이제는 각 가정까지 내려와 지난 25일부터 플라스틱병도 상표가 표시된 비닐을 분리해 버려야 한답니다.

불평등은 이미 통찰력 있는 다수의 석학에 의해서 문제가 제기된 지 수십 년이 지났습니다. 30년 전에는 CEO의 연봉이 일반직원의 연봉의 5배였는데 최근에는 그 격차가 50배로 커지는 등 '부의 편중'이 크게 지적되면서, 다른 한편으로는 기술의 발달이 주로 하위직 저급 노동자의 일자리를 무참하게 짓밟고 있다는 시각도 있습니다. 자동화가 경영진의 일자리를 빼앗지는 않았다는 거지요.

어떤 사람은 난민 문제도 결국은 경제적 불평등이 지구적 분열을 야기하는 것이라고 하고, 못 받아들이는 국가는 "내 코가 석 자" 라고 하고, 받아들이는 국가는 "가진 놈들이 더 하다"고 합니다. 이런 것들을 어느 누가 쾌도난마처럼 풀어줄 수 있겠습니까? 새해 복 많이 받으시고 늘 건강하시길 기원합니다.

선거구경

2022.1.13.

새해 복 많이 받으시고 늘 건강하시길 빕니다.

그야말로 한겨울이네요. 아침에도 춥고 저녁에도 춥습니다. 그래도 보온이 좋고 난방이 좋으니 실내에서는 기를 펴고 살 수 있어 좋은 세상입니다. 하루 종일 시스템에어컨에서 공급되는 따뜻한 바람 덕분에 티셔츠 한 장으로 하루를 보냅니다. 혹시 우리 동창들 중 실외에서 일하는 친구가 있다면 이 사치스러운 일상이 송구해지는군요.

아무래도 요즘 대통령선거가 점입가경이라 각종 매체는 얘깃거리로 넘쳐나고 있네요. 그러다 보니 순수한 정책 얘기보다는 자식에, 배우자에, 탈모에, 페미니즘까지 없어도 될 가십들이 쏟아져 나오고 있군요. 아마도 '변죽을 치면 복판이 운다.'는 속담에 기대려는 것인지 모르겠으나, 뭐 이런 국민적 행사의 장을 거대담론의 기회로 삼아 평소에 어려웠던 몇 가지 난제를 핑곗김에 토론해 보는 것도 괜찮다고 봅니다.

사실 온 국민이 쳐다보고 있는 상황에 바른말만 하려면 소크라테스나 공자님 얘기만 되풀이해야겠지요. 그런데도 흠잡으려고 입만 바라보고 있는 상황에서 요리조리 잘 피해 가며 할 말 다 하는 후보님들이 존경스럽습니다.

전에 누군가가 "구경 중에서는 불구경하고 선거구경이 젤이다"라고 했습니다. 이게 막상 당사자가 애간장이 녹아 들어가는 걸 즐긴다면 그리 바람직한 천성은 아닐 듯하지만 '구경'이 '관심'을 표현하는 것이라면 대중을 규합하는 계기가 될 수도 있겠네요. 집중하는 사람들을 향해서 메시지를 날린다면 어쨌든 효과가 있지 않겠습니까? 하여간 어느 후보님이 끈질기게 전화해서 '투표하시라'고 하는데 저도 구경만 하지는 않을 겁니다. 이번에도 투표율이 어정쩡하진 않겠네요.

나이를 먹으니 소위 말하는 '통찰력'이 좀 생기는군요. 뭐 거창하게 '예언' 수준은 아니더라도 과거보다는 어떤 '판단'에 도움이 되는 정도입니다만. 아마 친구들도 느끼고 있을 겁니다. 그래서 이번에도 어느 후보가 될 것 같다는 예상은 하고 있는데, 사실 누가 되기를 원하는가 보다는 누가 될 가능성이 큰가를 따져 보는 것이 좀 더 이성적인 것처럼 보이지 않습니까? 제 생각은 개표 결과 나오면 알려드릴게요.

누가 대통령이 되든 우리 대신고 26회 동창회는 오로지 우정으로 힘을 모아 인생의 정점에 깃발을 세우는 한 해가 될 것입니다. 다시 한번 친구들의 건승을 빕니다.

탈레반 포고령

2022.1.22.

하루에 다섯 번 기도해야 한다. 만약 기도 시간에 딴짓하고 있다가 걸리면 얻어맞는다.
모든 남성은 수염을 길러야 한다. 적당한 길이는 턱밑으로 한 주먹쯤 내려오는 것이다. 이를 따르지 않으면 얻어맞는다.
모든 소년은 터번을 써야 한다. 1학년부터 6학년까지는 검은 터번을, 그 위로는 흰 터번을 써야 한다. 모든 소년은 단추와 색깔이 있는 이슬람 복장을 해야 한다.
노래는 금지한다.
춤도 출 수 없다.
카드놀이, 체스, 도박, 연날리기는 금지한다.
책을 쓰거나 영화를 보거나 그림을 그리는 행위를 금지한다.
앵무새를 기르면 얻어맞는다. 새는 도살된다.
남의 물건을 훔치면 손목을 자른다. 두 번째 훔치면 발목을 자른다.
당신이 무슬림이 아니라면 무슬림이 보는 곳에서 기도하지 마라. 이를 어기면 얻어맞고 감옥에 갇힌다. 만약 당신이 무슬림을 개종시키려 시도하다가 들키면 교수형이다.

여자들에게 고함 :
항상 집 안에 머물러라. 특별한 일이 없이 거리를 배회하는 것은 적절하지 않다. 만약 나갈 거면 반드시 남자 친척을 동반하라. 거리에 혼자 있다가 걸리면 얻어맞고 귀가 조치된다.

어떠한 경우에도 얼굴을 보이지 마라. 밖에서는 부르카로 얼굴을 가려라. 그렇지 않으면 심하게 얻어맞는다.
화장은 금지한다.
보석도 금지한다.
야한 옷은 금지한다.
먼저 말을 걸 수 없다.
남자들과 눈을 맞추지 마라.
사람들 있는 곳에서 웃지 마라. 어기면 얻어맞는다.
손톱에 칠하지 마라. 어기면 손가락을 잃는다.
여자들은 학교에 갈 수 없다. 여학교는 즉시 문을 닫는다.
여자들은 취업할 수 없다.
만약 불륜한 관계를 맺으면 돌에 맞아 죽는다.

이상은 1996년 10월 내전 끝에 아프간의 카불을 장악한 탈레반이 내린 포고령입니다. — 아프간 배경의 소설 〈천 개의 아름다운 태양〉에 나오는 내용입니다.* — 최근 미국이 철수하자 다시 탈레반이 정권을 잡으며 위 내용 중 일부가 언론에 오르내렸습니다. 최초의 포고령에서 달라진 항목은 '여자도 학교에 가도 된다.' 정도였습니다.

사자는 습성이나 품행이 개체에 따른 차이가 거의 없습니다. 고양이도 그렇고 비둘기도 그렇습니다. 그러나 인간은 개체도 그렇고 단체도 그렇고 저쪽과 이쪽의 차이가 하늘과 땅 차이군요.

---

* A thousand splendid suns(Khaleo Hosseini, 2007), p296-298.
아프간 사회에서 한 여자의 기구한 일생을 다룬 소설입니다.

위 탈레반의 포고령은 한여름에 보내드릴 걸 그랬습니다. 정말 간담이 서늘해지지 않습니까? 설 연휴 잘 지내셨지요? 금일 2022년 대신고 26회 동창회 포고령을 발합니다.

'5만 원을 입금하라. 어기면 친구를 잃는다.'

말이란 것이

2022.2.22.

말 잘하는 사람을 뽑는 것인지 처신 잘하는 사람을 뽑는 것인지 모르겠지만, TV 토론회가 정말 중요하다면 전자를 뽑겠다는 것인가요? 아니면 나는 이렇게 '처신'한다고 '말'하기 때문에 구분의 실익이 없는 것인가요?

'구경할 날'이 점점 다가오니 올림픽 운동회는 저리 가라 할 정도로 많은 사람이 흥분하고 있네요. 그런데 말이란 것이 말입니다.

어떤 사람은 "아 다르고 어 다르다"고 하는 반면에 어떤 사람은 "흰 말 궁둥이나 백 말 엉덩이나 같은 거"라고 합니다.

누구는 "오른손이 하는 일을 왼손이 모르게 하라"고 하고, 누구는 "모든 일을 투명하게 해야 한다"고 하며, 누구는 "보기 좋은 떡이 먹기 좋다"고 하고, 누구는 "뚝배기보다 장맛"이라고 합니다.

누구는 '청빈'을 주장하지만 누구는 "곳간에서 인심 난다"고 하고, 누구는 "될성부른 나무 떡잎부터 알아본다"고 하는데 누구는 "대기는 만성"이라고 외칩니다. 누구는 "고객이 왕"이라고 하는데 누구는 '주주가치 극대화'가 최고라고 합니다. '속전속결, 쾌도난마'가 몸에 배어 있는 사람이 있는가 하면 '심사숙고, 좌고우면'을 모토로 삼는 사람도 있습니다.

이런 것들이 처지를 정당화하기 위한 말장난에 불과한 것일까요? 아니면 상황에 따라 취하여 곱씹어야 할 금언일까요?

최근에 어느 목사님과 부동산 문제로 잠시 대화를 나눴는데 목사님 쪽에서 '영끌'이라는 표현이 등장했습니다. 제가 말장난을 좀 했습니다. "평범한 우리 이웃들이 영혼까지 끌어들였다면 이는 분명히 목사님들의 도움이 있었을 겁니다. 어찌 범상한 소인들이 성직자의 도움도 없이 영혼을 불러낼 수 있었겠습니까? 따라서 오늘날 우리나라의 부동산 문제는 종교계의 책임이 큽니다." 그러자 목사님이 잠시 생각하시더니 이렇게 대답하셨습니다. "아멘."

동창회비를 걷고 있습니다. 총무는 우리 친구들이 회비를 챙겨 줄 시간적 여유와 감당해 낼 지갑의 두께와 그리고 무엇보다도 이유를 물어보지 않는 조건 없는 애착심을 위해 기도하겠습니다. "아멘."

악의 존재는 신의 섭리 2022.3.7.

사실은 안녕하시냐고 물어봐야 할 곳이 따로 있군요. 그런데 오늘은 싸움이 아니고 구경꾼을 평가하고자 합니다. 지금 전 세계에 확산되고 있는 구호 즉, No War! 라는 슬로건이 영 맘에 들지 않아서요.

동네에서 누군가 불량배에게 얻어맞고 있는데 "싸우지 마!"라고 창문 밖으로 외치면 정의로운 건가요? 저 혼자 몸이 달아서 그러는지도 모르겠습니다. 하지만 사람이 죽고 사는 데에 저런 평범한 메시지는 침략을 부정하는 것도 아니고 살육을 규탄하는 것도 아닌 그냥 '나도 이런 거 해'라는 자기과시나 본인 홍보용 메시지가 아닌가 생각됩니다. 'No War'라는 것은 전쟁이 나기 전에나 들고 다닐 만한 팻말이 아닌가요? 이렇게 점잖은 사람들만 있으니 폭력배가 설치는 겁니다.

작년에는 미얀마에 그 난리가 나도 결국은 뭐 하나 제대로 군부를 응징하지 못하고 마침내 질서(?)가 잡혀가고 있는 느낌이고, 푸틴은 결국 많은 '점잖은' 사람들을 좌절시킬 것이라는 불길한 예감이 듭니다. 어떻게 해야 하느냐고요? 권력을 주면 대책을 내놓겠습니다.

총에 맞아 본 사람이 이렇게 말하더군요. "처음엔 내 몸의 어느 부분에 총을 맞았는지 구분할 수가 없다. 잠시 정신을 차리는 순간 계속 총을 맞는 것 같은 고통이 반복됐다." 이는 어느 젊은 남성의 경험담입니다.* 어린아이나 여성이 피해자라면, 그리고 그 숫자가 한둘이 아니라면…. 생각만으로도 끔찍합니다.

현실적으로 이렇게 답이 없다고 생각하면 이제 '과연 신이 있는 것인가?' 하는 질문으로 귀결됩니다. 그러나 종교는 이런 부분을 대비하여 신정론(theodicy)이라는 이론을 준비해 놨더군요. 즉, '악의 존재를 신의 섭리로 본다'는 것입니다. 저도 잘 모르는 것이니 이정도만 하겠습니다.

사전투표는 하셨나요? 유권자의 마음이 조변석개라 후보들이 사전투표를 적극 권장하나 봅니다. 그러나 어제, 오늘, 그리고 내일 변해버릴 유권자의 마음이 자신에게 유리할지 불리할지 어찌 알고 사전투표를 외친 것일까요?

한 가지 더. 누가 되든 올해부터는 우리보다 적은 나이의 대통령을 모시게 되는군요. 어린 친구들에게 본격적으로 잔소리해야 하나요? 아니면 슬픈 모습으로 뒷방으로 물러가는 게 맞나요?

성서 어느 부분에 보면 '회비의 존재를 신의 섭리로 본다'고 되어있습니다.

---

* Things My Son Needs to Know about the World(Fredrik Backman, 2021), p184~186.

확진 2022.3.14.

총무가 결국 코로나에 걸려서 일주일 동안 자가격리하고 나왔습니다. 그런데 아주 세게 당하고 왔습니다. 90 노인도 별 증상 없이 나왔다던데 저는 목이 아파서 이틀 동안 죽는 줄 알았습니다. 그리고 또 지루한 일주일간의 격리 끝에 — 다행히 중간에 투표를 위한 '가석방'이 허용되어 잠시 콧바람은 쐤습니다만 — 주말에 '출소'했습니다. 과거 2주씩이나 격리하던 분들은 몸속에 사리가 다소 축적됐을 것으로 생각합니다.*

이제 전후좌우에서 확진 소식이 들립니다. 제 경험상 PCR 검사를 전후로 해서 증상이 심하지 않으면 그리 그냥 지나가는 것이고, 목이 아프다거나 하면 서둘러 약을 준비해야 한다고 봅니다. 반드시 이비인후과 등의 처방을 받아 약을 '쎄게' 지어야 바로 효과가 있습니다.

미국이나 유럽의 건강보험 반대론자들의 주장은 이렇더군요. "병이라는 것이 대부분 비만, 고혈압, 당뇨 등 본인이 관리하지 않아서 생기는 것인데 왜 이걸 치료하라고 건강한 사람들이 돈을 모아서 부담해야

---

* 코로나 방역 초기 격리지침은 2주였다가 1주로 단축되고 최근에는 5일 정도 격리를 '권고'하고 있습니다. 그런데 2024년 여름부터 코로나 환자가 다시 증가하고 있다고 해서 방역 당국이 백신을 확보하는 등 바짝 긴장하고 있군요.

하는 거지?" 그들의 이런 주장에 따르면 전염병도 '자기 몸을 청결하게 관리하고 취약한 환경에 노출하지 말았어야' 하기 때문에 결국 본인이 잘못한 것이라는 얘기가 되겠네요.

하지만 요즘 같은 코로나 시대를 겪어보니 우리는 건강보험 덕분에 질병관리청, 보건소, 구청, 그리고 여러 병원 등을 통해 우리 몸과 전염병을 '관리'받고 있다는 느낌이 듭니다.

환절기라 코로나가 더 극성인 걸까요? 우리 친구들 부디 감염되지 마시고, 혹시 어쩌다 코로나와 마주치더라도 가능하면 '무증상'으로 아프지 않게 극복하시길 바랍니다.

그래도 봄이 왔습니다.

서울대 출신 2022.3.21.

정권 인수위가 구성돼서 그야말로 '권력을 넘겨받을' 준비를 한다는군요. 그런데 엊그제 뉴스에 보니 인수위원 24명 중 13명이 그냥 '대학 졸업자'가 아닌 '서울대 출신'이라고 합니다.

정치학자들은 위와 같은 점을 문제 삼더군요. 기업체는 업종의 특성을 반영해야 하므로 예를 들면 컨설팅업체는 학벌이 높은 직원들 위주로 구성되고, 조립라인은 다소 낮은 학벌로 구성될 수도 있습니다. 하지만 의회라는 것은, 정부라는 것은 국민의 학벌과 유사하게 구성돼야 한다는 것입니다. 예를 들면 국민의 반이 중졸 이하라면 의회의 반도, 내각의 반도 중졸 이하로 구성해야 한다고 주장합니다.

일부에서는 숙련된 의사가 수술을 안정적으로 할 것이고 잘 훈련된 건축기술자가 교량을 무리 없이 건설할 수 있다는 주장으로 의회나 정부의 학벌을 두둔하기도 한답니다. 그러나 '정의에 대한 판단'과 이를 '효과적으로 추진하는 것'은 '실용적 지혜와 미덕'이 필요한 것으로서 학벌과는 관계가 없다고 합니다.

이런 문제가 우리나라만의 문제가 아니라 소위 선진국이라는 미국이나 유럽도 그렇다는군요. 미국의 정치판도 아이비리그가 싹쓸이하고 영국의 그곳도 옥스브리지(옥스퍼드+케임브리지)가 점령하고 있다고 합니다.

그런데 생각해 보니 성희롱하고 뇌물 받고 이런 공직자들의 행태가 결코 학력하고는 무관하다는 것이 증명되기도 하는군요. 그나마 시험쳐서 뽑자고 하지 않는 것이 다행인 것 같기는 하지만, 우리 사회가 대체로 사법고시, 행정고시 등의 시험을 통과한 사람들을 중용하는 사회인 것을 부정할 수는 없습니다. 예전에 누가 사시, 행시, 공인회계사 모두 합격하고 "대통령도 시험으로 뽑으면 내가 된다"라고 기염을 토했다가 어찌 됐다는 얘기도 있었습니다.

그렇다면 제안하건대 다음 지방선거, 다음 국회의원 선거에서 대학나온 후보는 절대 표 주지 않는 방법은 어떨까요?

통계 숫자

2022.4.1.

며칠 전 TV를 보니 어느 통계전문가가 빈부 격차라든지 자살률이라든지 청년고용에 관련된 문제를 분석해서 시청자들에게 설명을 해주더군요. 부의 편중이라는 사회적 이슈가 점차 부각되고 있다는 느낌을 받았습니다만, 오늘은 그쪽보다는 '통계' 자체에 대해 생각해보았습니다.

어느 책에 보니 미국도 역시 '실망 속의 죽음'이라고 하여 자살, 약물중독, 알코올중독, 이 세 가지가 최근 미국의 경제적 양극화에 따른 결과로 특히 저소득 백인계층에서 두드러지고 있다는 통계가 있답니다. 그 영향인지 2014년부터 2017년까지는 인구 자체가 감소했다고 하네요. 더구나 유럽 각국의 통계와 비교하고 난 후에 알게 된 것이 '아메리칸 드림'이 '코펜하겐'인가로 이사 갔다는 것입니다.* 이제 더 이상 미국은 열심히 일해서 땀 흘린 만큼 성취할 수 있는 나라가 아니라는 겁니다. 자식의 유학이나 이민을 생각하는 친구들 참고하시길 바랍니다.

원래 거짓말에는 세 종류가 있다고 합니다. 선의의 거짓말, 악의의 거짓말, 그리고 (통계) 숫자의 거짓말이라고 하여 통계를 다소 폄하하는 이야기가 있지요. 사실 통계라는 것이 돈 낭비하는 작업이 되기에 십상

* The Tyranny Of Merit(Michael Sandel, 2020), p76.

인 데다 자칫 어떤 의도적인 왜곡이 가능하기도 해서 — 예를 들어 선거에서의 여론조사 등 — 믿지 않는 사람들도 많답니다. 위 TV에서 강의하신 분도 "학자라면 오히려 더 의심해야 한다"고 말씀하시네요. 하지만 어떤 주장을 할 때 통계수치를 내세우면 훨씬 설득력이 있고 효과적인 경우가 많습니다.

과거에 미국 여행을 하다가 뉴욕의 어느 도서관 사서가 설명을 하는데 자기들은 예를 들어 1920년대에 어느 아파트 분양을 위한 소위 '찌라시'도 사료로서 보존한다는 얘기를 듣고 다소 놀랐습니다. 예를 들어 잠실역 지하철 계단 입구에서 나눠주는 하남시 어느 아파트 분양홍보물이 100년 후에 우리 어느 도서관에 자료로 보관되어 있다는 것이지요. 이런 사료들을 바닥에 깔고 통계를 내면 거짓말이 되지는 않을 것 같습니다.

통계청에서 고등학교 동창회 현황을 통계화 하겠다 하여 현황을 달라고 하면 곧이곧대로 자료를 보내야 할지 아주 조금 부끄러워지는데 어쩌죠?

춘삼월이 갔습니다. 1/4분기도 갔습니다. 4월에는 흐드러진 꽃과 함께 향기롭고 무사 안일한 날들 보내시길 바랍니다.

능력주의와 격차

2022.4.11.

오랜만에 글 좀 썼습니다. 오늘 문자는 4번에 걸쳐 무려 4천 자로 전달됩니다. 우리 모임 회장을 역임한 어느 친구를 작년에 만났는데 제가 "1,000자로 압축해서 문자 보내는 일도 쉽지 않더라"라고 했더니 "나눠서 보내"라는 해답을 줬습니다. 그래서 오늘 한 번 시도합니다. 친구들 오늘은 문자 좀 읽을 준비를 하시지요.

최근에 책을 한 권 읽었는데 방송에서 비슷한 이슈를 기획했더군요. 두 가지를 정리하는 의미에서 요약했습니다. 커피 한 잔 준비해서 창밖에 햇살과 꽃나무를 대기시킨 후 안락한 의자에서 수준을 따지지 말고 읽어 보시기 바랍니다.

어느 방송에서 '격차'를 주제로 한 특집으로 관련 분야에 내로라하는 교수님들의 특강을 마련했군요. 저도 관련된 내용을 좀 읽으면서 공감하던 터라 한 번 더 친구들과 나눠보려 합니다.

출발은, 격차가 정의가 아니라는 것입니다. 과거 농경이 시작되고 재산과 사유의 개념이 생기면서 격차도 생겼다는 것인데, 이게 과학의 발달로 있는 자와 없는 자의 차이를 더욱 키워왔다는 겁니다. 특히, 그 과학이라는 것 속에 금융이라는 괴물이 자본으로 무장하고 격차, 즉 '부의 편중'에 엄청나게 기여하고 있다는 것입니다. 다만 과학 자체는 몰가치적이라서 기계가 사람을 내쫓은 게 아니라 기계를 소유한 사람이 기계를 소유하지 않은 사람을 내쫓은 것일 뿐이랍니다.

또 다른 측면은 이런 것입니다. 부와 지위를 세습 받는 과거 봉건주의, 귀족주의의 악습이 16세기 루터나 캘빈의 종교개혁을 시작으로 하여 현대에 오면서 자유민주주의를 바탕으로 한 Meritocracy(능력주의)라는 사상으로 대체되어 '실력 있는 사람이 성공하는 사회'가 되었다는 것입니다.

그런데 시간이 지나고 나니 이 능력주의가 다시 문제가 됩니다. 20세기 중반 미국의 통계를 보면 아이비리그 대학의 학생 중 '대다수'가 부잣집 자식들이라는 것이 밝혀졌습니다. 더구나 소위 일류 대학들은 흑인이나, 여성, 그리고 유대인을 차별하며 상위 프로테스탄트 엘리트 계층의 학교로 변질되어 갔습니다.

잠시 광고 좀 하고 속행하겠습니다. "묻지도 말고, 따지지도 말고, 내고 보자 동창회비."

그러다 보니 "말이 능력주의지, 이것도 결국 세습되는 거네. 대학이 계층상승의 발판이라고 하는데 상위층 학생만 입학하면 봉건시대 귀족학교로 돌아가는 것 아냐?"라는 비판이 비등해집니다. 우리나라도 과거 노무현 대통령이 서울대생 중 강남 출신이 60%라고 하니 서울대 측에서 "무슨 60%냐, 12%밖에 안 된다" 라고 반박했습니다. 이에 누군가가

"그 12%도 절대적인 학생 수를 고려하면 다른 지역의 4배다"라고 다시 반박하는 등 문제 삼는 분위기가 있었습니다.

1940년대에 하버드 총장이 된 James Conant라는 사람이 '좀 골고루 입학시키는 방법'을 찾아보자고 하여 궁리 끝에 SAT(대학수학능력시험)를 창안합니다. 이게 제1차 세계대전 때 미 육군 징집을 위한 기초테스트로 도입된 IQ 테스트를 모방해서 만든 것이라고 하네요.

하지만 SAT를 도입했음에도 불구하고 여전히 아이비리그 학생의 2/3는 소득 기준 상위 20%의 계층에 속해 있고, 프린스턴과 예일 등의 대학은 상위 1%의 학생의 수가 하위 60%의 학생 수보다 많았답니다.

미국은 기여입학제가 있어서 돈을 기부하면 능력과 상관없이 명문대학 입학이 허가됩니다. 이런 제도가 격차를 부채질한다는 것이지요. 참고로 트럼프 전 대통령은 사위를 위해 하버드에 250만 달러를 기부했고, 아들과 젊은 아내를 위해서는 펜실베이니아 대학 와튼스쿨에 150만 달러를 기부했다고 합니다.

이런 '뒷문'에도 불구하고 비교적 최근인 2019년 3월에 대학 입시브로커가 알려져 사회적으로 엄청난 충격을 줬다고 합니다. 이 브로커는 돈을 받고 관련자들을 매수하여 소위 일류대를 포함한 여러 곳에서 부정입학을 가능케 하는 '옆문'을 운영했다고 합니다. 그러면서 "기여장학생은 주변에서 돈으로 입학했다고 수군거리지만, 이 방법은 아무도 알지 못하니 떳떳하게 학교에 다닐 수 있으며 심지어 저렴하다"라고 홍보를 했다는군요. 이 브로커는 사람에 따라, 학교에 따라 7만5천 달러에서 120만 달러에 이르기까지 8년 동안 총 2천5백만 달러의 '매출'을 올렸다고 합니다.

이 문제를 심각하게 받아들이는 학자 중 한 명인 하버드대학의 마이클 샌델 교수는 다음과 같이 파격적인 대책을 제시합니다. "SAT 결과에 따라 학생들이 가고 싶은 학교에 지원하면, 그들 중 일정 성적을 넘는 학생을 추린 후 '뽑기'로 정원만큼 가려내 입학허가서를 주자." 이게 석학이 하시는 말씀이니 그렇지, 우리처럼 평범한 사람이 주장하면 대번에 '헛소리'라고 하지 않았을까요?*

그런데 우리나라에 이런 '뽑기'로 하는 채용방식이 있습니다. 바로 카투사입니다. 과거 의무경찰도 이와 유사하게 채용했습니다.

학벌로 생기는 격차는 이렇게 해결하고, 다음은 '소득 격차를 어떻게 줄일 것이냐?' 하는 것인데, 이 부분 역시 다음과 같은 철학적 명제가 우선됩니다. 다소 복잡하지만 제가 서툴게라도 좀 정리를 하면,

1. 누구를 도와줄 것이냐?

물론 없는 사람을 도와줘야겠지요. 그런데 없는 사람도 종류가 있습니다. 예를 들어 일할 수 없는 사람(장애인, 노인, 실업자 등), 열심히 일하는

---

* 2024년 8월에 이창용 한국은행 총재가 "강남 집값을 잡기 위해서는 서울대 학생을 지역별로 안분해서 뽑아야 한다"는 주장을 했습니다. 거의 같은 맥락의 대안이라고 봅니다.

데도 수입이 부족한 사람. 운이 나빠서(태풍, 지진 같은 것 때문에) 피해를 본 사람은 도와줘야 하겠지요. 하지만 일할 능력이 있으면서도 일을 하지 않는다든지, 도박을 해서 탕진한 사람이라든지 이런 사람들은 도와줄 수 없다는 것입니다. 그런데 재미있는 게 도박을 하다가 중독된 사람은 도와줘야 한다는군요. 왜냐면 도박은 자신이 선택했지만, 중독은 선택했다고 보기 어렵기 때문이랍니다.

2. 누가 도와줄 것이냐?

물론 국가가 돈 있는 사람에게서 세금 걷어서 도와줘야 하겠지요. 그런데 세금 걷는 이유는 "당신이 돈이 많은 것은 다만 운이 좋았을 뿐이니 운이 나쁜 사람을 도와줘야 한다"인데, 그 논리는 이렇습니다.

예를 들어 테니스 세계 1위 선수가 "나의 재능과 나의 노력으로 1등이 됐으니 그 보상도 온전히 내 것이다. 무슨 운을 논하는가?"라고 주장한다고 칩시다. 그럼 이런 반박논리가 있다는 겁니다. "당신이 요즘에 태어났으니 망정이지 로마 시대에 태어났으면 뭐가 됐겠냐? 지금 팔씨름 세계 1위가 누군지는 알 수 없지만, 그가 만약 로마 시대에 태어났으면 폐하 옆에 앉는 사람일 거야. 그러니 당신이 요즘에 태어난 것이 운이 아니고 뭔가?"*

---

* 2024.6.9. 국내여자골프대회(KLPGA) 박민지 선수가 '셀트리온 퀸즈 마스터즈'라는 이름을 가진 대회에서 4번 연속 우승을 하는 신기록을 세웠습니다. 그런데 그는 우승상금 2억여 원을 어린이와 홀몸노인을 위해 기부한다고 밝히면서 이렇게 말했습니다. "우승할 수 있었던 건 나 혼자 힘이 아니고 하늘이 도와줬기 때문이어서 기부하는 게 맞다고 생각합니다."

새로운 발상인지는 여러분의 판단에 맡깁니다. 즉, 세금의 개념을 부자는 내고 가난한 자는 받는 것으로 구성하여 '운수 좋은 재력가'는 세금을 많이 내고 '불행하게도 어려운 사람'은 자동으로 세금을 받는 형태로 운영합니다.

부의 편중과 관련하여 어떤 논자는 "금융·외환시장, 특히 선물환 등 파생상품은 '돈 놓고 돈 먹기'로써 도대체 인류에 어떤 기여를 하는 경제활동인지 알 수가 없다"고 합니다. 그러면서 왜 펀드매니저가 고등학교 교사보다 수십 배의 소득을 올리는 지 납득할 수 없다는군요. 그래서 '돈 놓고 돈 먹은' 사람들이 세금을 내야 한답니다.

이렇게 격차와 편중이 이슈가 되는 이유가 뭐냐면, 미국 얘기지만 우리가 고등학교 졸업하던 시절의 CEO 연봉이 일반 근로자의 30배였는데, 2014년에는 이 숫자가 300배로 변해 있었다는 겁니다. 국가적인 부는 엄청나게 축적되었음에도 이 돈이 한쪽으로 몰렸다는 거지요.

엊그제 강의한 경희대 김상욱 교수님은 그래프를 보여주며 "계층간 격차가 계속 벌어지다가 1900년대 초에 공산주의가 나타나자 각국이 다투어 복지정책을 내세워 격차가 일시적으로 좁혀지는 일이 발생했다"고 설명하시더군요. 그렇다면 지금 국가가 직무를 유기하고 있다는 것인가요? 아니면 '네오공산주의'라도 다시 출현해야 한다는 것인가요?

여하튼 이런 격차와 그 극복을 위한 논의가 날로 뜨거워지는데, 웃기는 것이 미국 사람들은 지금도 약 77%가 아직도 '열심히 일하면 성공한다'고 믿고 있다네요. 독일, 프랑스, 일본 사람들은 이제 그런 말을 믿지 않는다고 하는데 순진한 아메리칸이 가엾어지는군요.

'격차가 벌어지는 어느 순간', 자본주의라는 열차는 탈선합니다. 우리가 외면하면 파국을 원하는 사람들에게 지렛대를 맡기는 결과가 옵니다. 좀 구차하지만 내가 살기 위해서라도 반대편 저울에 부를 나누어 놓아야 합니다. 격차는 지구온난화와 같이 아주 조금씩 진행되니 누구는 '왼쪽'에 서 있는 사람들의 호소력 없는 프로파간다라고 할 수도 있습니다. 그러나 이제 '좌우의 시대'는 가고 '열림과 닫힘'의 시대가 왔다고 합니다. 종전의 잣대로 재단해야 할 담론이 아닙니다. 긴 글 마감합니다.

이상 KBS1의 〈다음이 온다 - 불평등의 내일, 과학에 길을 묻다〉와 마이클 샌델 교수의 《능력의 독재》라는 책에서 엮어봤습니다.

검수완박

2022.4.27.

'검수완박(검찰수사권 완전박탈)'이라고 하도 떠들어 대니 오늘은 온전하게 상식선에서 한 번 보았습니다.

아주 어려운 시험을 거쳐서 매우 중요한 자리를 차지한 사람들이 '똘똘 뭉쳐서 권력을 행사'하는데 이게 정치판과 어우러져 누구의 눈에는 개혁의 대상으로 비친 겁니다. 그래서 오래전부터 인원도 늘려보고 학벌(로스쿨)로 뽑아도 보고 다른 기구(공수처)도 만들어 보고 했지만 여전히 미흡하니 "아예 그 권력의 핵심인 '수사권'을 없애 버리자" 라고 한 것 같습니다. 검찰 수사권은 이미 올 초에 시행된 개정 검찰청법으로 많은 부분 제한됐으나 그것으로 부족하다는 집권당의 미련으로 '완박'이 추진되고 있는 것이지요.

전문가들이 나와서 몇 마디씩 하는데 "세상에서 검찰이 수사하는 나라는 여기밖에 없다"고 하니, "다른 나라도 수사권은 있다. 수사를 하지 않아서 그렇지"라고 하고요. 하여간 검찰이 수사권을 갖고 특정집단에 행패를 부리고 있다고 주장하는 사람들이 '완박'을 외칩니다.

그런데 실무 쪽에서는 좀 다른 의견도 있습니다. 특히 변호사들 얘기인데, 경찰이 수사를 도맡아 하니까 형사사건 진행이 하세월이라 속 터져서 죽을 지경인데 피의자 조사받을 때 입회해 보면 경찰이 법적으로 무지해서 (경찰분들 미안합니다.) 법률수업을 병행해야 하는 게 현실이니 '검수완박'은 말이 안 된다는 것입니다. 이게 국민을 더욱 지치게 할 수 있다는 것이지요. 그래서 경찰의 수준을 좀 더 높이고, 모든 수사를 전담할 만한 조직을 구성하고, 이렇게 돼야 뭐 좀 받아들일 것처럼 얘기합니다.

"검수완박은 그래도 가야 해"라는 주장은 이런 식입니다. "옛날 자동차가 발명됐을 때 거리에는 주유소도 없고 정비소도 없었어. 그래도 자동차는 만들어졌지. 끌고 가다 보면 보완되는 거야." 그런데 이렇게 해서 경찰 힘이 세지면 또 '경수완박' 외치는 거 아닌지 모르겠네요.

여러분은 어떻게 생각하십니까? 혹시 이 정도의 사안이라면 국민투표 부쳐도 되는 거 아닌가요?

회비를 안 내도 '동창완박'은 없습니다. 회비를 내면 '동창완벽'이 됩니다. 올해는 동창회 대면행사가 가능할 것이라고 예상되어 총무는 벌써 마음이 분주해집니다.

'나의 기대와 너의 설렘이 만나면 우정은 완성되리라.'

국민투표

2022.5.2.

또 5월이 왔습니다. 초록은 올해도 여전히 싱그럽고 날씨는 다시 따뜻해졌으며 사람들은 오랜만에 활기찹니다. 우리 친구들도 봄 처녀 같은 기분으로 꽃 같은 봄 즐기시길 바랍니다.

지난번 '검수완박'에 국민투표 얘기를 했더니 그 날 저녁에 당선인이 국민투표 부치겠다고 하더군요. 누군가 "너 국민의 힘하고 어떻게 되는 거냐?" 라고 하는데 저는 절대 그냥 우스갯소리 비슷하게 던진 것이지 정보 받아서 발설한 것 아닙니다. 그저 많은 사람들이 그 정도는 언급할 수 있을 정도의 상황이 아니었나 합니다.

친구들에게 문자를 보내면서도 정치적인 문제나 사회적인 이슈는 나름 한쪽으로 치우치지 않으려고 노력하고 있습니다. 개인적으로는 정치에 별 관심이 없고 아는 것도 없으며 좋아하는 정치인도 없거든요. 오히려 나이 들어서 모든 걸 다 아는 체하며 참견할 곳, 안 할 곳 가리지 않고 침 튀기는 사람들이 보기 싫습니다. 이런 사람들이 오히려 노선은 선명하더군요.

그런데 사실은 우리 같은 일반 대중이 관심을 갖고 극성을 부려야 정치하는 사람들도 눈치를 좀 보기는 할 겁니다. 그러니 제가 싫은 것과 누가 옳은 것은 별개로 두고 판단해야 하겠네요.

하여간 날 풀리고 코로나 방역지침이 느슨해지니 나들이하기 좋은 시절입니다. 그래서 이번 달에는 우리 동창 산악회 소식을 전해드릴까 합니다.

보이스피싱

2022.5.20.

올봄은 정말 봄 같군요. 5월을 거의 긴 소매 옷을 입고 보내고 있네요. 예전엔 어린이날이 오면 반팔을 입었던 기억이 있는데 올해는 봄이 겨울과 여름에 잠시 낀 계절이 아니라 계절의 장남 역할을 합니다.

오늘은 보이스피싱 등 생사람 등치는 범죄에 대해서 좀 의견을 내 볼까 합니다. 어느 유튜브 동영상을 보니 약 100년 전에도 보이스피싱이 있었다고 하네요. 1928년 4월 왕실에서 일하는 누구를 사칭한 범인이 시내 금은방에 전화해서 황후가 쓰실 귀금속을 주문하고 이걸 궁궐 문 앞에서 받아서 잠시 기다리라 하고 문 안쪽으로 사라졌다고 합니다.

처음에는 그랬다고 하더라도 빈번하지는 않았을 텐데 이제 모든 사람이 전화를 이용하는 세상이 오자 보이스피싱이 제 세상을 만나게 됩니다. 초기에는 억센 조선족 말투로 전화가 왔지만, 요즘은 아나운서나 성우의 화법과 음질을 갖춘 세련된 음성은 기본이고, 자영업자 지원 문자 같은 것도 은행이나 공공기관의 그것을 복사하여 아주 체계적이고 전문적인 수법을 구사합니다.

저는 과거 은행에서 일할 때 서울의 어느 사립대학 교수가 해외에서 날아온 사기 메일 — 당신이 ○○으로 선택됐는데 몇십억 원이 지급될 것이다. 절차상 비용이 필요하니 얼마를 보내라 뭐 이런 황당한 내용 — 에 당해서 수천만 원을 송금했는데 이를 반환받을 길이 없느냐는 상담을 한 적이 있습니다. 이 경우에는 영어를 할 줄 알았던 것이 오히려 화근이었습니다.

최근에는 어떤 사람이 "대출금을 낮은 이율로 바꿔주겠다"는 꼬임에 넘어가 1천5백만 원을 '손절'하는 사례를 봤습니다.

이게 영화도 되고, 방송의 코미디 소재도 되는 등 아무리 떠들어 대도 도무지 줄어들 여지가 보이질 않습니다. 당하는 사람은 화병까지 앓고 심지어 세상을 등지는 경우도 있습니다. 그래서 보이스피싱에 대해 평소에 갖고 있던 생각을 친구들과 나눠보려 합니다.

> 우선 현황을 보면,
> ① 전화를 받으면 보이스피싱인 줄 아는 사람이 모르고 속아 넘어가는 사람보다 훨씬 많다.
> ② 보이스피싱인 줄 알면서도 신고하지 않고 그냥 (욕하고) 끊어버리는 사람이 훨씬 많다.
> ③ 보이스피싱범들은 송금을 하라거나, 현금을 어디에 넣으라거나, 비밀번호를 알려달라고 한다.

다음은 대책 관련입니다. 위와 같은 현황에 근거해서 결론부터 말하자면 국민 파파라치 제도를 적용하자는 것입니다. 다음과 같이 하면 어떨까요?

① 보이스피싱인 줄 알아챈 사람들은 (귀찮아도) 전화를 끊지 않고 어리석은 척 대응한다.

② 송금을 요구하면 계좌번호를 받아서 (귀찮아도) 바로 당국에 신고한다.

③ 현금을 어디 보관하라 하면 (귀찮아도) 경찰에게 알려준다.

④ 젊은이들이 현금 수송책으로 아르바이트를 하는 경우가 많은데 '위장취업'하고 현금을 넘겨받는 현장에 경찰이 대기하도록 알려주고 진행한다.

⑤ 이상의 일을 (귀찮아도) 하는 사람에게 보상한다.

이렇게 하려면 중요한 점은 단 한 가지, 귀찮음을 극복할 정도로 보상하는 것입니다. 예를 들어 계좌번호만 파악해서 폐쇄하도록 하면 건당 10만 원, 범인을 잡는 데 도움이 되었다면 50만 원 또는 100만 원, 이 정도라면 보상이 되지 않을까요?

사고당 피해액이 수백, 수천만 원에 이르는데 건당 몇십만 원으로 막을 수 있다면 시행할 가치가 있는 것 아닌가요? 물론 저 돈은 국가에서 부담해야 합니다. 또한, 사안에 따라서 적절히 보상액을 차등해도 될 겁니다. 참고로 보이스피싱으로 인한 피해액은 2019년 6,720억 원, 2020년 2,353억 원, 2021년 1,682억 원이랍니다. 그나마 코로나로 인해 피해액 규모가 줄었는데 곧 회복(?)될 것으로 전망된다고 합니다.

2년 전쯤 한 미성년자가 보이스피싱 현금 수송책 아르바이트를 하다가 붙잡혔는데 소년원이 아닌 구치소에서 성인 범죄자들과 함께 수형

생활하고 석방됐습니다. 이는 보이스피싱에 대한 정부의 처벌 의지가 다른 범죄에 비해서 강하다는 증거입니다.*

은행창구나 편의점에서 보이스피싱을 막았다고 감사장이나 주는 것보다는 아예 국민 전체를 동원해서 세게 막아보는 것은 어떨까요?

제대로 시행이 되면 사람들은 전화벨이 울릴 때마다 '보이스피싱'이기를 바랄 겁니다.

---

* 현행법상 14세 이상의 미성년자는 검사의 판단에 따라 형사재판을 받을 수도 있고 소년보호재판을 받을 수도 있습니다. 따라서 일반적으로는 범죄가 위중한 것이라고 검사가 판단하면 형사재판으로 넘겨진다는 것입니다.

국민에게서 총을 뺏으면 안된다 2022.6.8.

유월은 좋더라, 푸르러 좋더라
가슴을 열어주어 좋더라

물소리 새소리에 묻혀 살으리
이대로 유월을 한 백 년 더 살으리

신석정 시인의 〈6월의 노래〉 중 일부입니다. 연휴에 비 좀 내리니 산천이 온통 푸르고 시력이 개선된 듯 먼 산까지 또렷합니다. 이대로 유월을 한 백 년 더 살으리.

이렇게 좋은 6월인데 바다 건너 미국에서는 이틀이 멀다 하고 총기사고가 발생하고 있네요. 이러다 무고한 사람들이 다 죽게 생겼습니다. 정의로우며 이성적이고 합리적인 미국에서 왜 저런 일이 일어날까요? 어느 미국인이 대답했습니다. "오늘날 미국의 민주주의는 제대로 작동하지 않고 있으며 그 해악은 워싱턴을 둘러싼 돈의 흐름과 매우 밀접한 관계가 있다." 그리고 밝히기를 "2018년에 11,654명의 로비스트가 등록되어 있었는데 이들이 뿌린 돈이 34억6천만 달러(한화 약 4조 원)이다. 상하원 의원 1인당 22명의 로비스트가 들러붙어 있는 꼴이며, 의원 1인당

650만 달러(한화 약 75억 원)의 돈이 처발라진다."*

미국의 총기협회는 공식적인 로비 규모가 45억 원이라고 하나 총기 소지를 지지하는 도널드 트럼프의 선거운동에 350억 원을 지원했다는 얘기가 있습니다. 아주 영악하게 돈을 뿌리는 곳입니다. 총기와 함께 자살도 늘어갔지만, 미국 총기협회는 이와 관련된 연구를 지원하지 못하도록 의회를 압박했습니다.**

총기 소지를 옹호하는 사람은 총이 자유민주주의의 기본요소라고 합니다. 미친놈에게 총이 넘어가지 않도록 해야지 국민에게서 총을 뺏으면 안 된다는 것입니다.

어느 미국인 여자가 목소리 높여 말했습니다. "아니, 미국인이라고 모두 총 갖고 있지는 않아요. 없는 사람이 더 많아요. 제게 총 있으면 우리 남편은 벌써 죽었어요." 그래도 미국에는 사람보다 총이 더 많습니다. 이 말은 우스갯소리지만 '규제와 관계없이 많은 사람은 총을 갖지 않는다'는 얼핏 제도의 두둔과 '총은 이성적으로 사용할 수 없다'는 비판이 함축된 말입니다. 총은 공격이든 수비든 '살상'이 목적입니다. 근본이 악한 놈입니다. 누구 손으로 방아쇠를 당긴들 그건 악행일 뿐입니다.

바다 건너 들려오는 총소리가 이 화창하고 푸르른 6월에 오래도록 살고 싶은 마음을 어지르지 않았으면 좋겠습니다.

---

* Death of Despair and the Future of Capitalism(Anne Case & Angus Deaton, 2020), p241.

** 같은 책 p100.

기술이 도착하는 곳

2022.6.24.

우리나라가 세계에서 일곱 번째로 우주발사체를 하늘에 올렸다고 온 나라가 떠들썩했습니다. 이제 우리 기술이 지구를 넘어 우주로 향했군요. 앞으로 해외여행 얘기쯤은 별 자랑거리가 아니고 우주정거장이나 달나라쯤 다녀왔다고 해야 사람들이 궁금해할 것 같습니다.

우리가 효자손으로 등허리를 긁적이며 60대 중반을 돌파하는 사이에 기술은 인류를 거침없이 끌고 목표를 알 수 없는 곳으로 향하고 있군요. 이게 과연 맞는 길인지 숨 돌리고 생각할 겨를도 없습니다. 혹시 어떤 기술은 놓쳐 버린 풍선처럼 통제할 수 없는 곳으로 향하고 있는 것은 아닌지요.

누군가 "인류의 역사는 돌연변이가 나타날 때마다 요동쳐 발전해왔다"고 했습니다. 어느 순간 "태양이 도는 게 아니고 지구가 도는 거야"라고 한 사람이 있었고, 누구는 떨어지는 사과를 보고 "어, 이거 이상한 힘이 있네"라고 했으며, 또 다른 누구는 대부분의 사람들이 이해하지 못하는 빛과 시간과의 관계를 규명했습니다. 이런 사람들이 모두 돌연변이이고 역사는 이때마다 '돌변'했다는 것입니다.

최근에는 좀 다른 측면에서 기술로 인하여 벌어질 일을 예측한 사람이 있군요. 인공육에 관련된 것입니다. 현재 고기 맛을 내는 새로운 식품의 개발이 도처에서 진행되고 있습니다. 향후 기술이 완성돼서 온갖 풍미와 최고의 육즙을 갖춘 대체육이 개발되면 사람들은 '맛없는' 소고기나 돼지고기를 먹지 않을 것이라고 합니다.

세월이 더 흐르면 과거 가축을 '도살'해서 그 고기를 먹었다는 사실에 후손들은 경악을 금치 못하게 될 것이라고 하네요. 그리고 도살장이나 정육점의 행거에 늘어선 고깃덩어리 사진이 유대인 학살에 버금가는 할아버지들의 야만성을 드러내는 사료가 될 것이라는 겁니다.

인공육, 대체육, 콩고기, 인조고기, 비건육 등 그 명칭도 다양합니다만, 또 다른 언쟁이 벌어지고 있군요. 축산 단체 등에서 "고기가 아닌 제품에 ○○고기나 ○○육이라는 명칭을 붙이면 가만있지 않겠다"라고 벼르고 있네요. 명칭이야 어찌 되었든 고기를 물리친 먹거리를 개발할 돌연변이는 언제 나타날까요?

리버스 멘토링, 멘토링의 끝

2022.7.18.

최근에 누가 전해준 글입니다.

우리가 알듯이 과거에는 문명의 주기가 길어서 몇 대를 내려가도 같은 생활이 반복됐답니다. 따라서 나이를 먹은 사람이 경륜 있고 숙련된 사람이었다 하고요.

그런데 신문명은 그 주기가 짧아 기성세대의 지식이 금세 구식으로 밀려난답니다. 따라서 자식이 부모보다, 후배가 선배보다, 사원이 임원보다, 사병이 장교보다 더 똑똑해지고, 그래서 이제는 배움이 거꾸로 흘러야 하는 세상이 되었다네요. (윤은기, 〈초역전의 시대와 리버스 멘토링〉 중 발췌) 사실 우리가 자식들한테 스마트폰 사용법 배우고 새로운 낱말이나 유행어 배우고 하는 것 생각하면 정말 맞는 말씀입니다.

'리버스 멘토링'이라는 말은 제너럴 일렉트릭(GE)의 잭 웰치 회장이 1999년에 제시한 개념이라고 합니다. 정말 '경영의 신'답게 시대를 통찰하신 것 같은데 사실은 좀 제너럴한 부분을 짚어 내신 것 아닌가 싶습니다. 아직은 대학병원 노교수가 인턴한테 배운다거나, 공과대학 교수님이 학부생한테 배워야 하는 시대는 아닌 것으로 생각되기 때문입니다. 지난번 우리 누리호를 우주에 올리고 열광하는 과학자들 대부분이 50대 정도였던 것도 새삼 기억납니다.

그런데 이제 아예 인간의 역할이 끝날 거라는 예고가 있네요. 이미 몇 년 됐습니다. 과학자들이 말하는 '특이점(singularity)'이 그것인데, 이게 기계의 지능이 인간의 그것을 넘어서는 순간이라고 합니다. 이 순간이 지나면 기계가 다 알아서 하고 지가 만들고, 지가 고치고 뭐 이런 시대가 온다는 것이지요. 정말 이런 시대가 오면 아이든 어른이든 새롭게 배우고 자시고 할 게 없고 다만 기계를 부릴 줄만 알면 될 것 같습니다.

이런 얘기만 들으면 과학이 곧 궁극에 이를 것 같습니다. 하지만 오늘도 신축 아파트가 짓다가 무너지고, 엊그제 입주한 건물에서 빗물이 샌다고 아우성이고, 새로 개통한 지하철이 멈춰 서고, 어디는 비가 안 와서 땅이 갈라지고, 어디는 폭우로 산이 무너지고 여전히 이런 일들이 발생하고 있으니….

갑자기 헷갈리는 게 '특이점'이 와야 이런 문제가 해결되는 건지, 이런 문제를 해결해야 특이점에 도달할 수 있는 건지, 머리가 어수선해집니다. 그런데 다른 한쪽에서는 환경이 파괴되어 제6차 대멸종이니 뭐니 하고 있으니, 진정한 우리의 미래는 어떤 모습이 될지 궁금합니다. 이 찌는 듯한 더위에도 건강한 모습으로, 대신고 26회 파이팅!

이혼, 결합

2022.8.16.

더운데 잘들 지내시나요? 미국 하원의장이 대만을 방문했다고 중국이 거세게 반발하고 그 여파가 우리나라 사드에까지 미치고 있나 봅니다.

그러고 보니 국가도 가정처럼 이혼하기를 원하는 사람들과 결합하기를 원하는 사람들이 있네요. 중국은 대만에게 '일국양제'라도 좋으니 — 각 방 써도 좋으니 — 같이 좀 살자고 떼를 쓰고 있는 걸 보자니 우리나라도 과거 김대중 대통령이 북한에 '연방제'라도 좋으니 같이 좀 살자고 했던 게 기억납니다.

그래도 역시(?) 이혼하자고 아우성치는 사람들이 더 많군요.

- 스페인의 17개 지역 중 카탈루냐라는 곳의 사람들이 가장 잘 사는데 이 사람들이 독립해서 나라 살림을 따로 차리겠다고 주장하고, 이게 브라질 남쪽 지역 일부가 독립하겠다고 나서는 데 영향을 주고 있다고 합니다.
- 영국은 스코틀랜드가 따로 살겠다고 한다는데 참고로 스코틀랜드에는 유전이 있답니다.
- 이탈리아의 북쪽 지역도 북부동맹이라는 정당이 이혼하자고(독립을

주장) 하다가 최근에는 각 방이라도 쓰자(연방이라도 하자)고 외치는 모양입니다. 그쪽을 보니 밀라노, 제노바, 베네치아 등 우리 귀에 익은 도시들이 있네요.

- 유고슬라비아는 온통 난리를 친 후에 이미 대여섯 개 국가로 쪼개졌는데 슬로베니아가 그중 잘 사는 지역이었던 것 같습니다. 이 지역은 마케도니아, 세르비아, 몬테네그로 등 역사 시간에 배운 이름이 많군요. 우리가 보기에는 다 똑같이 생겼던데 무슨 민족이 어떻고 혈통이 어떻고 하면서 피를 흘린 후에 나누어졌답니다.

- 나이지리아의 비아프라는 1967년에 비아프라 공화국으로 독립을 선언하고 연방정부와 싸우다가 1970년에 패망했는데, 최근 다시 독립 움직임이 있답니다.

- 캐나다의 퀘벡지역은 1995년에 독립에 대해 주민투표를 했는데, 결과는 반대 50.6%, 찬성 49.4%로 부결되었으나 프랑스어 사용인들이 지금도 독립을 주장한답니다. 이 지역은 부자라서 그런 것은 아니라 하네요.

- 중국에는 티베트를 비롯한 소수민족의 분리요구도 있어 이혼과 재결합의 외침이 교차하고 있는데 이것도 숙명적인 이합집산의 단초가 될 것인지 궁금하군요.

그나저나 우리는 북한에 어찌해야 하나요? 동침을 요구해야 하나요? 별거를 운명으로 받아들여야 하나요? 하지만 아무리 생각해도 이해타산보다는 이데올로기가 더 골칫덩어리인 것 같습니다. 친구들은 어떻게 생각하는지요? 광복절에 화두 하나 던져봅니다.

가뭄, 홍수나 막아봐

2022.8.25.

올여름 비가 많이 왔습니다. 가축도 농작물도 죽이고 자동차도 죽이고 심지어 사람도 죽였는데, "비 좀 왔으면 좋겠다"던 개념 없는 정치인은 죽이질 못했네요. (혹시 이미 정치적으로 죽인 건가요?) 유럽은 가뭄으로 땅이 갈라져 고생한다는데 우린 너무 많은 비가 야속하니 하루속히 지구가 다시 균형을 잡기를 바랄 뿐입니다.

화가 고갱은 원시적인 자연을 찾아다니다가 1891년에 타히티로 갔는데 그곳에서 생활하면서 유럽에 남아 있던 아내와 소식을 주고받았답니다. 그 중 어느 편지에서 "유럽에서 그렇게도 번잡스럽던 삶이 여기엔 더 이상 없소. 이곳은 내일도 오늘과 똑같을 거고 아마 인생 끝까지 똑같을 거요"라고 했다는 걸 보고 저는 "타히티가 날씨로도 균형 잡힌(?) 곳이니 저렇게 썼나 보다"라는 생각을 했습니다. 그런데 당시 50세가 넘은 그가 현지에서 13살 처녀와 같이 살면서 아내와 편지를 주고받았다고 하니* 이건 '균형'으로 보기에는 좀 그렇군요.

인간이 살아오면서 천지개벽할 많은 발명을 해 왔으며, 땅속부터 우주에 이르기까지 손을 뻗치지 않은 곳이 없었지만 유독 대기권 안쪽의

* A Little History Of Art(Charlotte Mullins, 2022), p221~222.

구름은 지배하지 못하고 있네요.

총무도 친구들에게 보내는 메시지에 '특이점'이니 '인공육'이니 하며 과학으로 인한 변화를 찬사와 호기심을 섞어 소개했지만 최근 소위 선진국들도 날씨에 무기력한 모습을 보면서 이제는 과학자에게 주문하고 싶습니다. "가뭄, 홍수나 막아봐."

인공강우 기술이 이미 1946년에 미국에서 성공적으로 실험을 마쳤다고 하고 최근에는 중국이 이를 실용화하려고 노력을 하고 있다는데, 이게 비를 뿌리는 게 아니라 돈을 뿌리는 것처럼 비용이 만만치 않다고 합니다. 특히 '구름 불변의 법칙'이라고 할까요? 한 지역에 인공우를 뿌리면 주변의 구름이 소모돼서 가뭄이 옆집으로 간다고 합니다.

그러나 가뭄이라는 단면이 아니라 가뭄과 홍수라는 양면을 본다면, 비구름이 몰려 있는 지역의 구름을 가뭄 지역으로 이사하도록 하는 방법이 어떨까 하는 설익은 아이디어가 떠오르네요.

사실 이런 것이 현재로써는 걸음마에 불과하겠지만, 어느 날 우리 후손들이 해결할 것이라는 희망을 갖고 바야흐로 '전 세계의 타히티화'에 기대를 걸어도 되는 건지요? (아, 처녀는 빼고요.)

하여간 올여름 '쎄게' 지나갔으니, 고진감래라고 이제 우리의 가을 맛을 좀 제대로 음미해 볼까요?

사람의 자식 1

2022.9.13.

추석 연휴 잘 보내셨나요? 요즘 TV 채널을 돌리다 보면 강아지, 고양이 등 애완동물 관련된 방송이 많아졌더군요. 그래서 오늘은 강아지 얘기를 좀 해 보려고 합니다. 오늘날 많은 사람이 강아지를 마치 자식인 듯, 식구인 듯 애지중지하며 키웁니다.

한때 뽀빠이 이상용 씨가 강아지에게 자신을 '엄마'라고 표현하는 여성에게 "어쩌다 개를 낳았느냐?"고 하며 코미디 소재로 사용했습니다. 하지만 요즘 개가 낳은 강아지는 한 마리도 없습니다. 엄마, 아빠가 전부 사람이거든요.

그런데 사람의 자식이 된 강아지는 유감스럽게도 아직 1970년대의 법을 적용받는 객체입니다. 쉽게 말해 그냥 '물건'일 뿐입니다. 그래서 남의 집 강아지에게 욕하거나 겁주는 것은 시비를 가릴 대상이 아니고, 만약에 죽이면 '재물 손괴죄'가 적용됩니다. 남의 집 옷장이나 창문 유리를 부순 것과 같은 것이지요. 혹시 사고나 질병으로 강아지가 죽었을 때 일반쓰레기 봉투에 담아서 수거하는 곳에 버리는 것이 법적으로 하자 없는 처리가 됩니다.

이런 규정이 현실과 얼마만큼의 괴리가 있는 것인지 감이 오지 않습니까? 벌써 수년 전인데, 지금 우리 또래의 어느 영감이 강아지가 죽었다고 대성통곡을 하는 모습이 TV에 나왔습니다. 당시 저는 '저 사람 어머니가 돌아가셨을 때도 저만큼 울었을까?' 하는 생각이 들 정도였습니다.

그런데 요즘 강아지 죽으면 몇백만 원을 들여서 장례를 치러주는 사람이 많습니다. 강아지도 수의를 입혀 염을 하고 관에 모셔서(?) 종교별 추모식을 거행한 다음, 화장해서 유골함에 담아 인수합니다. 이게 그저 고장 나서 못 쓰게 된 냉장고를 처리하는 것과는 너무 다르지 않은가요?

그럼에도 법은 냉장고나 강아지나 같은 거라고 합니다. 강아지는 투표권이 없기 때문에 정치인은 강아지의 법적인 지위를 고려하지 않습니다. 그러나 이제 투표권이 있는 사람이 강아지의 부모가 되었기 때문에 생각을 달리 가져야 할 것 같습니다.

최근에 누가 빚을 갚지 못해서 '유체동산 압류'를 당했는데 채권자가 강아지를 압류했다고 합니다. 이게 말이 되는 일이냐고 반려동물 애호가들은 크게 반발하지만, 채권자 입장에서는 강아지를 경매하겠다고 엄포를 놓으면 떼인 빚을 돌려받을 수 있는 가장 효율적인 수단이 되지 않을까요?

서구의 세계관

2022.9.26.

아침저녁으로 서늘한 게 참 좋은 계절입니다. 최근에 영국 여왕이 돌아가셨다고 각종 언론에 실리는 엄청난 양의 뉴스에 정말 놀랐습니다. 아, 영국 여왕이 이렇게 대단한 존재였구나. 그런데 혹시 태국 국왕이 돌아가셔도 이렇게 소란스러울 정도로 뉴스와 특집이 생산될까? 하는 생각이 들었습니다. 급기야는 다소 비판적인 생각이 들었는데, 누군가에게 이 얘길 했더니 "요즘 언론이 기삿거리가 없어서 그래"라는 건조한 대답이 돌아왔습니다.

언젠가 탐험가 '콜럼버스' 관련 글을 봤는데 내용인즉,

1. 콜럼버스는 아메리카 대륙에 발을 디딘 적이 없다. 그가 도착해서 인도라고 착각했던 곳은 쿠바다.
2. 그는 '신대륙'을 발견한 사람이 아니고 그곳에 학살과 약탈의 단초와 계기를 제공한 사람이다.
3. 그가 간 곳을 '신대륙'이라고 하는데, 그 대륙에는 이미 사람이 있었고, 도시가 있었고, 문화가 있었고, 역사가 있었다. (신대륙은 개뿔….)

지금 소위 선진국이라고 불리는 나라들은 과거에 무기를 발명하고 엔진을 설계하면서 도처를 정복하기 시작했습니다. 아프리카, 아시아, 남미 등 무차별 살육을 일삼으며 돈이 될 만한 것들은 약탈하고, 아편

을 가져다 뿌리고, 전염병을 퍼뜨리고, 신념과 관계없이 개종시켜 버렸습니다. 가진 힘으로 사고도 분별도 없이 정복하려 드는 그야말로 좀비 무리였으며 그 중심에 영국과 프랑스가 있었습니다. 아프리카 국가들의 국경은 영국군과 프랑스군이 만나는 지점에서 정해졌다고도 합니다.

그런데 지금도 우리는 서구의 세계관으로 역사를 보는 데 익숙해져 있고 영국 여왕이 죽으면 저렇게 애도를 하는군요. 우리가 일본의 전쟁범죄와 그에 따른 여러 만행에 대해서 배상을 요구하고 있는데, 사실은 영국, 프랑스, 스페인 등 과거의 제국주의 모두가 전 세계의 과거 약소국들에 배상해야 하는 것 아닌가요?

돌아가신 분을 욕되게 할 생각은 없습니다. 대통령이 조문 갔다고 해서 트집 잡을 생각도 없습니다. 다만 뭔가 무의식적 사대주의 같은 사고는 불만입니다. 사실 요즘 역사책도 '신대륙 발견'이 아닌 '신항로의 개척'으로 나름 고쳐서 가르친다고는 합니다. 어쨌든 '힘'이 중요합니다. 북한이 기를 쓰고 핵을 가지려는 이유가 이 때문인가요?

쓰레기통 2022.10.12.

날씨가 추워졌네요. 나이 먹으니 기온이 낮아지면 피부도 거칠어지고 관절도 뻑뻑해지는 느낌이 듭니다. 우리 친구들 모두 건강에 유의하시기 바랍니다.

엊그제 몇 년 만에 여의도 불꽃축제 한다고 해서 잠시 재미있게 보기는 했습니다만, 강변북로, 올림픽대로가 마비돼서 퇴근길에 오른 많은 사람들이 불평하더군요. 불꽃놀이 하나를 두고도 '축제'와 '생업' 사이에서 갈등이 발생하는 모습이었습니다.

행사 자체에 관한 판단은 여러분에게 맡기도록 하고, 이런 행사가 끝나면 반드시 거론되는 얘기 한 번 해보겠습니다. 바로 쓰레기입니다. 많은 사람들이 대량의 쓰레기를 남기고 사라진 여의도 공원은 그야말로 쓰레기장이 따로 없습니다. 언론은 또 시민의식을 거론하며 이를 나무랍니다.

그런데 여기서 잠시, 우리나라 길거리에 쓰레기통이 매우 귀하다는 사실을 알고 계신가요? 관청에서 일부러 길거리에 쓰레기통을 놓지 않습니다. 쓰레기통을 놓으면 집에서 버릴 쓰레기를 거리에 내다 버리기 때문이라고 합니다. 그런데 저는 이게 관청이 편하고 시민이 불편한 행정이라고 생각합니다.

구글맵을 통해서 거리뷰를 보면 뉴욕, 런던, 홍콩, 시드니, 마드리드 모두 거리에 쓰레기통이 있습니다. 동경만 귀합니다. 하필 이런 것을 일본에서 배웠나요?

몇 년 전 불꽃놀이 끝에 신문에 난 '시민의식'에 대한 기사를 보고 제가 기자에게 메일을 보냈습니다. "당신 같으면 거기서 아이스크림 먹고 얼음물 줄줄 흐르는 포장지를 집까지 가져가 버릴 수 있겠느냐?"하고 물었더니 "이해한다. 구청장에게 건의하겠다"고 답신이 왔습니다. 그래서인지 그 이후 그나마 여의도 공원에 여기저기 쓰레기통이 생겼습니다.

거리에 쓰레기통을 놓지 않는 것은 시민을, 국민을 '이겨 먹겠다'는 관료적인 발상입니다. "너희가 집 쓰레기를 거리에 버려? 없애줄게." 이런 식의 사고지요. 구더기가 무서우니 장 담그지 않겠다는 것이기도 합니다.* 결국, 지난 장마(태풍)에 담배꽁초가 배수관을 막아 국민이 희생됐습니다. 쓰레기통을 놓으면 거리에, 배수관에 담배꽁초를 버리지 않습니다.

---

* 저는 1989년도에 직장에서 영어연수를 받을 기회가 있었는데 강사인 어느 미국인이 한국에 대한 첫인상을 "김포공항에서 비행기를 내려 시내로 들어오는데 이상하게도 나무가 없더라"라고 했습니다. 좀 창피했습니다. 그런데 엊그제 어느 TV 프로그램에서 외국인 관광객을 인터뷰하는 장면이 있었는데 그 외국인이 "한국은 쓰레기통이 없어서 불편하다"라고 말했습니다. 좀 창피했습니다.

키이우 서정 2022.10.24.

낙엽은 폴란드 망명정부의 지폐

포화에 이지러진

도룬시의 가을 하늘을 생각게 한다.

길은 한 줄기 구겨진 넥타이처럼 풀어져

일광의 폭포 속으로 사라지고

조그만 담배 연기를 내뿜으며

새로 두 시의 급행열차가 들을 달린다

언젠가 학교에서 배웠던 김광균 시인의 〈추일서정〉입니다. 시의 앞부분인데 교과서에서도 저만큼만 소개되었던 것으로 기억합니다. 모더니즘이라고도 하고 이미지즘이라고도 한 저 작품이 이번 가을 묘하게 심기를 건드립니다.

그냥 순수한 문학적 살점만 발라내기에는 '망명정부'니 '포화'니 하는 부분이 유독 폴란드의 이웃 나라 우크라이나가 오버랩됩니다. 이 작품은 1940년에 발표되었다고 하는데, 80여 년이 지난 지금 시에서 탄흔이 천착된 이미지와 함께 거인을 향해 팔매질하는 다윗의 작은 어깨가 그려집니다. 새로 두 시의 급행열차 대신 탱크와 장갑차가 포연을 날리며 달려가는 모습이 연상되면서 시의 제목 '서정'이 '격정'으로 바뀌어 와

닿는군요.

전쟁은 인간이 아직도 짐승만 못하다는 유일한 증거입니다. 문화가 있고, 문명이 있고, 상식이 있고, 심지어 신의 은총이 있어도 전쟁은 또한 인간이 멸망할 수 있는 유일한 수단입니다. 마하트마 간디는 '눈에는 눈을 고집한다면 모든 세상의 눈이 멀게 될 것'이라고 했답니다.

포화에 이지러진 키이우의 가을 하늘 아래에서도 꿋꿋하게 살아가는 우크라이나 국민들을 응원하며, 얼른 이 전쟁이 끝나고 역사상 '마지막'으로 기록되기를 빕니다. 신이여 보살피소서.

이태원 원가 2022.11.10.

사람이 죽는다는 것은 피할 수 없는 일이지만 그래도 젊어서, 사고로 죽는다는 것은 정말 슬픈 일입니다. 더구나 그 부모나 가족의 감당할 수 없는 절망감과 원통함은 제3자가 쉽게 이해할 수 없을 것이라는 생각입니다. 오늘 다시 한번 머리 숙여 애도합니다.*

국가는 이런 사태가 발생하지 않도록 예방해야 하고, 불행히도 사태가 발생했을 때는 이를 신속하게, 그리고 더 이상의 뒤탈이 없도록 처리해야 할 것입니다. 사실 이런 원론적인 얘기나 쌍방을 싸잡아 비난하는 소위 양비론은 제 스타일은 아닙니다.

불쑥 떠오른 생각인데, 정치인들에게도 한꺼번에 안식년을 주어 1년 정도는 정치가 없는 생활을 해보면 어떨까 합니다. 국회도 정당도 모든 활동을 멈추고 각종 정치단체도, 언론사 정치부 기자들도 모두 쉬게 한 다음 공무원들이 행정 활동만 하도록 하면 어떨지 궁금합니다. 그런데 이런 법을 정치인이 만들어야 하니 정작 당사자들은 쉬겠다고 할까요? 안 된다고 할까요?

---

* 2022년 10월 29일 용산구 이태원에서 핼러윈 축제로 인파가 너무 몰려 159명이 사망하는 압사사고가 발생했습니다. 이 일이 발생하자마자 정치권의 대형 정쟁으로 비화해서 뜻을 모아 처리하지 못하는 모습이 안타까웠습니다.

항룡유회 2022.11.16.

주역에 '항룡유회'라는 말이 있습니다. '하늘 끝까지 올라간 용은 후회한다'라는 의미랍니다. 지금까지 우리나라 현대사에서 하늘 끝까지 올라간 용이 11마리인데요. (장면, 최규하 제외) 그중 두 분은 비극적으로 생을 마감하셨고, 네 분은 감옥에 가셨으며, 현재 비행 중인 한 분을 빼고 나머지 세 분도 퇴임 전후에 지독하게 욕을 얻어먹거나 어느 순간 시정잡배보다 못한 대우를 받았습니다.

저는 이승만 대통령의 장례식 때 국립묘지로 이동하는 운구 행렬을 남영동 부근에서 직접 보았습니다. 기록을 찾아보니 이때가 1965년 7월 23일이었다고 하네요. 4·19혁명으로 권좌에서 내려와 하와이로 망명한 후 5년 만에 돌아온 것이지요. 수많은 애도 인파가 커다란 태극기와 영정을 둘러싸고 행진하던 모습이 눈에 선합니다. 상복을 입고 오열하던 아주머니들의 모습이 어린 가슴을 시리게 했습니다. 제 인생 최초의 스펙타클한 장면이었습니다.

박정희 대통령 장례식 때까지는 그런대로 좋았습니다. 정권 말기의 독재에 비해서 일반 국민이 오히려 매우 슬퍼하는 분위기였으니까요.

하지만 이후부터 국민의 정서가 달라지기 시작했습니다. 대통령이 임기 중에 정적이 아닌 일반 국민에게 욕을 얻어먹기 시작한 겁니다. 개인적으로는 '노태우'가 '물태우'로 불리던 일이 시작이라고 봅니다.

그렇게 '다스리던' 시대가 지나고 '모시는' 시대가 되니 정권은 권력의 총구를 정적에게 돌림으로써 이제는 과거 개인의 장기 집권에서 집단의 장기 집권을 위한 정당성을 확보하려고 하는 것 같습니다. 어쨌든 정상에 올랐던 사람들이 거의 예외 없이 후회하게 되는 히스테릭한 정치 상황이 중남미나 아프리카처럼 반복되고 있습니다. 우리나라가 선진국에 진입했다고 하던데…. 아무래도 안식년 필요하겠지요?

외람된 말씀이지만 우리 자식이나 손주를 야심 차게 키우고 싶더라도 정치적인 것 말고 노벨상이나 올림픽 금메달 같은 것으로 '항룡'이 되도록 하는 것이 어떨까 하는 생각입니다.

한글 박대 2022.11.28.

"외출했다가 돌아오니 강아지가 러그 위에 엎드려 죽어있었어요." 어느 TV 프로그램에 출연한 연예인의 말입니다. 또, 며칠 전 뉴스에서 한 카페 주인은 이렇게 말합니다. "머들러보다는 스푼을 사용하는 게 환경에 도움이 될 거니까요."

여러분, 이 말 완전히 이해됩니까? 요즘 주로 젊은 사람들이 우리말을 이렇게 구사합니다. 제 사무실에 걸려 있는 지도에 서울식물원이 표시되어 있는데 식물원의 정식 이름은 〈보타닉 가든〉이고요. 어느 호수 옆에는 〈수변프롬나드〉라고 쓰여있습니다.*

세상이 바뀌고 시대가 변해가는데 그걸 가지고 뭐 그리 개탄할 일은 아니라는 생각입니다만 조금은 걱정이 됩니다. 공은 이제 볼이 된 지 오래됐고, 핸들을 운전대라고 하는 사람은 별로 없으며 고속도로 나들목은 IC로 고착됐습니다.

최근에는 영어도 모자라서 옴므, 오마주 등의 불어나, 카르페 디엠, 페르소나 등의 라틴어까지 온통 생경한 말들이 우리 늙은이들을 점점

* 러그(rug): 깔개, 머들러(muddler): 음료 젓는 막대, 프롬나드(promenade): 산책로

주눅이 들게 합니다.

과거 한동안 한글날이 공휴일에서 그냥 기념일로 격하됐던 사실을 기억하시나요? 1991년부터 2012년까지 무려 22년 동안 한글날은 크리스마스나 석가탄신일보다 못한 날이었습니다. 더욱 기가 막힌 사실은 그 이유가 '10월에는 공휴일이 너무 많아서' 였답니다. 여러분 이게 말이 된다고 생각하시나요? 사실 시위도 있었고 한글학자들의 저항도 있었지만 결국 한글날은 무려 22년을 하위기념일로 자리 잡고 살았습니다. 혈기 왕성한 시절이었지만 세상은 넓고 제 목소리는 작았습니다. 다행히 2013년부터 한글날이 대체휴일이 인정되는 법정 공휴일로 복권되기는 했습니다.

하지만 말도 글도 점점 하이브리드화 됩니다. 아니, 잡종이 됩니다. 우리나라 자동차 이름은 새나라, 누비라, 무쏘 이후 기억나는 한글 이름이 없고 자동차 외관에는 번호판과 '초보운전'을 빼고 한글을 찾을 수 없습니다. 상표란 상표는 전부 물 건너에 있습니다.

수출품이야 백번 양보하지만, 국가에서 집을 짓는 LH나 SH, 그리고 전세자금 대출해 주는 회사까지 HUG라고 간판을 다는 것은 어찌 받아들여야 하나요? 나름 백년대계의 첫걸음인가요? 만약 이런 사고가 한글날이 격하됐던 것과 같은 맥락이라면 어디 대고라도 쓴소리를 좀 준비해야 하는 것 아닌가요?

한글 자해

2022.12.1.

지난번 〈한글 박대〉에 대한 글에 이어 2편입니다. 호응해 주신 많은 친구들을 등에 업고 오늘은 몇 사람들 욕 좀 하겠습니다.

언어는 사회가 변화함에 따라 바뀌는 것이라고 합니다. 문법이나 맞춤법이 변하는 것은, 아니 변해야 하는 것은, 훈민정음이 요즘 편하게 읽을 수 있는 글이 아닌 것으로 알 수 있습니다.

그래서 우리글도 조금씩 바뀝니다. '읍니다'와 '습니다'가 번갈아 문법의 지지를 받았고 '할께'가 '할게'로 바뀌었으며, '짜장면'은 '자장면'이 되었다가 다시 양쪽 모두 허용하는 등 학계가 포용적인 태도가 되었습니다.

그런데 담배를 '피우다'가 어느 날 '피다'라고 해도 된다고 하니 자동사, 타동사가 어쩌고 하고 배운 문법에 혼란이 오기 시작합니다. 드디어 '무우'를 '무'라고 해야 한다는 시점에서 저는 울화통이 터졌습니다. 왜냐면 아직도 시골에는 '무우'를 '무수' 또는 '무시'라고 하는 정겨운 반치음 사투리가 남아 있는데, 뒷글자를 툭 잘라낸 것은 무식한 학자들의 문법적 폭거라는 생각입니다.

과거 안도현 시인이 자신의 시에 ‘짜장면’이라고 썼는데 이걸 ‘자장면’으로 읽는 아나운서에 화가 나서 “아무리 당신들이 자장면이라고 해도 난 짜장면이라고 할 거다”라고 했다는 일화가 있습니다. 저도 계속 ‘무우’라고 하고 싶습니다.

맞춤법의 변화는 사람들의 언어 사용 습관이나 빈도에 따라서 이루어진다고 합니다. 그렇지만 원칙을 애써 가르쳐 지키려 하지 않고 추세에만 의존한다면 이게 통계학자지 국어학자입니까? 제가 과문한 것인지 모르겠으나 중학교 때부터 배운 영어에는 철자가 바뀐 예가 없는 것으로 압니다.

말하는 우리도 문제는 있습니다. 방송에서 골프 레슨 하는 선수가 ‘무릎’을 계속 무르비, 무르베, 무르블 이라고 발음해서 전화했습니다. 정형외과 진료 후에 의사가 “무르비 좋지 않으시네요”라고 하니 의학적 신뢰도가 떨어졌습니다. 당구 방송 해설자는 계속해서 공을 ‘맞춘다’고 합니다. 경기중에 그렇게 계속 공을 ‘주문해야’ 하는 건가요? ‘맞힌다’고 해야 합니다.

운동선수나 선수 출신 해설자가 국어 문법을 그리 잘 알리라고 생각지는 않습니다. 하지만 명색이 방송에서 PD라는 사람들이라도 교정해줘야 하는 것 아닌가요? 국립국어원 선생들도 이런 부분 적극적으로 잔소리 좀 해야 합니다. 혹시 ‘무릎’을 ‘무릅’으로 바꿀 준비나 하는 건 아니겠지요?

로봇이 오면

2022.12.5.

화물연대의 집단 운송거부로 신문, 방송이 시끌벅적하네요. 정부가 강경한 대응을 한다고 하니 노동조합은 맞서겠다 하고 야당은 지원하겠다 하여 심란한 상황이군요.

좀 벗어난 얘기입니다만, 기술의 발달로 머지않은 장래에 자율주행 자동차가 완성되면 아예 직업을 잃을 분들이기 때문에 지금의 투쟁 모습이 다소 애잔합니다. 정부에서도 운송근로자가 '있을 때 잘해'줘야 하는 것 아닌가 하고요. 운송기사님들도 이제 운송에 너무 목숨 걸지 마시길 바랍니다.

식당에서 음식 나르는 로봇 등 아직은 로봇이 인간의 단순노동을 맡아서 하는 정도지만, 그쪽 전문가들은 회계, 금융, 의료, 교육 등 수준 높은 분야까지 AI가 대신하게 될 것이라고 합니다. 인간의 손보다 훨씬 정교한 솜씨로 환자를 수술하고, 못 알아듣는 학생을 위해서 수십 가지 사례를 들어 설명하면서 전혀 짜증을 내지 않을, 참을성 있는 로봇 교수님도 등장할 것이라고요.

사실 이미 1997년에 '딥블루'라는 슈퍼컴퓨터가 체스챔피언을 꺾었고, 2011년에는 IBM의 '왓슨'이라는 컴퓨터가 미국의 유명한 퀴즈쇼 프로그램 〈제퍼디〉의 챔피언을 눌렀으며, 잘 아시다시피 2016년에는 구글의 '딥마인드'가 이세돌을 이겼습니다.

네덜란드의 체스 세계 챔피언은 컴퓨터와의 다음 경기를 어떻게 준비할 것이냐고 묻자 이렇게 대답했답니다. "아마도 망치를 준비해야 할 것 같습니다."

로봇은 저렇게 사람을 능가하는 실력을 갖추어도 임금을 올려 달라고 하지도 않고, 휴가를 보내 달라거나 근무 시간을 줄여 달라고 하지도 않으니 그야말로 사장님이 바라던 종업원 아니겠습니까?

그런데 일본 도쿄 주변의 '타마'라는 소도시에서는 AI가 시장으로 출마해서 4,000표를 받아 3등을 했다는군요. 법률적으로 출마 자격이 어떻길래 가능했는지 모르겠지만, 이제 도시 운영까지 하겠다는 포부가 당차군요.

기술이 발달하면 무엇을 하든 힘도 덜 들고 시간도 절약되고 참 좋은 점이 많아질 것입니다. 그러나 문제는 일자리가 없어진다는 것이군요. 미래의 공장을 묘사하는 학자들의 우스갯소리가 있는데, 미래의 공장은 사람 한 명과 개 한 마리로 가동될 거라고 합니다. 사람은 개밥 주는 일을 하고, 개는 사람이 기계를 만지면 물어버리는 역할을 할 거랍니다.*

---

* The Robots Are Coming!(Andres Oppenheimer, 2019)이라는 책에서 발췌

쿠바에서 있었던 일

2022.12.13.

쿠바혁명 후 3년이 지난 어느 날 수도 아바나에서 서쪽으로 약 100km 떨어진 산타크루즈라는 구석진 농촌 마을에 갑자기 소련 병사들이 나타났습니다. 이들은 90도짜리 럼주를 들고 와 서툰 스페인어로 현지 상품을 물색하며, 나무와 바위에 키릴문자로 이름을 새기고 다녔습니다.

교통수단이라고는 마차나 작은 택시 정도밖에 없던 이 마을에 한밤중 지축을 흔들며 엄청나게 큰 트럭들이 나타났습니다. 마을 길은 거대한 트럭의 회전반경에 미치지 못해서 한쪽은 신발가게 귀퉁이를 부숴버리고 맞은편 건물은 현관 입구의 돌기둥을 철거했습니다.

쿠바 군인들이 주민들에게 집으로 들어가라고 몰아댔습니다. 집안에서 창틈을 통해 보이는 트럭에는 커다란 야자나무 몸통처럼 생긴 물건이 방수포에 싸여 있었습니다.

얼마 지나지 않아 미군 비행기가 하늘을 맴돌기 시작했습니다. 지상에는 매머드 트럭들이 땅을 흔들며 지나다니고, 하늘에는 미군 전투기가 당장에라도 폭격을 할 것처럼 낮게 떠다니니 사람들은 두려움에 떨기 시작했습니다.

1962년 10월 14일, 이 마을 상공을 날아가던 비행기가 트럭에 실렸던 야자나무 몸통의 정체를 알아냈습니다. 당시 R-12라고 불렸던 소련의 미사일이었습니다. 비행 거리가 2,000km를 넘고, 히로시마에 투하된 원자폭탄보다 약 75배 강력한 폭탄을 탑재할 수 있는 미사일이 마이애미, 워싱턴, 뉴욕을 사정거리에 두게 된 것입니다.

1959년 쿠바혁명에 성공한 피델 카스트로가 사회주의를 향해 달려가자 여러 분야에서 미국과의 알력이 불가피했습니다. 몇 차례 기회를 노리던 미국이 쿠바의 반정부세력을 훈련시켜 1961년 4월 20일 약 1,400명의 병력으로 소위 '피그 만(Bay of Pigs) 기습'이라고 하는 침공을 시도합니다.

그러나 어이없게도 이 작전은 72시간 만에 완전히 실패하고 투입되었던 미군 특공대는 사살되거나 포로로 잡히거나 도망쳤습니다. 미국의 침공 — 카스트로 입장에서는 — 을 박살 낸 카스트로는 의기양양해서 사회주의 혁명에 더욱 박차를 가하는 한편 소비에트 연방을 동지로 삼았습니다.

이렇게 1년여가 지난 후에 드디어 소련의 니키타 흐루쇼프가 아이디어를 냅니다. 그는 카스트로에게 "이봐, 미국이 한 번 실패로 그냥 물러설 것 같아? 두 번째는 아주 치밀하게 준비하고 쳐들어올 거야"라고 말하고 쿠바에 미사일 기지 건설을 추진합니다. 당시 이탈리아와 터키에 있는 미국의 미사일 기지가 눈엣가시 같았던 흐루쇼프는 쿠바를 대응지점으로 정한 것이지요.

1962년 9월 4일, 미국의 케네디 대통령은 소련의 미사일부대가 쿠바에 상륙한 정보를 이미 입수하고 "방어용 무기로 알고 있다. 그러나 만약 그게 아니라면 막중한 사태가 발생할 것"이라며 경고했습니다. 소련도 타스통신을 통해서 "공격용 무기가 아니며, 만약 이를 빌미로 미국이 '도발'한다면 전쟁을 의미하는 것"이라고 받아쳤습니다.

이즈음 전쟁을 피할 수 없다는 어떤 예감이 정치권에서부터 번지기 시작했습니다. 미 상원은 '필요시' 쿠바에 대한 무력 사용을 승인했고, 10월 초에는 미국의 대서양 사령부가 예하 부대에 전면 침공을 위한 공습 준비를 하도록 명령했습니다.

그런데 당시 도르티코스 쿠바 대통령 — 카스트로는 1959년 혁명 이후 1975년까지 총리로 실권을 행사하고 있었습니다 — 은 유엔 측에 "쿠바는 미국을 물리칠 만반의 준비가 되어 있다. 우리에게는 '사용하고 싶지 않은' 무기가 있다"고 하며 핵무기를 암시하는 발언을 했습니다.

사실 몇몇 고위직에서는 이미 심각하게 의심하고 있었지만, 미국 정부는 쿠바에 소련의 핵무기가 배치되고 있다고는 생각지 못했습니다. 당시의 전쟁 위기는 당연히도 재래식 무기를 이용한 전통적인 전쟁을 전제로 한 것이었지요. 그러나 사실이 드러나면서 상황이 점차 초유의 사태로 진전되기 시작합니다.

존 F. 케네디 미국 대통령은 1962년 10월 16일 아침에 쿠바의 소련 미사일 기지의 존재를 확인하고 즉시 ExComm이라는 협의체를 구성했습니다. 당일 저녁 미팅에서 협의체 멤버들은 쿠바의 소련 미사일이 2주 내 풀가동이 가능하다는 것을 확인했으며, 이틀 뒤인 10월 18일에는 중간사거리 미사일이 18시간 이내에 발사 가능하다는 것도 알게 됐습니다.

그 후로 5일 동안 케네디는 쿠바해역 봉쇄와 미사일 기지 공습, 이 두 가지를 놓고 고민하고 있었습니다. 그는 10월 22일을 데드라인으로 정해 놓고 군에는 전투준비단계인 '데프콘3'를 발령합니다.* 그 사이에 긴박한 상황에 관한 정보가 조금씩 외부로 흐르자 케네디는 〈뉴욕타임스〉와 〈워싱턴포스트〉 기자를 불러서 "국가안전보장에 관한 사안이니 보도를 자제해달라"고 요청합니다.

10월 22일 오후 7시, 케네디는 공식적으로 다음과 같이 발표합니다.

> "우리는 현재 소련의 군사기지가 쿠바에 구축되고 있음을 확인했으며 이는 미국을 포함한 멕시코, 파나마운하 등 서방국가들을 향한 것이고 추가로 캐나다나 페루의 리마까지 공격할 수 있는 것이 확실하다. 우리는 쿠바에서 서방국가로 발사된 단 한 발의 핵미사일이라도 미국에 대한 소련의 공격으로 간주하여 소련, 중국, 그리고 동구권의 폴란드, 동독, 알바니아, 불가리아, 유고슬라비아, 루마니아, 체코슬로바키아, 헝가리 등 전체 공산권을 즉시 초토화할 것이다. 인류가 이런 파멸의 구덩이로 빠져들지 않도록 은밀하고 무모하며 도발적인 위협을 중단하

* 이후 2001년 9월 11일 테러 때에도 발령합니다.

고 양국 관계를 정상화할 것을 호소(애원)한다."*

하지만 흐루쇼프는 입장을 바꾸지 않습니다. 10월 23일에는 "미국 함정이 소련 군함을 공격하면 바로 침몰시키겠다. 만약 미국이 공격을 개시하면 바로 그 날에 관타나모 해군기지부터 사라지게 될 것"이라고 큰소리쳤습니다.

10월 24일에는 미 공군의 B-52 폭격기가 20분마다 이륙하면서 24시간 비행 체제하에 소련의 목표물을 겨냥하고 있었으며 33개의 공군기지에 거의 200대의 B-47 핵 폭격기가 쿠바를 향해 이륙할 준비를 하고 있었습니다.

쿠바에서는 카스트로가 군에 최고의 비상령을 내리고 민병대까지 동원할 준비를 하고 있었습니다. 그는 케네디보다 73분이나 더 긴 연설을 통해 "우리는 주권국가이고 방어를 위해 무기를 선택할 권리가 있다. 지금 무장을 해제하는 것은 우리의 주권을 포기하는 것이다"라고 목청을 높였습니다. 10월 26일에는 중거리미사일 24기 발사대가 준비되었으며 추가적인 기지 건설에 속도를 올리고 있었습니다.

미국에서는 이제 흐루쇼프와 정치적인 협상을 해야 한다는 의견과 이쯤에 쿠바를 폭격해서 카스트로를 날려버려야 한다는 주장이 팽팽히 맞서고 있었습니다. 케네디는 선뜻 결정하지 못하고 있었습니다. 카스

---

* 저자는 'implored'라고 표현했는데 사전에는 '호소'보다는 '애원', '간청'으로 뜻풀이가 되어있습니다.

트로는 10월 26일 유엔 사무총장에게 서한을 보내 "쿠바는 더 이상 영공을 침입하는 행위를 용납하지 않겠다. 지금부터는 쿠바 영공에서 비행하려면 미사일 공격을 감수해야 할 것"이라고 날을 세우고, 소련 대사관에 마련된 방공호에서 흐루쇼프에게 이런 편지를 썼습니다. "미국의 도발을 절대로 용납해서는 안 되며 이 기회에 아예 미국을 쓸어버려야 합니다."

그러나 이제 흐루쇼프 — 그는 아마 평화적 해결을 원했던 것 같습니다 — 는 케네디에게 다음과 같은 내용의 편지를 보냅니다.

> "우리가 유엔 감시하에 쿠바에서 핵시설을 철수할 테니 두 가지 약속을 해주시오. 첫째는 쿠바를 절대로 침공하지 않겠다는 것, 둘째는 터키에 있는 미군 핵기지를 같이 철수하겠다는 것이오."

이 편지가 케네디에게 도착할 즈음 미군 정찰기가 쿠바 동부에서 격추되고 조종사가 사망합니다. 당시 ExComm 회의 참가자 중 몇몇 매파 구성원이 즉시 폭격에 나서자고 주장합니다. 물론 이런 상황의 전개가 쿠바와의 전면전은 물론 소련과의 핵전쟁을 시작하는 것이라는 사실을 모두 알고 있었습니다.

하지만 케네디는 전쟁을 원하지 않았습니다. 그는 동생 바비 케네디에게 소련대사를 만나보라고 했습니다. 동생은 소련대사에게 "현재 상태가 위중하다. 쿠바를 침공하지 않을 테니 미사일을 거두어 가라"고 하자 소련대사는 "터키 미사일 기지는 어떻게 할 거냐?"라고 되물었고,

바비 케네디는 "생각해 보겠다"라고 한 후 해당 협의 사항은 비밀로 하기로 했습니다. 비밀협상의 진행 사실을 모르는 ExComm 회의에서는 쿠바의 다음 정권을 누구로 할 것인가가 거론되었습니다.

그때 쿠바는 전투에 대비하고 있었습니다. 해변의 기관총 주변으로 모래주머니를 쌓고, 참호를 파고 철조망을 둘렀습니다. 민방위 쪽도 서둘렀습니다. 병원을 정비하고 혈액 수송체계를 정리하고 천과 마대를 이용해 들것을 준비했습니다. 카스트로는 호텔 건물에 마련된 지하 벙커에 자리를 잡았고 방송에서는 '양동이에 모래를 담아 화재에 대비할 것, 물품을 사재기하지 말 것, 폭격이 시작되면 작은 나무 조각을 이 사이에 물고 있을 것'을 전했습니다. 폭격은 오후 3시~4시 사이로 예상하고 있었습니다.

그런데 1962년 10월 28일 모스크바의 라디오 방송 아나운서가 흐루쇼프가 케네디에게 보낸 편지를 읽어줍니다. "이 위중한 상황을 타개하기 위해서 소련은 쿠바에 있는 미사일 시스템을 철수하고자 한다. 미국은 어제 약속한 대로 쿠바를 침공하지 않기로 하며, 쿠바 국민은 자율성을 갖추고 살아갈 수 있도록 해야 한다."

케네디는 이를 환영합니다. 이미 쿠바의 소련군은 오후 5시부터 미사일 기지 해체를 시작했으며, 다음날 〈뉴욕타임스〉는 소련이 유엔 참관하에 쿠바 미사일 기지를 철수하기로 했다는 내용의 기사를 실었습니다.

카스트로는 그야말로 꼭지가 돌았습니다. 미·소 간의 협의 내용을 사전에 전혀 알지 못했기 때문입니다. 1898년에 미국-스페인 전쟁에서 미국이 승리한 후 양국이 쿠바에서 협정을 맺으면서 정작 쿠바의 독립군을 왕따시킨 역사가 생각나기도 했습니다. 그는 유엔에 편지를 보내 미·소 간의 합의를 부정하고 "미국이 침공하지 않겠다면 경제제재를 풀고 관타나모 기지를 폐쇄해야 한다"라고 주장하며, 그렇지 않으면 유엔 감시단의 입국을 불허하겠다고 열을 올렸습니다.

흐루쇼프가 카스트로에게 편지를 보내 "진정해라, 참아라, 인내해야 한다"고 얼렀지만 소용이 없었습니다. 카리브 해에서의 핵위기는 시작된 지 13일 만인 10월 28일에 종료됐지만, 유엔은 결국 끝까지 감시단을 보내지 못했습니다.

카스트로가 좀 삐치긴 했지만 어쨌든 이후 쿠바는 소련의 재래식 무기로 무장하며, 전 세계에서 북한 다음으로 중무장한 나라가 됐습니다. 미국과도 원수 같은 관계를 지속했지만 이후 두 가지 역사적인 사건이 발생합니다.

첫 번째는 소련의 붕괴로 거의 소련에 의존하던 쿠바의 경제가 다시 살얼음판을 걷게 되고 배급제하에서의 인민들의 생활이 극도로 피폐해졌습니다. 당시 자조적 우스갯소리로 쿠바에는 걱정거리가 세 개밖에 없다고 했습니다. 바로 '아침, 점심, 저녁'입니다.

두 번째는 오바마가 미국 대통령이 되어 쿠바의 요인들과 악수를 하고 새로운 관계를 암시하며 쿠바를 방문합니다.

피델 카스트로는 2008년 국가평의회 의장직을 물러나고 2011년에는 공산당 제1서기직까지 동생인 라울 카스트로가 승계합니다. 오바마는 2015년 7월 20일, 양국 관계를 정상화하고, 피델 카스트로 사망 전인 2016년 3월 쿠바를 방문하여 "우리는 같은 America사람"이라고 연설합니다. (지금까지 보내 드린 내용은 쿠바 출신 미국인 ADA FERRER라는 사람이 쓴《CUBA》라는 책(p353~382)에서 옮겨왔습니다. 제대로 된 번역은 아니고 제가 다소 각색을 했으니 부족한 부분 양해 바랍니다.)

최근 북한의 미사일이 때를 가리지 않고 도처에 날아들어 '7차 핵실험'이 임박했다느니 하며 긴장이 고조되고 있습니다. 저 위에서는 러시아와 우크라이나의 전쟁이 지루하게 전개되면서 드디어 푸틴의 '핵 공격성' 발언이 들려옵니다.

제2차 세계대전 이후 핵무기는 사용되지 않았지만 1962년 쿠바를 사이에 놓고 벌어진 미·소 간 일촉즉발의 위기를 상기하며 그 13일 동안 어떤 일이 어떻게 진행됐는지 상세한 상황을 따라가 봤습니다. 당시 이미 히로시마 원자폭탄보다 75배는 더 큰 위력을 가졌다는 원자폭탄이 오늘날은 몇 배가 됐는지는 물어보고 싶지도 않습니다.

우리는 케네디 대통령이 쿠바에 상륙한 소련군과 무기를, 뱃심과 뚝심이 어우러진 정치적, 군사적 리더십으로 통쾌하게 물리친 것처럼 배웠지만, 이미 그는 피그 만 공습에서 아쉬운 수준의 작전 능력을 보여주었고, 쿠바 핵미사일 사태에도 역사는 외교 이상도 이하도 아닌 것으로 기록합니다.

역사의 특징 중 하나는 지나고 살펴보면 '피할 수 없었던' 사건은 없다는 것입니다. 현대사에서는 더 이상 '피할 수 있었던' 사건이 후대의 역사책에 기록되지 않기를 바랄 뿐입니다.

엊그제 어느 학자가 최근의 국제정치적 상황을 설명하며 "작금의 현실을 한마디로 정의하면 '각자도생'이다"라고 하셨는데 백 번 천 번 지당하신 말씀이라는 생각이 듭니다. 어떤 방법으로 우리 자식들이 '어깨에 힘주고' 살 수 있도록 할 것인지 궁리해야 하겠습니다.

그러나 자기 것만 먼저 챙기는 사이에 큰 것을 놓칠 수 있다는 사실도 부정할 수는 없군요. '우리'라는 울타리를 어떻게 설정해야 하는가에 철학적 물음이 필요한 때입니다.

이마 위의 신호등

2022.12.20.

해가 가기 전에 남은 쓴소리 좀 더 하겠습니다. 먼저 국민의 소리에 귀를 기울이는 공직자분들께 양해를 구합니다.

꽤 오래된 일이지만 사거리 신호등 위치가 바뀐 것을 알고 계신가요? 제 기억으로는 6~7년 된 것 같은데 혹시 기억이 나지 않거나 의식하지 못한 친구들을 위해서 처음부터 얘기를 해보겠습니다.

과거 사거리 신호등은 차량을 중심으로 교차로 건너편 앞쪽에 위치하고 있었지요. 그런데 언젠가부터 차량 정지선 바로 앞의 횡단보도 위쪽으로 앞당겨져 설치되었습니다. (물론 몇 군데 예외는 있습니다.)

그게 이유가 있었습니다. 교차로에 그려 놓은 정지선을 지키지 않는 사례가 많으니까 신호등을 앞으로 당겨 머리 위에 오도록 해서, 정지선을 넘어서면 신호등이 보이지 않도록 위치를 바꾼 겁니다. 이걸 굳이 말하자면 위반 차량에 대한 행정적 보복인 셈인데, '위반했으니 신호등을 보여주지 않겠다'라는 것입니다. 거리의 쓰레기통에 생활 쓰레기를 자꾸 버리니까 쓰레기통을 치워버린 것과 비슷하지 않습니까?

그런데 과거의 신호등 위치라면 사거리에 정차한 운전자가 정면의 내 신호 말고도 좌우의 신호등이 어떤 색인지 알 수 있습니다. 횡단보도 신호를 기다리는 보행자도 사거리 신호등이 모두 보입니다. 하지만 지금의 신호등 위치로는 자기 것밖에는 보이지 않습니다. 운전자나 보행자 모두에게 거리 전반에 대한 정보가 제한되는 것이지요. 가끔 정지선을 위반해서 신호등이 보이지 않게 된 차량은 뒤차가 '빵빵'해줘야 출발합니다. 죄 없는 뒤차에게 부담을 지우는 것이지요. 혹시나 신호위반 하는 앞차를 엉겁결에 따라갔다면 횡단보도 진입하는 순간에도 본인이 신호를 위반하고 있는지 알 수가 없습니다.

"뭐 별것 아닌 걸 갖고 그래"라고 할 수 있지만 저는 굉장히 옹졸하고도 분별없는 행정이라고 생각합니다. 쓰레기통도 마찬가지고 신호등도 마찬가지입니다. 더구나 특정인의 '잔머리'에서 생산된 아이디어가 비판 없이 행정으로 받아들여지는 이 과정을 탓하고 싶습니다. 우리나라와 같은 신호체계를 운영하는 나라를 알려주시면 밥 사겠습니다. 제가 동구권까지 구글맵으로 뒤져봤지만 못 찾았거든요.

우리나라 운전자만 정지선을 잘 지키지 않는 건가요? 그렇더라도 위반하는 사람에게 벌칙을 줘야지 만능장비 CCTV를 두고 구더기 때문에 장을 담그지 않으면 직무를 유기하는 것 아닌가요?

빌라왕 1

2022.12.23.

빌라가 위기에 처했습니다. 이름답지 않게* 서민들에게 이부자리를 펴주던 빌라가 갑자기 전세사기니 깡통전세니 하여 수많은 세입자들을 백척간두에 몰아세우고 있습니다. 걱정인 것은 이게 이제 누구도 쉽게 풀어낼 수 없는 사회적 응어리가 돼 가고 있습니다.

우선 현상을 보자면,

1. 대한민국 전세제도는 전 세계에서 유일합니다.
2. 전세 세입자를 위한 국가의 지원이 남다른 규모입니다. 가장 쉬운 대출이 전세자금 대출이고 금리도 가장 낮습니다.
3. 부동산 투자(투기) 열풍을 타고 빌라에 대한 전세나 매매수요도 크게 증가했습니다.

위의 현상을 바탕으로 저금리에 전세를 선호하는 사람들이 절대적으로 많아지면서 전세가는 점점 집값에 접근합니다. 원하는 사람은 큰 지출 없이 전세 끼고 빌라 한 채를 가질 수 있습니다. 극단적으로는 전세가가 매매가를 추월한 경우 '돈을 받고' 소유할 수도 있습니다. 소위 '마이너스 갭 투자'입니다.

* villa는 영어사전에서는 '별장', '저택'을 의미합니다.

그런데 어느 날 금리가 오릅니다. 보통 대출금리는 기준금리보다 더 큰 폭으로 오릅니다. 그러면 전세자금대출 이자가 월세와 비슷해집니다. 사람들은 월세로 돌아섭니다. 그런데 전셋집을 뺄 수가 없습니다. 전세를 찾는 사람이 줄었거든요. 여기에 '깡통전세'라는 말이 돌자마자 이런 현상은 대책 없이 증폭됩니다. 임차인은 이사할 수가 없습니다. 전세금 돌려달라고 소송해 봐야 경락가는 전세금을 밑돌게 됩니다. 이렇게 해서 증발한 금액은 임차인 또는 선의의 임대인 또는 세금으로 운영되는 전세보증기관의 피해로 전가됩니다.

정책이 의식했든 의식하지 못했든 아주 쉽고 편한 전세자금대출과 전세금반환보증보험은 결과적으로 갭 투자(투기)를 부추기며 투자(투기) 세력을 적극적으로 도와준 셈이 되었습니다. 물론 이게 어제오늘 일은 아니고 특정 정권에 의한 것도 아닌 아주 오래된 정책입니다.

빌라 몇백 채를 가진 사람이 죽었다고, 언론이 그를 '빌라왕'이라고 하면서 흥분합니다. 빌라를 몇백 채 가진 것이 죄는 아닙니다. 하지만 이런 일이 어떻게 가능했는지 따져야 합니다. 정책을 겨냥해야지 빌라왕 마녀사냥에는 반대합니다. 지금 빌라왕의 빌라만 위험한 게 아닙니다. 대한민국 빌라 전세 수백만 가구가 노심초사하고 있을 겁니다. 임대인도 마찬가지입니다.

무겁긴 하지만 현안이니 나름의 의견 써봤습니다. 친구들 주변에 이 일로 걱정하는 사람이 없기를 바랍니다. 메리 크리스마스!

빌라왕 2

2022.12.26.

빌라왕 2편입니다. 오늘은 전편에서 못 한 얘기를 좀 더 하고자 합니다.

갭 투자를 왜 하느냐고요? 당연히 집값이 오를 것이라는 기대가 그 동력이 됩니다. 그런데 예상대로 가지 못하고 실패하는 경우도 많지요. 그게 투자(투기)의 본질이니까요.

우선 '복부인'형입니다. 종전까지 강남의 돈 많은 부인들이 주로 아파트를 샀습니다. 당연히 전세를 놓고 사야 투자금이 적습니다. 이런 경우는 자산이 좀 갖춰진 사람들이기 때문에 집값이 다소 내려가도 스스로 대응할 능력이 있습니다. 세금도 냅니다. 물론 본인은 '망했다'고 하겠지만요.

문제는 자기자본이 거의 없는 투자자들입니다. 이 사람들은 있는 돈을 굴리는 게 아니라 굴릴 돈을 마련하려는 것이 목표입니다. 이 경우에는 집값이 떨어지면 안 됩니다. 요즘처럼 집값도 전세가도 하락하게 되면 하락폭을 감당할 수 없는 사람들이 많습니다. 콘크리트 주택이 철제주택, 즉 '깡통'이 되는 순간이지요.

또 다른 사례, 이제 정말 어두워집니다. 돈 없는 임대인이 불길한 전망을 눈치채고 '작업'을 합니다. 노숙자나 촌구석의 물정 모르는 사람에게 몇 푼 사례를 하고 소유권을 넘깁니다. 그리고 본인은 '임대인'에서 탈출합니다. 물론 임차인은 모릅니다. 여기부터는 사기라고 볼 수 있는 일들이 벌어지는 거지요.

이런 큰 손들은 집값이나 전세가가 보합세에 있어도, 세금을 못 냅니다. 그래서 등기부에 '압류'가 표시됩니다. 세입자는 이사할 수가 없습니다. 압류된 집에 세 들어올 사람이 없으니까요.

일부 빌라왕들은 대리인을 선임합니다. 대리인은 세를 준 집을 찾아가서 등기부를 보여주며 "이 집 곧 경매 넘어갑니다. 집주인은 한 푼도 없고, 곧 구속될 것 같아요. 혹시 그냥 전세가에 매수하시는 게 어떨까요? 경매 가면 보증금 반이나 건지겠어요? 나중에 다시 올라갈 수도 있잖아요." 이게 성공하는 경우도 있습니다. 나름 노력하니 가상하다고 해야 하나요?

전세는 '사금융'입니다. 대한민국 부동산투기의 주범입니다. 전세제도에 관한 공론을 시작해야 할 때라고 봅니다. 공공(임대)주택을 더 짓든, 토지공개념을 도입하든 이제는 땜질로 막아내기에 어려운 상황이 됐습니다. 투기를 막겠다고 떠들어대면서 간편하고 유리하게 전셋집을 찾을 수 있도록 하는 것은 좋은 정책이 아닙니다. 월세를 지원하면 됩니다.

빌라왕 3

2022.12.28.

비판을 했으면 대책을 내놔야지 하는 친구들이 있을 것 같아서 빌라왕 3편을 마련했습니다. 무릇 전세를 없애는 것은 부동산제도의 '천지개벽'이라 할 수 있으니 총무가 주장은 했지만 사실 저도 막연하고, 대신 깡통전세 관련해서 주의할 사항 몇 가지를 알려드리는 것으로 미봉할까 합니다.

1. 우선 전세를 얻을 때는 '전세금반환보증보험'에 가입해야 합니다. 이 보증보험은 깡통전세로 인한 피해를 전 국민에게 골고루 전가하는 '잔 고르기'입니다.* 피해가 분산되니 크게 미안해하지 않고 보증금 돌려받으면 됩니다. 참고로 은행예금은 5천만 원까지만 보증하지만, 전세금은 3~4억 원도 보증해 줍니다.

2. 확정일자를 받아서 전입신고를 하고, 그 집에서 살면 됩니다.

3. 임대차계약서 작성할 때에 "임대인은 본 임대차물건을 매도할 경우 매매계약서 작성 즉시 이를 임차인에게 알려주기로 한다"는 등의 특약을 요구합니다.

---

* 잔 고르기: 모임의 술자리를 파할 무렵 아직 잔에 술이 많이 남은 사람이 적게 남은 사람의 잔에 같은 양의 술이 남도록 부어주는 술자리 관행. 즉, 부담되는 술의 양을 동석한 사람들이 조금씩 부담해서 마시는 것입니다.

4. 이사한 후에도 수시로 등기부상 소유주가 바뀌었는지 확인해 봅니다. 귀찮아도 합니다. 대법원은 상가 관련해서 '소유주가 바뀌면 전 소유주를 믿고 계약한 임차인이 계약을 해지하고 계약 당시의 임대인에게 보증금반환을 청구할 수 있다.'는 취지의 판결을 내렸습니다. 이 판례를 주택임대차에 적용해서 소위 '먹튀'하고 달아난 임대인에게 소송하고 있는 사례가 있습니다.* 다만 그 사실을 알면 1개월 이내에 신속하게 계약해지 여부를 결정해야 합니다.

5. 새 집일수록 더 조심해야 합니다.

(1) 신탁등기가 되어 있는 집은 반드시 변호사와 상담한 후에 계약하세요. 이 부분 따로 한 장 써야 할 정도로 할 말이 많지만 줄입니다.**

(2) 새 집은 '공시가격'이 없습니다. 그래서 건축주가 감정평가를 받고 이 평가액을 기초로 은행이 전세자금대출금액을 결정합니다. 그런데 건축주는 평가액을 최대화하려고 무리하게 노력하는 사례가 많습니다.

---

* 당연히 받아들여졌습니다.

** 일반적으로 건물을 새로 지을 때 건축주가 순수 자기자본을 동원하는 경우가 거의 없기 때문에 금융기관에서 대출을 받는다고 봐야 합니다. 사실 PF니 뭐니 해서 그 과정이 다소 복잡하기는 하지만, 대출을 받고 건물을 지으면 대출금융기관이 신탁회사를 동원해서 건물을 소유하도록 합니다. 대출받은 건축주가 소유주가 되면 몰래 분양하거나 임대하고 달아날 것을 걱정해서 취하는 조치라고 보면 됩니다. 따라서 웬만큼 규모가 있는 신축건물은 신탁회사가 주인인 상태로 분양이나 임대를 하게 되는데, 분양의 경우에는 신탁회사가 분양 계약서에 도장을 찍지만 임대차 계약의 경우에는 직접 나서질 않습니다. 따라서 실제 신축주택 임대는 건축주와 임차인이 계약서를 작성하는 경우가 많습니다. 건축주는 법적으로 소유주가 아니기 때문에 그런 임대차계약에 문제가 발생하면 임차인이 보호받지 못합니다. 경우에 따라서 신탁회사가 "건축주가 임대차계약 체결하는 것에 동의한다"고 하는 경우도 있습니다만, 이때에도 등기된 내용을 잘 들여다보면 "보증금 반환은 책임지지 않는다"는 내용이 있을 수 있습니다. 이게 문제가 돼서 법정으로 갔는데 대법원이 신탁회사의 보증금 반환책임을 인정하지 않았습니다. 계약은 체결하도록 하고 보증금은 책임지지 않겠다는 것이니 그야말로 표리부동이요, 속 빈 강정이지요. 따라서 신탁상태의 건물은 신탁회사와 계약해야 하고 아무리 괜찮을 것 같아도 변호사 상담을 거쳐 진행하시기 바랍니다.

(3) 전세대출 이자를 지원한다거나 갖가지 옵션을 제공한다는 곳은 피하세요.

주변에 전세 얻는 사람 있으면 한 번 보여주세요.

2022년이 가는군요. 이제 세월이 깡패고 달력은 폭력(暴曆)이라는 생각에 겁이 납니다. 그럼에도 불구하고 기왕 사는 것 행복하게, 건강하게, 우정으로 똘똘 뭉쳐서 노년의 지혜로 다시 한 해를 경영해 봅시다. 저는 2023년 또 문자 써서 친구들과 얘기 나누겠습니다. 대신고 26회 파이팅!

새해 인사

2023.1.4.

새해가 밝았습니다. 지난해가 어려웠으니 '밝았다'고 해도 되겠네요. 우리 친구들 모두 건강하고 하시는 일마다 술술 풀리는 행복한 한 해가 되기를 빌겠습니다.

올해부터는 설날에 나이를 먹는 것이 아니고 생일에 나이를 먹으니 떡국을 생일상에 차려야겠네요. 지금까지는 한 해 동안 친구들이 같은 나이였는데 올해부터는 생일이 먼저 지난 친구가 잠시 '형님'이 되는군요. 그런데 어머니 뱃속에서 살았던 열 달은 이제 잃어버린 시간인가요?

요즘 영화 〈아바타 2〉가 인기리에 상영되고 있다고 합니다. 상영시간이 3시간을 넘기는 장편이라고 하는데, 좀 편하게 볼 수 있는 '침대석'도 있군요. 참고로 일반석이 1만3천 원인데 침대석은 무려 5만 원이랍니다. 그런데 침대석에서 영화를 본 사람이 말하길 영화와 졸음 사이를 두어 번 왔다 갔다 했다고 하네요. 앞으로 영화제작사는 침대를 이기는 영화를, 침대 제조사는 영화를 이기는 침대를 광고 카피로 쓰면 되겠군요.

올해부터 달라지는 것 중 또 한가지는 고속도로에서 1차로 정속 주행을 하면 과태료 부과 대상이 된다는 겁니다. 미국이나 유럽에서는 이미 정착된 룰인데, 늦게나마 환영합니다.

1984년 워싱턴 D.C.에서는 매일 아침 같은 시간에 같은 구간이 심하게 정체돼서 교통전문가들이 머리를 싸매고 원인을 찾고 있었답니다. 결국, 한 지역신문이 원인을 찾았는데 알고 보니 어떤 운전자가 매일 아침 같은 시간에 같은 구간을 1차로로 달리면서 규정 속도보다 딱 시속 1마일 낮춰서 다녔답니다. 뒤차가 빵빵거리든, 상향등을 켜든 개의치 않고 다녔다는데 바로 이게 정체의 원인이었던 겁니다. 그런데 이 운전자가 신문사에 편지를 보내서 "존 네스터라고 합니다. 나는 법대로 했는데 뭘 어쨌다고 이런 기사를 쓰지요?"라고 항의를 했다는군요. 이후 한동안 너무 법대로 처리해서 일을 망치는 것을 '네스터링'이라고 했답니다.* 올해부터는 우리나라의 수많은 네스터 씨가 없어졌으면 좋겠습니다.

XBB라는 아주 센 코로나 변종이 나타났는데 치명률도 높고 잘 발견되지 않는다고 하니 무조건 건강 조심하세요. 회비 안내는 2월부터 하겠습니다. 미국의 철강왕 앤드류 카네기는 "부자로 죽는 것은 불명예스럽게 죽는 것이다"라고 했답니다. 우리 친구들이 '명예롭게' 죽을 수 있도록 회비로 일조하겠습니다. 다시 한번 새해 복 많이 받으세요!

---

* Right Wrong(Juan Enruquez, 2021), p201~202.
이 사람이 FDA(미국 식품의약청) 직원이었는데 약품을 승인하는 업무에서도 단 한 건의 부작용을 용납하지 않았다고 합니다. 결국 그 때문에 파면됐다가 소송해서 다시 복직했답니다. 그런데 아이러니하게도 그는 신장 관련 질병으로 사망했는데 혹시나 스스로 신약 출시를 막아 초래한 결과가 아닌지 모르겠습니다.

연필이 다 닳았습니다

2023.1.10.

미국 하원의장 선출하는데 닷새 동안 15번이나 투표를 한 끝에 케빈 매카시라는 사람이 선출됐다고 합니다. 과반수 득표해야 한다는 규정 때문에 그랬던 것 같습니다. 그런데 제가 TV를 보면서 놀랐던 것이 바로 투표 방식이었습니다.

의사당에서는 그야말로 전통적(어쩌면 재래식이라고 해야 더 적당한 표현일 듯한) 방식의 표결이 진행되고 있었습니다. 투표를 진행하는 어떤 여자분이 매서운 눈매와 진지한 표정으로 의원 한 명 한 명의 이름을 불러 누구에게 투표할 것인지를 확인한 다음 연필로 노트에 기록하고 있었습니다. 이게 무려 428명을 대상으로 진행되더군요.

우리나라 국회 본회의장에는 의원마다 컴퓨터가 배정되어 있어 투표를 하면 각 의원은 자기 자리에서 컴퓨터에 표를 입력하고 의사당 벽면의 현황판에 바로 결과가 집계되는 전자적 방식임을 알 수 있습니다. 국회법에도 전자투표를 원칙으로 하고 예외적으로 기명, 호명 등의 방식으로 표결할 수 있다고 되어있는데, 이게 20년이 넘은 규정이네요.

실리콘밸리를 비롯한 도처에서 자율주행차가 거리를 누비고, 인공위성이 지구 구석구석을 이 잡듯 뒤져내는 세상에 무려 428명을 한 명씩 불러서 다음 날 새벽까지 표결하다니요! 그런데 이런 일을 15번을 반복했다니 교황 선출과정이라면 모르되 참으로 알 수 없는 사람들이군요.

그러나 사실 편리한 방식을 모를 리는 만무할 것이고 이게 전통을 지키자는 것인지, 선거의 과정을 즐기자는 것인지, 아니면 호명하는 동안 입장을 바꿀 시간을 주자는 것인지 알 수 없지만, 만약 우리 국회에서 저런 식으로 표결했다간 성질 급한 국민이 놔두지 않았을 겁니다.

하긴 미국이나 영국의 의사당 의원석에는 어디 태블릿PC 하나 놓을 곳도 없더군요. 그래도 그런 곳에서 국제질서를 좌우하는 정책이 나온다는 게 신기합니다. 이른바 '토 나오는' 과정을 진지하게 이어가는 의원들의 모습과 계산대에서 줄 서서 기다리는 국민들의 모습이 겹치면서, 그 인내력에 경의를 표해야 하는지 아니면 그 미련함을 조롱해야 하는지…. 잘 모르겠습니다.

표준화와 차별화

2023.1.20.

정월 초하루가 옵니다. 양력과 음력을 비교하며 서양과 동양의 차이, 이 문화와 저 문화의 차이를 생각해 봅니다.

저쪽 사람들은 이름을 앞세우고 성을 뒤에 둔 반면, 우리는 성을 앞에 놓고 이름을 뒤로 보냈습니다. 언어도 저쪽은 "먹었니 밥?"하고 우리는 "밥 먹었니?"라고 합니다. 사람을 부를 때도 저들은 손바닥을 위로 해서 손짓하는데 우리는 손등을 위로 하고 부릅니다. 강아지를 부를 때는 우리도 손바닥을 위로 하긴 합니다.

저쪽 사람들은 자동차를 왼쪽으로 몰고 다니고 우리는 오른쪽으로 다닙니다.* 또한 저 나라는 신호등이 세로 형태로 만들어져 있습니다. 우리는 가로로 만들었습니다. 얼굴에 눈이 가로로 배치되어 있어서 가로가 보기 편한 것 같기도 합니다.

주식시장의 주가 현황판도 저 나라 사람들은 푸른색이 상승이고 붉은색이 하락인데 우리는 그 반대입니다.

* 영국의 좌측통행을 프랑스가 다르게 만들었다고 하던데 우리도 일제강점기에는 좌측통행을 하다가 해방이 되고 나서 우측으로 바꾸었다고 합니다. 브레이크와 가속페달 위치가 서로 바뀌지 않은 것이 천만다행입니다.

이런 여러 가지 차이가 국제화에 장애가 된다는 판단하에 이미 1947년에 ISO(International Standard Organization)라는 국제표준화기구를 만들어서 2024년 1월 말 현재 2만5천 건 이상의 표준화 실적을 이루었답니다.

물론 대부분 산업 분야에 해당하는 것이어서 품질관리, 회계관리, 직업적 건강이나 환경과 관련된 사항, 기계·전기·전자 등에 관한 사항이 많군요. 그런데 자세히 보면 알파인 스키 부츠나 와인 잔, 신발 사이즈, 심지어 차를 우려내는 방법*에 관한 표준도 있답니다. 넓게 보면 국가 간의 조약이니 협약이니 하는 것들도 어떤 표준을 만들고자 하는 노력이라고 볼 수 있겠네요.

하지만 표준화보다도 차별화가 더 중요한 분야도 있군요. 문학이나 예술 분야에서는 표준화라는 것이 말도 안 되는 얘기고, 저기 ISO지침을 따르는 기업도 생산된 제품은 차별성을 광고합니다. 식당은 차별화에 성공해야 맛집이 되고 선남선녀는 개성 있는 외모를 원합니다.

그런데 이런 말 들어봤을 겁니다. "50이 되면 잘생긴 놈이나 못생긴 놈이나, 60이 되면 배운 놈이나 못 배운 놈이나, 70이 되면 있는 놈이나 없는 놈이나…." 이걸 바람직한 표준화로 받아들여야 하나요?

나이는 한 살 더 먹었지만, 우리 친구들 당분간 더 차별화합시다.

---

* 무려 8페이지나 된다는데 찻잔의 소재와 규격, 차를 따르는 방법, 찻물의 혼합비율 등이 상세히 규정되어 있답니다. 주로 영국의 차 관습이 모델이 되었다고 합니다.

야누스의 얼굴 오피스텔 2023.1.27.

한동안 빌라왕이 세상을 뜨겁게 하더니 이제 '오피스텔왕(이하 오피왕)'이 나타난다고 하네요. 오늘은 오피스텔 얘기 좀 하겠습니다. 오피스텔은 건축법, 주택법에 언급되는데 간단히는 '사무공간이면서 취사를 할 수 있는 시설이 있는 것'을 말합니다. 오피스텔이라는 명칭은 콩글리시인 것으로 압니다.

법은 오피스텔에게 그 이름처럼 '야누스의 얼굴'을 주었습니다. 원래는 일반업무시설인 사무실이지만, 주거용으로 쓰면 주택이라고 합니다. 다시 말해서 오피스텔에 책상을 가져다 놓으면 사무실이고, 침대를 놓으면 집이라는 말입니다. 그래서 법에서는 '준주택'이라고도 합니다.

주택이 부족한 시대에 오피스텔은 집이 필요한 곳을 메워주는 사회적 역할을 수행해왔습니다. 지금도 직장 초년생이나 1인 가구, 서민들이 단출하고 살뜰한 삶을 영위하는데 더할 나위 없는 보금자리입니다.

그런데 '아파트 형님'이 갖은 투기와 억제책으로 만신창이가 되어 버린 어느 날, '오피스텔 동생'이 몸집도 키우고(큰 평수의 등장) 세간도 갖추면서(풀옵션) 아예 주택으로 포지셔닝을 해버립니다. 요즘 오피스텔 주거용 아닌 것이 없습니다.

하지만 법은 여전히 일반업무시설로 시작합니다. 사슴을 가리키며 말이라고 하는 격이지요. 덕분에 어떤 오피스텔은 아파트보다 잘 지어진 주택인데 청약통장이 없어도 분양받을 수 있고, 침대를 놓고도 책상을 놓았다고 신고하기도 합니다. 이 경우 세 들어오는 사람에게는 '주민등록 전입 불가'라는 조건을 붙입니다.*

이렇게 만만한 시장에 오피스텔 사냥꾼이 등장합니다. 나라에서는 오피스텔에도 전세자금 대출을 해주고 보증보험 가입도 해줍니다. 정책자금이 저금리로 다양하게 지원됩니다. 공급이 부족한 동네에서는 전세가가 매매가를 추월합니다. 정말입니다. 예를 들어 원룸형 소형 오피스텔이 전세 1억6천만 원, 매매 1억5천만 원, 이런 식입니다. 그런데 주택 가격을 조사하는 어느 금융기관은 전세가를 매매가보다 높게 입력할 수 없도록 조사프로그램을 설계해 놓았습니다. 이 탓에 전세가가 너무 높으니 조심하라고 메시지를 던질 수가 없습니다. 오피왕은 이런 곳을 찾아서 '돈을 받고' 물건을 삽니다.**

마녀사냥으로 해결될 일이 아닙니다. 제도를 손질하고 정책을 바꿔

---

* 실제로 주거용임에도 업무용이라고 당국에 신고했기 때문에 주민등록 전입을 하지 못하게 하는 것입니다. 사실대로 주거용으로 신고하면 해당 오피스텔이 '주택'이 되기 때문에 다주택자가 되어 종합부동산세나 양도소득세에서 많은 세금을 낼 수 있어 이를 회피하기 위한 탈법행위입니다.

** 예를 들어 1억6천만 원 전세 들어 있는 오피스텔을 1억5천만 원에 살 경우 매수자는 매도자에게 돈을 지불하지 않고 오히려 1천만 원을 받습니다. 왜냐하면 전세계약을 승계해야 하기 때문입니다. 이 경우 취득세를 부담해도 돈이 남기 때문에 이런 매매를 10건, 20건 반복하면 쉽게 목돈을 마련할 수 있습니다. 그냥 떠나버리면 '오피왕'이 되는 거고, 세입자는 만기에 보증금을 반환받아 이사하기 어렵게 됩니다. 건수가 많아지면 사회적 문제가 됩니다.

야 합니다. 오피스텔은 바닥에 온돌을 놓았으면 주거용, 차가운 바닥이면 업무용으로 분류하는 등 분양할 때부터 각자의 운명을 정해서 분리하여 관리해야 합니다. 가격조사기관이 시장의 현실을 외면해서 서민에게 피해가 생기는 일이 있어서는 안 될 것입니다.*

* 가격조사기관에서 전세가보다 매매가가 낮게 입력되지 못하도록 해놓았기 때문에 전세가 1억6천만 원, 매매가 1억5천만 원에 거래되는 오피스텔의 매매가는 프로그램상에서 1억6천만 원으로 기록될 수밖에 없습니다. 이 데이터에 의해서 대출을 실행하는 금융기관은 1억6천만 원을 기준으로 대출을 해주게 되어 실거래를 반영하지 못하고 결국 전세사고를 유발하게 됩니다.

몬태나주의 대형 풍선 2023.2.4.

빌라왕 얘기가 끊이질 않는군요. 배후에 어떤 큰 인물이 있나 했더니 다행히도 아직 그런 사람이 있다는 얘기는 들리지 않습니다. 사실 이게 대부분 힘없는 서민들에게 일어난 일이라서 미봉한 채로 또 지나가기가 쉬울 겁니다. 하지만 애초에 정부에서 판 깔아주고, 지원해 주고, 보증해 준 일인데 제도를 잡지 않고 사람만 잡으면 안 된다는 생각입니다.

미국 몬태나주 하늘에는 버스 3대 만한 대형 풍선이 떠 있다는데 미국은 이게 중국의 '스파이 풍선'이라고 의심하면서 이걸 터뜨려서 추락시켜야 할지 고민이라는군요. 지켜봐야 할 것 같습니다. 중국은 '조사해보겠다'는 반응이라니 냄새가 좀 나는 것 같은데, 저의 소설적 추리로는 이제 들켰으니 밤중에 자폭하지 않을까 합니다. 어쨌든 우리의 대북 풍선까지 생각하니 요즘 풍선은 놀이용이 아니라 정보용, 작전용이라는 생각이 듭니다.*

2월이 되니 날씨가 한결 풀린 듯합니다. 기온은 아직 영하 5도를 밑

* 이 글을 쓰던 날 전투기가 풍선을 요격해서 터뜨렸지만 기상관측용이라는 중국의 주장을 미국이 받아들인 듯 더 이상의 싸움은 없습니다. 그런데 요즘 갑자기 북한에서 유치하게도 풍선에 오물을 매달아 남쪽으로 띄워 보내는 바람에 당황스럽군요.

돌고 있지만 지난 두 달간 이어진 추위에 몸이 어느 정도 적응을 했기 때문이겠지요. 거기에 이미 한 장 넘어간 달력이 "자, 2월이잖아!" 하고 심리적으로 개입하는 것 같습니다. 혹시 이게 가스라이팅 혹은 플라시보 효과라는 건가요? 사실 달력에서 눈을 떼면 2월이 1월보다 더 춥습니다. 난방비가 너무 올라서 집도 사무실도 불기를 줄여 놓고 있어요.

얼마 전 미국 펜실베이니아 주립대학의 어느 의대 교수가 "나는 75세가 넘는 순간 병원에 가지 않겠다"고 선언했답니다. 다소 뜻밖이기는 하지만 무엇을 의미하는지 단번에 알아들을 수는 있군요. 몇 년 전 우리 친구 ○석이가 담배를 피울 때, 다른 친구들이 금연을 권하면 하던 말이 있습니다. "오래 사는 건 재앙이야." 하지만 ○석이는 그 뒤에 병원 가서 무슨 검사를 받더니 담배를 끊었습니다.

마스크 벗어도 된다고는 했는데 아직은 많은 사람들이 쓰고 다니는군요. 우리나라 사람들이 정부 정책에 잘 따른다기보다는 개인위생에 더 많이 신경 쓰고 있다는 증거인 듯합니다. 쓰진 않더라도 갖고 다니기는 해야 하니 얼굴에 소지하고 다니는 것 같기도 하고요. 화장품을 비롯한 다른 여러 분야에 장사 잘 되기를 바랍니다.

노인 통계

2023.2.13.

자연재해가 극심한 정도까지 이르렀군요. 지질학자들이 지진이나 화산활동을 예측한다고 하던데 상식적으로 큰 것이 잘 보이는 것 아닌가 합니다만 이게 어찌 된 일인가요? 인간이 과학이니 기술이니 하는 것으로 소위 '자뻑'을 할 때마다 신이 "까불지 마"라며 내리는 경고인가요? 하지만 그럼에도 불구하고 이겨내야 할 시련입니다. 희생자의 명복을 빌며 현장의 모든 사람을 응원합니다.*

요즘 챗GPT라는 대화형 AI가 큰 화제가 되고 있군요. 이걸 두고 "지금까지와는 확실히 다른 AI", "인류의 개인비서가 됐다"라는 평가가 있네요. 그럼에도 아직 문제가 있는데 이게 '숙제를 해준다'는 것이랍니다. 그래서 누군가는 챗GPT한테 받아쓴 숙제를 0점 처리하는가 하면, 누구는 이제 더 이상 숙제를 내지 말자고 합니다. 제가 챗GPT한테 "당신 같은 선생이 나타났는데 더 이상 숙제가 의미가 있는가?"라고 물었더니 영악스럽게도 "나는 개인적인 의견을 말하는 로봇은 아니지만"이라고 전제한 후 "숙제는 중요하고 교사에 맡겨야 한다"는 대답을 하네요. 이런 AI가 아직 지진을 예고하지는 못하겠지만, 사태 수습에 무엇을 어떻게 하는 것이 효과적이라는 답을 줄 수는 있지 않을까요?

---

* 2023년 2월 6일 튀르키예와 시리아에 규모 7.8의 강진이 발생해서 6만 명 이상의 사망자가 발생했습니다.

최근 65세 이상 노인들에게 물어보니 노인들이 생각하는 노인의 나이가 평균 72.6세라고 했다네요. 만약에 똑같은 질문을 청년들에게 했다면 한 58세 정도가 나오지 않았을까 하는 생각입니다만, 그래도 우리가 아직 노인이 아니라니 나름 고무적인 통계이군요.

그런데 서울시에서 조사했다고 하니까 이거 혹시 소위 '지공도사'*의 연령 기준을 높이려는 수작 아닌가 하는 의심이 슬그머니 듭니다. 어쨌거나 '노인'이란 것은 '정년'이나 '연금' 같은 것과 유기적이기 때문에 단순히 '할아버지' 호칭 빼주고 지하철 요금 몇 년 더 내는 것으로 생각하기는 그렇지요?

---

* 지하철을 공짜로 타는 만 65세 이상의 노인을 지칭하는 말

전화 좀 받아주세요

2023.2.20.

전화는 1876년에 알렉산더 그레이엄 벨이라는 사람이 발명했다는데 이 사건이 '인류의 역사는 돌연변이에 의해서 바뀐다'는 명제를 입증하는 사례라고 할 수 있겠군요. 목소리가 닿지 않는 거리에서 상대방의 의사를 즉시 확인한다는 것은 그 당시엔 거의 '순간이동'과 맞먹는 요술 같은 기술이었을 것입니다.

우리가 바로 전화와 함께 성장한 세대라는 생각이 듭니다. 전화는 '가정환경조사서'의 기본 항목이었던 기억도 있습니다. 대학 1학년 때 미팅을 하고 상대방이 전화번호를 물어보는데 알려줄 번호가 없어서 잠시 좌절했던 기억이 있습니다. 상대방의 전화번호를 받았지만 이미 균형이 깨져버린 후였습니다.

우리 2학년 때 성○헌 담임선생님이 "전화 신청한 지 일 년도 더 됐는데 아직도 설치되지 않았다"라고 하시던 말씀도 기억납니다. 당시 전화회선은 수요를 감당하지 못해서 백색, 청색으로 구분해 놓고 정 급한 사람은 양도가 허용되는 백색 전화를 거의 집값에 맞먹는 가격으로 샀다고 하네요.

그런데 지금 다소 의외의 양상으로 전화 대란이 일어나고 있습니다.

여러분 요즘 관공서나 공기업, 회사의 '콜센터'라는 곳에 전화해보신 적 있습니까? 전화를 받던가요? 전화를 받지 않습니다. 정부부처, 구청, 세무서, 건강보험공단 어디 한 군데 원활하게 통화할 수 있는 곳이 없습니다. 서울시 다산콜센터는 그나마 좀 낫고, 삼성전자 같은 대기업 일부만 전화를 받고 일반 기업체는 통화가 되지 않는 사정은 비슷합니다.

전화 받는 곳의 대부분도 자동응답을 장황하게 늘어놓아 덜 중요한 사안인 경우 발신자가 중간에 포기하도록 설계했다는 의심까지 듭니다. 산업안전보건법을 들먹이며 '욕하지 말라'고 합니다. 통화가 돼야 욕을 하든지 칭찬을 하든지 할 텐데요. 예전에는 벨이 울리는 곳에 '고객'이 있었는데 지금은 벨이 울리는 곳에 '진상'이 있나 봅니다. 이제 콜센터는 어쩔 수 없이 회선만 몇 개 유지하는 채로 조직의 '계륵'이며 '천덕꾸러기'이자 산업의 '러스트 벨트'가 되어 가고 있습니다.

무인으로 처리하기를 원할 겁니다. 하지만 이렇게 민원인을 기다리게 해놓고 자기들만 앞서 가는 이 상황이 불편합니다.

"전화 좀 받아주세요. 알렉산더 그레이엄 벨."*

---

* 최근 어느 대학병원에 진료 예약일 변경을 위해서 전화했더니 AI가 응대를 했습니다. 말도 제법 알아들으며 안내를 하는데 문제는 예약을 미루는 일정만 제시하고 당기는 일정을 안내할 줄 모릅니다. 한참을 씨름하다가 "상담사 바꿔줘!" 하고 소리를 질렀더니 사람을 바꿔주더라고요.

루이비통닭

2023.2.27.

엄청난 재해가 발생한 것을 두고 "신의 경고이니 인간이 좀 더 겸손해야 한다"고 했는데, 현장에서는 사람 한 명을 구할 때마다 '신의 은총'이라고 감사를 드리는군요. 병 주고 약 주실 리는 없을 텐데 벌을 내린 것이 신이 아니라 구해준 것이 신이라니, 세상에…. 이런 사람들에게 '엄중한 경고'를 운운한 어리석고 사려 깊지 못한 저의 글을 반성합니다.

치킨 상표에 푸라닭이 등장하더니 이제는 루이비통닭이 나왔답니다. 허세가 심한 것인지 아니면 자존감이 지나친 것인지 유난히 닭이 명품에 집착하는군요. 전부터 남의 것을 자기 것으로 만들려는 사람들이 얼마나 많았던지 피카소도 "좋은 예술가는 베끼지만(copy) 훌륭한 예술가는 훔친다(steal)"라고 했답니다.

18세기 말 미국에서 재배된 면화는 솜에서 씨를 분리하는 작업에 품이 많이 들었는데 엘리 휘트니라는 사람이 분리기를 만들어 특허를 냈다는군요. 기계 한 대가 사람 50명 몫을 하는 엄청난 성능이었다고 하는데, 그리 대단한 구조는 아니었는지 농가에서 이걸 모방하는 통에 발명가는 돈을 벌지 못했다고 합니다. 그래서 나중에는 각 주에 소송하겠다고 엄포를 놔서 몇 푼씩 대가를 받기는 했는데 별로 돈이 되지는 않았다네요. 하지만 결국 가진 기술로 총을 만들어 정부에 무기를 납품해서 돈을 좀 벌기는 했답니다.*

최근에 소위 '코딩'이라는 IT 분야의 기술이 열풍인데, 젊은이들이 이걸 알고 이 분야로 취업해야 보수가 좋다고 합니다. 그런데 이 분야에도 어떤 선구자들이 특정한 프로그램을 만들어서 특허도 내지 않고 다른 사람들이 가져다 쓸 수 있게 공개하는 이른바 '오픈소스'라는 것이 있습니다. 이 오픈소스가 컴퓨터 산업의 발전에 지대한 역할을 하고 있습니다.

만약 저 엘리 휘트니라는 사람이 '이거 공짜로 쓰세요'라고 목화씨 분리기를 '오픈'했다면 사람들이 좀 더 싼 내복을 입지 않았을까 합니다. 특허를 등록하면 개인이 돈을 벌지만 기술을 공개하면 사회가 혜택을 보네요.

지금까지 소아마비백신(조너스 소크 박사), 삼점식 안전벨트(볼보), 교류전기(니콜라 테슬라) 등 보유한 특허를 무료로 공개하여 사회에 공헌한 사례가 꽤 있군요. 참, 우리나라의 양념통닭도 그렇답니다. 하지만 지식재산권이 점차 강화되고 사람들이 잇속을 먼저 챙기면서 안타깝게도 크리스마스 거리에 캐럴이 울리지 않는 좀 쌀쌀맞은 사회가 되는 것 같습니다. 루이비통닭도 명품사에서 반대한다는데 상품화될까요?

---

* AMERICANA(BHU SRINIVASAN, 2017), p49~53.
그러나 다른 자료에는 면화 분리기가 어느 여성과 흑인 노예들에 의해서 발명되었으나 당시 여성이나 흑인은 특허등록을 할 수 없어서 엘리 휘트니가 가로챈 것이라고 주장합니다.

뱅크런

2023.3.14.

미국에서 은행이 망하고 있다는군요. 은행이 망할 때 나타나는 예금 인출사태를 '뱅크런'이라고 하는데 요즘에는 창구에 가서 줄 설 필요 없이 스마트폰으로 타행이체 해버리면 되니까 이게 두어 시간이면 은행예금이 동나버릴 수 있는 겁니다.

그런데 사실 제가 보는 경제학은 어떤 일이 발생했을 때 그 원인이 무엇인가를 밝혀주기는 하지만, 사전에 예측하는 부분은 좀 약한 것 같군요.

1930년대 대공황으로 인한 경기침체와 은행파산은 미국 경제 역사상 가장 아픈 기억으로 남아있지요. 당시 미국은 제1차 세계대전에서 승리하고 국제적 헤게모니를 움켜쥠은 물론 전시에 쌓아 올린 기술로 자동차산업, 항공산업 등이 폭발적으로 발전했습니다. 1929년 미국의 자동차 등록 대수가 2,600만대에 이르렀다고 합니다. 2022년 우리나라의 자동차 등록 대수가 2,550만대라고 하니 그 규모가 대충 상상이 가시나요?

다른 어느 분야보다 더 바빴던 곳이 증권가였습니다. 1929년 하반기까지 주가지수는 연일 고점을 갱신하고 GM을 창업한 빌리 듀란트 같은 사람도 "쉐보레 공장 세우는 것보다 주식에 투자했어야 했다"고 후회할 정도였습니다.

그런데 1929년 10월 21일, 갑자기 주가가 하락하기 시작하더니 불과 8일 만에 주가지수의 3분의 1이 날아가 버렸답니다. 이 사태는 각 분야로 불처럼 번졌고, 1년 뒤인 1930년 11월에는 한 달 동안에만 256개의 소형은행이 문을 닫게 되었답니다. 같은 해 12월 11일에는 〈Bank Of United States〉라는 은행이 파산했는데, 이 은행은 순전히 개인 소유였음에도 불구하고 이름 때문에 마치 국영은행이 망한 것처럼 경제는 패닉으로 빠져갑니다.

당시 밀주 판매혐의로 구속되기 하루 전 알 카포네도 "정부는 수많은 서민의 피 같은 저축이 금융대란으로 소멸하는 것도 막지 못하면서 겨우 맥주 몇 병 팔았다고 내 죄를 심판할 자격이 있느냐?"라고 경제적 공황에 속수무책이던 정부를 성토했다는 말도 있습니다. 어쨌든 이 암울한 어둠은 루스벨트가 대통령이 되면서 한 연설을 발단으로 점차 걷혀갑니다. "오직 한 가지 우리가 두려워할 것은 '두려움' 그 자체입니다."*

은행이 망할 것 같다고 소문이 나도 은행으로 뛰어가지 않으면 비극은 일어나지 않거나 아주 작은 소란으로 끝날 수 있다는 것입니다. 그런데 이게 쉬울까요? 그래도 이번 사태의 향배를 물어볼 사람은 경제학자밖에 없는 건가요?

---

* 이상 AMERICANA(BHU SRINIVASAN, 2017), p322~332.

사진 이야기

2023.3.16.

오늘은 동창 소식을 전해드립니다. KBS 영상취재부 기자였던 우리 동창 ○기가 은퇴 후에 사진 관련 작은 사업을 펼치고 있다는 소식입니다. 기량은 하늘을 찌르지만, 비즈니스 쪽은 다소 서툰 관계로 사업수완이 있는 명문대 출신의 ○택이가 뒤를 좀 봐주고 있답니다.

과거에 그림이 사실에 가까울수록 명화라는 고전적 프레임이 적용되고 있을 때, 어느 날 사진이 나타나 "앞으로는 나한테 맡겨!" 라고 했습니다. 할 수 없이 미술은 '내면의 눈'을 추구하기 시작했고 드디어 피카소가 거장이 되는 시대가 왔습니다. 한편 "이미지를 통제하는 자가 사람을 통제한다"라는 빌 게이츠의 말처럼 사진은 수억 명의 사람들을 현장에 데리고 가서 때로는 환희의 포효를, 때로는 처절한 탄식을 끌어냈습니다.

그림은 흉측하거나 포악해 보여도 '작품'이었지만 사진은 '사실'이었기 때문에 그 반향의 비중이 달랐습니다. 그야말로 백문이 불여일견이지요. 그러나 사진은 때로 '정의란 무엇인가'라고 묻는 계기가 되기도 합니다. 어느 작가는 굶어 죽어가는 어린이와 그를 노리는 독수리를 촬영했다가 사진 찍을 시간에 사람을 구해야 했다는 엄청난 여론의 후폭풍을 견디지 못하고 스스로 목숨을 끊기도 했다고 합니다.

친구들 모임에 ○기를 초대해서 사진을 배워보세요. 누가 알겠습니까? 평생 렌즈를 통해 세상을 바라본 ○기가 여러분에게 인생 컷 한 장 남길 수 있도록 도와줄지.

복권 이야기

2023.3.21.

상계동의 한 복권판매소가 1등 당첨자를 49번이나 배출했다고 해서 매일같이 장사진을 이루는데, 심지어 손님이 많으면 대기 줄이 아파트 단지를 에워싼다고 하네요.

복권은 로마 시대에 기원을 둔다고 하는데 최초의 기록으로는 1466년 지금의 벨기에라는 설과 1566년 영국이라는 설이 있습니다. 벨기에의 복권은 어려운 사람을 돕기 위한 방안이었다는 얘기도 있군요.

어떻게 보면 복권은 어떤 객관적인 근거 없이 막연한 기대를 갖고 사는 것이지만, 그래도 사람들은 판매소가 중요하다고 생각하는 모양입니다. 사실 무슨 타율 같은 것도 아니고 판매소가 능력이 있어 당첨자를 많이 배출하는 것은 아닐 텐데 왜 한 곳에만 손님이 몰리는 걸까요? 상식적이라면 당첨자가 나오지 않은 곳에서 나올 확률이 더 많은 것 아닌가요? 제 생각에는 사행성과 주술성이 서로 친해서 나타나는 현상이 아닌가 합니다. 하지만 판매량이 워낙 압도적이라면 그곳에서 1등이 나올 확률은 높아지긴 하겠네요. 이게 선순환인가요? 악순환인가요?

중동의 카타르를 비롯한 몇몇 국가에서는 복권을 도박으로 분류시켜 금지한다고 합니다. 좀 다른 얘기지만 이슬람 경전은 궁색한 처지의 상대에게 금전을 빌려주고 이자를 받는 것도 못하게 하지요. 그래서 관련 비즈니스맨들이 갖은 편법을 동원하긴 하지만, 쿠란의 정신만큼은 높이 살 만합니다.*

복권을 허용하는 나라에서도 법으로 엄하게 규제합니다. 결과적으로 국가가 거의 독점해서 돈을 버는 한 가지 방법이 됩니다. 복권 판매액의 절반 정도를 당첨금으로 주고 나머지는 '공익적인' 사업에 쓴다고 합니다. 그런데 당첨된 사람들도 2~30%는 세금으로 떼인다고 하니 복권은 결국 '국영 도박장'이군요.** 사상 최고의 복권은 2022년 11월 7일에 미국 캘리포니아에서 20억 달러가 넘는 금액으로 당첨된 사례라고 하는데 이 정도면 세금 좀 내도 되겠네요.

그런데 상계동 판매점이 한 달에 16억 정도를 팔고, 로또복권 판매수수료가 5.5%라고 하니 그럼 그 판매점의 한 달 수입이 8,800만 원 정도 나온다는 얘긴데, 이 정도면 가히 이 점포 자체가 로또 아닌가요? '복권이 희망인 사회는 미래가 어둡다'는 의견이 있긴 하지만, 복권 한 장을 주머니에 넣고 일주일을 희망으로 버티는 서민을 응원합니다.

---

* 유대인의 경전인 '출애굽기'나 '레위기' 같은 곳에서도 이자를 죄악시하는 내용이 있다고 합니다. 그런데 아이러니하게도 중세 이후 유대인은 고리대금업의 주류가 되었고 ('신명기'라는 경전은 "이방인에게는 이자를 받아도 된다"라고 했답니다.) 이자로 축재하는 이들에 '반 유대주의(anti-Semitism)'가 형성되었고 결국 히틀러가 그 정점을 찍었습니다.

** 우리나라는 '복권위원회'라는 조직이 있고 기획재정부 2차관이 그 위원장을 겸직하고 있습니다. 대학교수, 변호사 등으로 구성된 12명의 민간위원이 있고 정부위원이 9명 있다고 합니다. 복권판매대금으로 기금을 조성해서 장학사업, 주거안정사업, 소외계층 복지사업, 문화예술사업 등에 쓰고 지방자치단체의 특정 사업(예: 제주도 '해녀 잠수질병 진료비 및 생계지원')에도 배정한다고 합니다.

오른쪽으로 서시오

2023.3.28.

봄인 듯 아닌 듯 날씨가 마음을 정하지 못하고 있는 것 같군요. 이즈음 감기 등 환절기 질환 조심하시기 바랍니다.

오늘은 지하철 얘기 좀 하겠습니다. 어느 조사 결과 한국의 지하철이 세계 1등이라고 하더군요. 한 유튜브 영상에 어떤 외국인이 베트남 하노이에 있다가 서울로 왔는데 서울이 인구가 더 많은 도시임에도 불구하고 거리가 훨씬 한적하더랍니다. 그런데 이 사람이 지하철을 타보니 그 이유를 알겠다고 하더군요. 서울 사람의 반은 땅 밑에 있다는 겁니다.

우리 고등학교 1학년(1974년) 여름방학 때 지하철 1호선이 개통됐습니다. 하지만 당시 육영수 여사 피격사건이 있어서 제대로 축하받지 못했다고 하네요. 세월도 많이 지났지만, 숫자로는 9호선까지, 길이로는 300km까지 늘었다고 하니 서울 사람 절반이 땅 밑에 있다는 말이 수긍이 됩니다.

그런데 이 지하철을 운영하는 서울교통공사와 한국노인인력개발원이라는 곳이 〈시니어 승강기 안전단〉이라는 것을 구성했다고 합니다. 이를 통해서 어르신 일자리를 만들고 있다고 홍보하는군요. 이 어르신들이 주로 엘리베이터나 에스컬레이터 부근에서 안전계도, 질서유지, 역사 이용안내 등의 일을 한다고 합니다.

우리나라는 유독 지하철 에스컬레이터에서 손잡이를 잡고 이용할 것을 강조합니다. 미국에서도 지하철로 좀 다녔습니다만 그런 얘기를 들은 적이 없고, 영국은 아예 '오른쪽으로 서시오(Stand on the right)'라는 팻말을 써 놓아 걸어 다니는 사람을 방해하지 말라는 취지의 안내를 합니다.

혹시 기계를 부실하게 만들어 놓고 고장의 원인을 승객들에게 전가하려는 술책이 아닌지 의심이 듭니다. 경찰에 쫓기다가도 에스컬레이터에 오르면 멈춘다는 웃기지도 않는 최면적 동영상을 송출해야만 하는 이유가 무엇인지 궁금합니다. 그런데 이도 저도 통하지 않으니 이제 시니어를 동원해서 승객들에게 잔소리를 해보자는 것인가요?

우리나라 승객들은 이미 우측에 서고 좌측으로 걷고 있습니다. 세계 1위의 지하철답게 후진적으로 운영하는 부분을 없애라고 서울교통공사에 잔소리를 좀 했으면 좋겠습니다. 시니어의 일자리가 반가워도 "어이, 걷지 마!" 하는 업무는 아니길 바랍니다.

뉴스 촌평

2023.3.31.

지구상에 여러 가지 문제가 마치 큰불 지핀 가마솥처럼 들끓고 있군요.

프랑스에서 연금을 개혁한다고 대규모 시위를 하던데 정년을 62세에서 64세로 늘려주겠다는데도 거세게 반발하는 모습이네요. 프랑스 사람들은 연금이 충분하니까 그냥 62세에서 일 끝내고 연금을 받겠다는 것이라고 합니다.

독일은 공항, 철도, 항만 등의 노동조합원 40만 명 이상이 들고일어나 임금인상 등을 외치며 시위를 시작했다고 합니다. 가스, 식료품 물가가 너무 올라서 지금 월급으로는 먹고살기 힘들다고 급여를 10.5%는 올려야 한다고 주장한다는군요.

이란에서는 여성들의 히잡이 발단이 되어 지금까지 수백 명이 사망했다고 하고, 붙잡힌 사람들도 마구 처형한답니다. 이게 이슬람 혁명 후 최장기간 시위라고 하는데 이 부분에서는 쿠란이 좀 경직된 것이 아닌가 하는 생각도 드는군요. 이란 여성들이 히잡을 벗을 수 있을지 두고 보겠습니다.

이스라엘에서는 무슨 대법원이 결정한 것을 국회에서 과반수로 다시 뒤집을 수 있는 법안을 통과시키겠다고 한다는데 이게 국민이 굉장히 비상식적이라고 느끼는지 노조 등이 조직적으로 반발하고 있답니다. 그런데 어제 뉴스에는 이스라엘의 핀테크 한 유니콘 기업의 CEO가 방송사 인터뷰를 통해 이를 공개적으로 비판하며 "다른 기업들도 목소리를 내고 참여해야 한다"고 주장하더군요. 이를 이해하기 쉽게 예를 들어보면, 마치 우리나라의 검수완박법을 쿠팡의 CEO가 나서서 반대하며 다른 기업들을 선동하는 모양새가 되겠네요. 참신하다고 해야 하나요? 무모하다고 해야 하나요?

네타냐후 총리가 다시 집권하면서 생긴 일인데 과거 집권 시절에 저는 '총리가 참 잘 생겼네'라고 생각한 기억밖에 없습니다. 그런데 이번에 보니 아주 극우적 성향으로 변신해서 돌아온 건 아닌가 하는 의심이 드는군요. 예루살렘의 이슬람 마을을 철거해야 한다느니 해서 바깥으로도 편치 않은 형편인데 그야말로 내우외환이라고 볼 수 있겠네요. 다행히 총리가 한발 물러서는 것 같은데 분위기는 그걸로 끝날 것 같지 않으니 두고 보겠습니다.

전쟁, 태풍, 총격 사건, 이민자 화재 사망 등 매우 정신 사나운 시기에 다행히 우리는 안주하고 있으니 그나마 서로 감사하며 조심스럽게 살도록 하겠습니다.

샤머니즘의 부활

2023.4.5.

엊그제 제 사무실 건물 오피스텔에 입주해 있는 어느 세입자가 갑자기 이사해야 한다고 후임차인을 구해 달라고 했습니다. 마침 어느 항공사가 최근에 인력 충원을 했는지 당장 다음 주부터 들어갈 수 있는 방을 찾는다는 문의가 여러 건 들어옵니다. 사족을 좀 덧붙이자면, 마곡지역이 인천공항, 김포공항 쪽 교통이 편해서 이 주변의 오피스텔은 공항과 항공사에 근무하는 직원들이 거의 점령했습니다.

임차를 문의한 사람들 중에 어느 항공사 부기장 입사자가 있었는데 방을 보기 전에 대뜸 몇 호인지 알려 달라고 하는군요. 와서 보면 될 텐데 왜 물어보느냐 했더니 대답을 못 합니다. 얼마 후에 직접 방을 보러 왔는데 이 친구 하는 얘기가 "사실 입사할 때 무속인에게 의뢰해서 시키는 대로 했더니 합격이 됐습니다. 그래서 이 집 들어가면 좋을지 그 분한테 물어보고 계약하려고요"랍니다. 그렇게 방을 보고 가더니 곧 전화가 왔습니다. "거기 안 들어갈래요."

항공사 파일럿이 되는 과정은 세 가지 정도가 있다고 합니다. 우선 항공대 등 운항학과를 졸업하는 것, 두 번째는 공군사관학교 출신으로 전투기를 조종하다가 전역하고 입사하는 것, 그리고 세 번째로는 대학을 졸업한 후 미국 등에 있는 파일럿 스쿨에 가서 훈련받고 자격증 따고 돌아와 입사하는 것이라고 합니다. 세 번째는 좀 생소했는데 이 과정을 거친 젊은이들이 생각보다 많더군요.

다른 분야도 그렇겠지만 파일럿 자격을 얻는 것만 해도 무척 어려운 과정을 거치는데 취업을 하는 것도 어지간히 경쟁이 심하고 어려운가 봅니다. 역술인이나 무속인을 찾아 '조언'을 받는 사례가 생기는 걸 보면 말이죠.

그러고 보니 이곳 상가에 있는 피자집 사장님도 오피스텔을 얻으면서 방향을 이리저리 한참 보고 나서 결정하던데…. 아! 갑자기 공직에 출마하면서 손바닥에 王자를 그리고 나온 사람도 생각났습니다. 구석구석 샤머니즘의 부활인가요? 피자 토핑이 점성가의 신점으로 올라가고 항공기가 점괘에 근거해서 날아다니는 일이 생기지 않을까 걱정이 됩니다. 정치는 일이 훨씬 커지나요? 이것도 양심의 자유, 사상의 자유인가요?

회비를 언제까지 받아야 할지 점이나 한번 보러 가야겠습니다.

지하철 잔혹사 1

2023.4.15.

1993년.

총무는 신림동에 살면서 서초동으로 출근했습니다. 그런데 이 구간은 교통지옥이었습니다. 차로 출근하는 날은 "내가 내일부터 차를 갖고 나오면 성을 갈겠다"고 다짐하고, 지하철을 타고 가면서는 "내가 내일부터 지하철을 타면 성을 갈겠다"고 결심했습니다. 차를 타면 걸어가는 것보다 '쬐금' 빨랐고, 지하철은 그야말로 숨통이 막히고 온몸이 땀으로 젖었습니다. 실제로 2호선 차량의 창문 한 덩어리가 승객들이 버티는 압력을 견디지 못하고 통째로 터져 나간 적이 더러 있다고 들었습니다.

2009년 7월.

지하철 9호선이 개통됩니다. 이게 처음에 신논현역에서 김포공항역을 지나 개화역까지 뚫렸는데 이 노선은 기존 노선과 좀 달랐습니다. '급행'이 있거든요. 고속터미널역에서 제가 내리는 당산역까지 급행을 타면 네 정거장입니다. 이건 지상 교통이 아무리 원활하다 해도 따라가지 못할 스피드입니다.

그런데 실제 운행을 개시하면서 문제가 생겼습니다. 9호선은 다른 호선보다 적은 4량으로 운행됐습니다. 게다가 일반열차 2대가 가면 급행열차 1대가 옵니다. 사람들이 급행으로 몰리는 건 두말하면 잔소리. 출근도 출근이지만, 저녁이 되면 퇴근 시간대는 물론 밤 10시가 넘은 시간에도 고속터미널역에서 출발하는 '콩나물시루'에 올라타야 합니다.

참다못해 9호선 고객센터에 전화해서 이런저런 대안을 제시했습니다. 뭐, 잘 아시겠지만 이런 민원이 먹혀들 리가 없지요. 지금은 그나마 급행 1대, 완행 1대가 번갈아 다닙니다. 전동차도 6량으로 늘었습니다. 하지만 여전히 10시가 훌쩍 넘어도 귀가하는 방향의 급행열차 안에서는 옆 사람과 붙어 있어야 합니다.

2019년 9월.

김포시에 드디어 지하철이 들어왔습니다. '김포 집값 좀 오르겠네'라며 잠시 부러웠습니다. 그러나 그 부러움은 망상이었습니다. 김포 골드라인을 직접 타봤습니다. 옛적 소래포구 협궤열차 같은 앙증맞은 규모에 알량한 두 량의 열차. 이걸로는 김포시민의 발이 되기 어렵겠다는 생각이 들었습니다. 마곡으로 출퇴근하는 사람들이 "출근하다 죽으면 산재 적용되는 거냐"고 묻습니다. 기다린 것은 아니지만, 드디어 엊그제 두 명이 호흡곤란으로 쓰러졌다고 합니다.

'밥 빌어다 죽 쑤어 먹는다'라는 말이 있습니다. 30년 전의 2호선은 그렇다 해도 9호선과 골드라인은 이해할 수 없습니다. 그 많은 돈 들여 땅 파고 역사 만들어 놓고는 차량은 겨우 찔끔 투입해서 국민에게 죽을 쑤어 먹이고 있습니다. 기획하고 결재한 사람들 혼내 줘야 합니다.*

---

* 돌아가신 모 서울시장이 9호선 지하철을 타 보고 전임자를 향해서 "잘못 만들었다"고 했습니다. 그러나 본인이 개선하려는 노력이 별로 없었고, 욕먹은 전임자는 다시 후임자가 됐습니다. 임기

오늘도 지하철에는 서민들의 숨 가쁜 일상이 진행되고 있습니다. 봄철 꽃구경하며 흥타령하는 얘기는 못 하고 힘들고 고된 얘기만 해서 미안합니다.

내 8량으로 좀 늘려줄 것인지 기대해 봅니다.

김병주, 카네기

2023.4.18.

최근에 〈포브스지(Forbes)〉가 부자 순서를 새로 발표한 모양이네요. 제가 2년 전에 우리나라에서는 카카오 김범수 의장이 삼성 이재용 회장을 제치고 최고 부자가 됐다는 소식을 전했는데, 이번에는 잘 알지 못하는 김병주라는 사람이 1위라고 합니다. 사모펀드 회사인 MBK파트너스 회장이라고 하는데 비교적 조용히 큰돈을 벌었군요. 97억 달러, 10조 원.

그런데 이 사람이 '국내 기업인 중 가장 활발하게 자선활동을 펼치고 있다'고 해서 관심을 좀 가져 보기로 했습니다. 뉴욕의 어느 미술관에 100억 원, 서울 북가좌동 시립도서관에 300억 원, 장학재단을 통해 16년 동안 170명의 대학 등록금 전액 지원, 자신이 졸업한 미국 대학의 기숙사 건립 등 많이 했군요.

자본주의란 게 능력껏 돈을 벌게 하고 주변에서는 그냥 부러워하면 그만인데 사실은 이렇게 '환원'하는 사람들 때문에 그 제도와 이념이 이어질 수 있는 것이라는 생각입니다. 대표적인 환원가에 카네기를 꼽는데, 과거 세계 제일의 부자였던 그가 사회에 환원한 내역을 보면 이렇답니다.

우선 자신이 돈 벌도록 도와준 직원들을 위해서 4백만 달러, 그 직원을 위한 도서관, 강당 유지에 1백만 달러, 뉴욕시의 도서관 68개소를 위해서 5백만 달러, 카네기 연구소 설립에 1천만 달러, 대학교수들을 위한 연금기금으로 1천5백만 달러, 다른 사람을 구하려다 희생한 사람들을 위한 연금기금으로 5백만 달러, 과거 노예로 살았던 흑인들을 위한 기금으로 60만 달러 등 큼직한 것만 이 정도라고 합니다. 이게 1900년대 초니까 포드자동차 한 대에 500달러쯤 생각하고 자금의 규모를 가늠해 봅니다.

제가 언젠가 문자에 "부자로 죽는 것은 불명예스럽게 죽는 것이다"라는 카네기의 말을 전달한 적이 있는데, 어떤 사람은 이런 말을 했답니다. "만약에 이 죽일 놈의 자본주의가 결국 법정에 선다고 해도, 카네기의 발자취 하나로 무죄가 선고될 것이다"

지하철 잔혹사 2

2023.4.20.

언론에서 연일 김포도시철도 골드라인 이슈를 뜨겁게 다루고 있네요. 뒷북이라고 할 수도 있지만 하여간 지금이라도 호들갑을 떨어서 뭔가 대책이 나오길 바랍니다.

김포 골드라인의 사업비용이 5조 8,000억 원이라고 하는데 사실 예산은 어딜 가나 풍족한 곳이 없지요. 그래서 경기도와 김포시의 고충을 이해는 합니다. 그리고 사업기획 단계에서 서울지하철 5호선을 연장하는 방안을 검토했지만, 서울시가 수도권 쓰레기 매립지와 5호선 차량기지를 제공하는 대가를 요구하자 김포시장이 이를 반대하고 자체적인 철도건설을 추진했다고 합니다. 물론 현재 상황에서는 김포시장의 결정을 나무랄 수도 있겠지만, 그때는 그게 최선이었을 것 같습니다.

문제는 저 돈을 들여서 지하철을 놓으려면 뭔가 분석과 연구가 이루어졌어야 하는 것 아니냐 이런 것이지요. 아니, 당연히 했겠지요. 요즘 분식집이나 세탁소 하나 오픈하는 데에도 빅데이터니 지리정보시스템이니 하는 통계기법을 총동원해서 치밀하고 집요하게 상권분석을 하고 결정하는데, 수조 원을 쏟아붓는 사업이 설마 설계도만 가지고 처리됐을 리는 없겠지요. 수천 페이지 검토보고서가 생산됐을 것으로 압니다.

그럼에도 불구하고 결과가 이렇다는 것은 출퇴근 시 호흡곤란을 겪는 당사자가 아니더라도 울화통이 터질 일이 아닐 수 없습니다. 돈이 부족했으면 차라리 두어 개 역의 개통을 미루고 차량을 늘렸어야 합니다. 마곡에도 마곡역이니 마곡나루역이니 자리만 잡아 두고 나중에 지었거든요.

수요예측하는 사람들이 9호선도 그렇고 김포도시철도도 그렇고 "동서 간으로는 교통수요가 그리 많지 않다"라고 했다는데, 그 근거가 "올림픽대로가 있어서"랍니다. 그런데 실제 올림픽대로를 이용하는 어느 김포시민은 출퇴근으로 4시간을 소비한다고 합니다.

김포에는 지금도 아파트가 건축되고 있습니다. 대도시 생활이 여의치 않아 교외로 밀려난 서민들이 하루에 두 번씩 인생의 쓴맛을 느끼도록 설계된 이 무책임하고 가학적인 교통 시스템을 어찌해야 하나요? 역사는 반복되는 것이라는 훌륭하신 분들의 말로 덮어버려야 하나요?

소셜믹스

2023.4.24.

총무가 있는 마곡지구는 서울시가 일대 토지를 수용해서 주거지와 상업지를 구분하여 개발했는데 엠밸리라고 불리는 아파트의 반 정도는 임대아파트로 이른바 소셜믹스(Social Mix)입니다. 아파트를 보러 온 사람들에게 분양과 임대가 반반이라고 설명하면 여러 가지 반응을 보입니다.

과거 미국에서는 제2차 세계대전이 끝나고 150만 명이나 되는 군인이 귀국하는데 그중 상당수가 새로운 집이 필요한 상황이었습니다. 1947년에 빌 래빗이라는 사람이 뉴욕 외곽 롱아일랜드의 감자밭을 사들여 이른바 '기획부동산'을 추진합니다. 사들인 땅을 네모나게 구획해서 전용 평수 22.5평 정도의 주택 4천 채를 1년 만에 지었답니다. 이곳을 래빗타운이라고 불렀다는데 은행이 전체 투자금의 95% 정도를 대출해줬다는군요.

그런데 이곳에 줄지어 입주하는 사람들은 비록 리투아니아, 이탈리아, 아일랜드 등 가난한 이민자의 후손들이었지만 전부 백인이었습니다. 당시 개발자도 입주한 사람들도 은근히 유색을 배척하는 규약을 만들어 운영하고 있었습니다. (나중에 대법원에서 불법이라고 판결이 났다고는 합니다.)

그러던 중 입주자 중 한 명이 급한 돈을 마련하기 위해 하는 수 없이 어느 흑인에게 집을 팔았습니다. 흑인도 분위기를 아는 터라 뭘 고치러 온 것처럼 슬쩍 이사했는데 동네 사람들이 이를 모를 리가 있겠습니까? 결국 사람이 모이고 고함이 터지고 뭐가 날아다니고 해서 아수라장이 되었고, 이에 경찰이 출동했는데 경찰관 한 명이 돌에 맞아 실신하는 등 험악한 꼴을 보고 말았답니다.

사실 이 소동은 단순한 유색인종 배척이 아니라 '집값이 떨어진다'는 게 그 이유였답니다. 다행히 며칠 후에 질서를 잡았고 이 흑인은 래빗타운 최초의 흑인 거주자가 되었다는군요. 하지만 한두 세대가 흐른 뒤에도 이곳의 백인들은 도심으로 옮겨 가고 그들의 빈자리를 흑인이 '물려받는' 이주의 순환이 이어지고 있답니다.*

흑과 백, 분양과 임대, 그리고 소셜믹스. 최근 관악구 재개발지역에 이슈가 생겼습니다. 당초 임대주택을 독립된 동으로 짓도록 허락한 서울시가 갑자기 섞어서 지으라고 한 것입니다. '같은 밥상에 다른 그릇으로'에서 '비빔밥으로' 바꾸라고 한 것이지요. 조합은 설계비용 등을 이유로 들어 반대한다는데, 지켜봐야겠군요.

---

* AMERICANA(BHU SRINIVASAN, 2017), p378~379.

아울렛

2023.4.25.

1960년대 미국에서는 백화점에 맞서는 '할인점'이 나타나기 시작했는데, 대부분 도시에서 좀 떨어진 외곽에 문을 열었답니다. 미국은 1956년경부터 5천 명 이상의 인구를 가진 모든 도시를 연결하겠다는 목표로 65,000km의 도로망을 확충하고 있었으며, 웬만한 아르바이트로도 자동차를 구입할 수 있었던 구매력과 합세하여 도시 외곽의 주거지역이 빠르게 늘고 있었답니다. 이게 당시 세계 최대 규모였던 미국의 석유생산량이 내수를 충족하지 못하고 수입으로 더 채워 넣어야 할 정도로 차량이 늘고 주행거리가 길어졌다는군요.

이런 상황에 기회를 포착한 유통상들이 교외에 할인점을 차리기 시작했습니다. 마침 소비자들도 브랜드에만 관심을 가졌지 어디서 사느냐는 크게 따지지 않았으므로 같은 브랜드를 외곽에 차려 놓은 할인점에서 물건을 싸게 사려고 자동차 시동을 걸었습니다. 그런데 할인점 입장에서는 같은 상품을 싸게 팔아야 하니 최대한 원가를 절감해야 하는 상황이었습니다. 그래서 땅값이 싼 교외로 나왔고, 백화점에서 정중하게 인사하며 늘어선 직원도 없앴습니다. 그리고 또 한 가지, 상점 건물을 건축법이 허락하는 최소한으로 지었습니다.*

* AMERICANA(BHU SRINIVASAN, 2017), p402~403.

우리나라도 유명 아울렛을 보면 김포, 파주, 여주 등 외곽에 많이 있습니다. 그리고 건물들이 공통점이 있지요. 점포별 독립된 공간 외에는 개방되어 있어 개별 점포 이외의 공간은 냉난방을 하지 않아도 되도록 설계한 겁니다. 저는 이게 미국에서 비롯된 아울렛의 원가절감형 건물인지 모르고 최근까지도 "무슨 건물을 이렇게 지었지?"라고 불평하고 다녔습니다. 그런데 더위나 추위를 견디다 못해 어디라도 들어가도록 하는 것은 또 다른 효과인가요?

하지만 언제부터인가 소위 '신상'은 백화점에 있고 할인점에는 '이월상품'을 취급하더군요. 그래서 어차피 싸게 팔아야 할 물건을 할인하는 척하며 오히려 판매수익을 늘리는 상술로 전환한 것이 아닌가 하는 의심이 듭니다. 저만 의심하고 있는 건가요?

주 5일 근무제

2023.5.1.

오늘이 근로자의 날이군요. 1880년대에 미국 자본주의의 성장에 대항해서 공산주의, 무정부주의 등을 거쳐 노동운동 세력이 형성됐습니다. 이들이 시카고를 중심으로 1886년 5월 1일에 '총파업'을 한다고 날을 잡고, 주 5일 근무, 8시간 근로, 안전과 임금 등을 주장했답니다.

당시 자칭 무정부주의자라고 하던 사람들은 미국의 수많은 개룡이(개천에서 용 나는) 사례에도 불구하고 '한 번 노동자는 평생 노동자'라는 전제하에 "자본가에게 대항하는 방법은 뭉치는 것밖에 없다"는 주장으로 노동조합을 조직했습니다.

그러나 초기 노동운동은 과격했으며 공권력에는 무력으로 대응해야 한다는 어느 리더의 주장이 먹혀가고 있었습니다. 며칠 후 집회를 단속하던 경찰에 누군가 다이너마이트를 던졌고 경찰관 7명, 일반인 4명이 죽고 십여 명이 다칩니다. 이 사건 후로 미국 내 중산층의 여론이 노동세력에 등을 돌리며 아나키스트, 노동조합 등을 테러리스트로 규정했습니다. 이후 과격한 세력은 몸을 낮춥니다.*

---

* AMERICANA(BHU SRINIVASAN, 2017), p211~217.

저는 1994년에 처음으로 해외여행을 했습니다. 직장에서 포상으로 단체여행을 보내준 것인데 태국과 베트남을 다녀왔습니다. 당시 우리나라는 이미 어느 정도 경제적인 기반을 마련하고 동남아 여러 나라들을 '깔보는' 시절이었습니다. 태국에 가서는 왕궁을 구경하고 베트남에서는 땅굴구경을 했습니다. 물가도 싸고 특히 태국은 손님을 맞을 준비가 돼 있다는 느낌을 받아 거드름을 피우며 돌아다녔습니다.

그런데 이 만만한 동남아 국가에서 자존심에 충격을 받는 창피한 사실을 알게 되었습니다. 당시 토요일을 '반공일'로 오전 근무 하던 우리와 달리 태국과 베트남 모두 토요일을 쉬면서 주 5일 근무제를 시행하고 있었던 것입니다. 저는 이후로 동남아 국가들을 선진국으로 생각합니다. 참고로 우리나라는 2002년부터 주 5일 근무를 도입했지만, 정착에는 거의 10년이 걸렸습니다.

지금도 노동자는 '배가 고프다'고 하고 자본가는 '노동자가 게을러졌다'고 합니다. 그래도 제가 보기에 선진국의 기준은 노동자에 의해서 정해지는 것이 맞는 것 같습니다.

간판 바꾸기

2023.5.4.

며칠 전 뉴스를 보니 서울시가 슬로건을 바꾼다고 하네요. 과거 'Hi Seoul'에서 'I·SEOUL·U'였다가 이제 'Seoul, My Soul'로요. 우리나라는 조직의 리더가 바뀌면 이런 로고나 슬로건 바꾸는 것이 아주 당연한 일인가 봅니다.

저도 직장생활 중에 회사 로고가 두 번이나 바뀌었습니다. 모르긴 몰라도 로고는 슬로건보다 더 큰 비용이 필요할 것 같습니다. 내친김에 정부 부처 명칭의 변천사를 좀 보겠습니다.

- 행정안전부 : 내무부 → 행정자치부 → 행정안전부 → 안전행정부 → 행정안전부
- 기획재정부 : 재무부 → 경제기획원 → 재정경제원 → 재정경제부 → 기획예산처 → 기획재정부
- 과학기술정보통신부 : 체신부 → 정보통신부 → 미래창조과학부 → 과학기술정보통신부

정신없으니 이쯤에서 그만하겠습니다. 이게 부처 간, 업무 간 이합집산이 거듭되면서 이름표를 바꿔 다는 핑계가 되기도 했네요. 법무부나 국방부 정도만 오래 유지되는군요.

미래창조과학부는 당시 '미래부'라고 줄여서 불렀는데, 사실 저는 그 명칭에 거부감이 컸습니다. 명칭만으로 무엇을 담당하는 곳인지 알 수 없을뿐더러 "나머지는 현재부 아니면 과거부인가?"라고 비꼬기도 했습니다.

기업도 마찬가지입니다. 모 은행의 예를 들어 보면,

- 총무부 → 인사부 → 인력개발부 → 인재개발부 → HR부 → 피플&컬쳐부
- 기획부 → 종합기획부 → 경영기획부 → 전략기획부

여기도 그만하겠습니다.

각급 지방자치단체도 마찬가지고요 각종 공기업도 예외가 아닙니다. 마치 이름을 바꾸지 않으면 시대에 뒤떨어지는 것으로 생각하거나 이런 조직개편이 일종의 '업적'이라고 생각하는 것 같습니다.

사회가 발전하면서 일해야 할 분야도 늘고 무엇과 무엇을 묶어야 효율성이 더해진다는 것도 있겠지요. 그러나 미국이나 일본은 정부 부처 명칭을 우리나라만큼이나 이렇게 자주 바꾸지는 않는 것으로 압니다. 우스갯소리로 시어머니가 집 못 찾도록 아파트 이름을 억세게 어려운 것으로 짓는다더니, 우리 정부는 국민이 어느 부서 소관인지 잘 모르게 해서 민원 접수를 피하려고 알 만하면 바꾸고 알 만하면 바꾸나요?*

---

* 그 와중에 2024년 9월 23일에는 환경부 명칭을 '기후환경부'로 바꾸는 데 정부와 여야가 동의했다는 뉴스가 있었습니다. 환경에 기후가 포함된다는 것이 상식에 어긋나나요?

나름대로 이유가 있을 테지만, 간판 갈고, 인터넷 사이트 정비하고, 부서명패에서부터 직원들 명함까지 다 바꾸면 비용도 만만치 않을 텐데요.

이분들은 몇십, 몇백 년 동안 변함없이 유지되어 온 제너럴 일렉트릭이나 포드자동차, 심지어 유럽 명품 브랜드 루이비통의 로고까지도 많이 '촌스럽다'고 하시겠지요?

광화문 월대 2023.5.8.

광화문 월대 복원작업을 한다고 합니다. 그런데 엊그제 어느 일간지 칼럼에서 이를 비판하는 글을 보았습니다. 내용을 요약하자면 이렇습니다.

월대는 특별한 상징이 아니다. 오히려 말을 타고 지나갈 수 없게 해서 교통에 지장을 주는 구조물이다. 광화문 월대는 1886년에 만들어졌는데 이게 그리 역사적인 것도 아니고 문화재적인 것도 아니다. 그저 '일제가 훼손했으니 닥치고 복원'식의 진행이다.

문화재청이 월대를 '임금과 백성이 만나는 공간'이라고 한 것은 뻔뻔스러운 거짓말이다. 왜 그런 일을 해서 가뜩이나 번잡한 도심 교통을 더 어렵게 만들어 시민에게 불편을 주는가.* 글의 진실성이나 논리적인가의 여부를 떠나서 아무도 '감히' 반박하지 않는 부분에 "아니요!"라고 손을 든 것 자체로 관심을 두고 읽었습니다.

살면서 모든 일에 관심을 갖고 비판할 수는 없습니다. 하지만 비판하는 사람이 있으면 관심을 가져 보는 것도 좋을 듯합니다. '노인' 소리를

* 동아일보 2023.5.23. 송평인 칼럼

들을 나이라면 가끔 배고픈 소크라테스가 돼서 세상을 좀 기울어진 시각으로 보는 것도 필요할 것 같습니다.

최근 전세사기와 관련해서는 제가 할 말이 좀 있습니다. 고위 공직자가 "이들의 구제를 위해서 그 피해를 혈세로 충당할 수는 없다"고 하더군요. 저는 바로 이 사건이 세금으로 충당해야 할 사건이라고 봅니다. 왜냐면 전세사기를 당한 사람들이야말로 정부 정책의 피해자들이기 때문입니다. 2억 원짜리 빌라에 2억 원 전세를 들어갈 수 있도록, 아니 심하게는 2억5천만 원으로 전세 들어갈 수 있도록 대출해 주고 보증보험 가입해 준 정책이 문제였거든요. 다시 말하지만 빌라왕이니 하는 사람들은 이 정책의 부산물일 뿐이고, 책임은 정부가 져야 한다고 생각합니다.

그런데 문제는 이게 이제야 시작이라는 것입니다. 지금까지 피해자라고 밝혀진 사람들 말고도 앞으로 1년 이상 만기가 돌아오는 전세 물건의 세입자가 어떻게 빠져나올 수 있을지 정부는 그 부분도 고민해야 합니다.

고래 싸움에 2023.5.17.

미국과 중국 사이에서 고래 싸움에 새우 등 터지게 생겼습니다. 과거 중국이 '세계의 공장'이라고 불릴 때는 싼값에 물건 사는 재미로 마치 서로 윈윈하는 것처럼 샴페인을 나누며 지냈는데, 그 사이 중국이 온갖 기술을 다 익혀서 어느 날 갑자기 경쟁자로 바뀌니까 미국도 마셨던 샴페인이 확 깨는 거지요.

정신을 차리고 보니 중국은 이미 제 밥그릇을 챙긴 정도가 아니라 무슨 '일대일로(一帶一路)'라는 프로젝트에 아세안 국가들을 줄 세우고, 남미와 아프리카에 투자하면서 글로벌 입지를 구축하고 있더란 말입니다. 조선 분야는 우리나라와 1, 2등을 다투고 있고 심지어 전기차 분야에서도 테슬라를 바짝 뒤쫓고 있는데 중요한 것은 중국 내수시장도 가전, 스마트폰 등에서 이제는 자국 기업이 거의 평정하다시피 했다는 것입니다.

상황이 이러니 미국은 중국을 견제하려고 한국과 일본을 끌어당기는데 이게 공교롭게도 한쪽에서 벌어지는 전쟁과 맞닿은 군사적 구도까지 얽혀서 정치·외교 하시는 분들이 잠 못 들게 하고 있습니다.

사실 20세기 후반에 공산주의와 자본주의는 승부가 났지요. 독일이

제2차 세계대전 후에 동서로 갈라지고 한국이 전쟁 후에 남북으로 나뉘어 같은 민족끼리 다른 체제로 경쟁을 해봤는데, 결과는 완벽한 자본주의의 승리로 끝났고 서방세계는 우쭐했습니다.

그런데 중국은 덩샤오핑이 "쥐만 잘 잡으면 되지 고양이 색깔이 무슨 상관이냐?"라고 소위 '흑묘백묘론'을 내세우면서 개혁개방을 추진하더니, 어느 날 불가분인 줄 알았던 데모크라시에서 캐피털리즘을 벗겨내 커뮤니즘에 이식해 버렸습니다. 이 과정에서 알리바바니 하이얼이니 하는 기업들이 "오늘 변하지 않으면 내일 망한다"고 외치며 기존 자본주의 국가보다 더 절박하게 내달려 이제는 고객 만족이니 브랜드파워니 하는 것들을 일상으로 삼고 있답니다.

친구들은 어찌 생각하시나요? 허구한 날 총질로 하루 133명이 죽고 살림까지 거덜 나서 이달 말이면 '파산'할 수도 있다는데 "다시 위대한 나라로!"를 외치는 미국을 믿어도 될까요? 남북분단에 최고로 기여하고도 수틀리면 야비하게 보복하는 중국이라도 역사적 유대를 고려해야 하나요? 강남역 사거리에 대통령을 '외교왕'이라고 칭송하는 현수막이 걸려있던데, 그저 안심하고 응원하고 있으면 되는지요?

호사다마

2023.5.30.

5월에는 주 4일 근무 연습을 좀 했네요. 어느 대기업은 매월 세 번째 금요일을 '해피 프라이데이'라고 해서 쉰다는데 공휴일이 많은 이번 달은 그렇게 하니 주 4일 근무가 세 번이나 가능하게 됐답니다. 얌체 같지만 두 번째 주 금요일에 하루 휴가를 내고 온전히 주 4일로 한 달을 일한 젊은이도 있군요.

그런데 우사님께서 지나친 호사라고 판단하신 것인지 지난 주말은 사흘 내내 비를 뿌리셨네요. 덕분에 초록은 더 짙어져서 바깥의 유혹도 색깔만큼 진해졌는데 아쉽게도 나들이는 좀 무리였군요. 하지만 비행기 타고 가버린 부유층들은 천기를 일탈하여 향락을 일삼고 돌아올 수 있을 것이란 생각에 샘이 납니다. 아, 괌은 빼놓고요.*

* 당시 괌에 태풍이 불어 공항이 폐쇄되는 바람에 여행 갔다가 귀국하지 못하고 발이 묶인 우리나라 관광객 3천여 명이 있었고 결국 정부에서 특별기를 동원해서 귀국시킨 일이 있습니다. 이들은 숙박기한이 지난 호텔에서 체크아웃을 요구해서 폭풍우에 거리로 쫓겨나갈 신세가 됐는데 음식도 없고 복용하는 약도 떨어져서 크게 고생했다고 합니다. 다행히 이 사태로 죽거나 다친 사람은 없었던 것 같습니다. 호텔에서는 자기들 이재민 수용하겠다고 관광객들에게 나가줄 것을 요구했다고 합니다. 집에 돌아올 수가 없게 되자 '괌옥'이라는 말도 생겼습니다.

이름 짓기 1

2023.5.31.

1991년 서울 외부를 둥그렇게 싸고도는 고속도로가 생겼습니다. 이름하여 '서울외곽순환고속도로'입니다. 그런데 거의 30년이 지난 2020년에 이 도로의 이름에 이의를 제기하는 사람들이 나타났습니다. 이 도로 부근 지역 사람들이었겠지요. "여기가 왜 외곽이야? 서울이 중심이라면 여기보다 먼 곳도 많지 않나?" 뭐 이런 반감이었을 것 같습니다. 달리 대답이 궁색했던지 도로공사에서 '수도권순환고속도로'라고 명칭을 바꾸었습니다.

사실은 이렇게 여론에 밀려 명칭을 바꾸는 사례보다는 언론 등이 먼저 언어를 순화해서 사용하는 예가 많군요. 이를테면 동성애자를 '성 소수자'로, 강간을 '성폭행'으로, 자살을 '극단적 선택'으로 바꿔서 사용하는군요. 정부나 언론에서 이렇게 순화된 표현을 '발명'하느라 고생이 많다는 생각입니다.

하지만 순화된 용어가 다시 비판의 대상이 되기도 합니다. 최근에 "극단적 선택이라니, 자살은 '선택'이 아니야!"라는 비판이 일부 논자들 사이에서 흘러나오고 있답니다. 그럴듯합니다. 자살이라는 것이 맨정신에 '선택'할 수 있는 것은 아니라는 게 설득력이 있군요. 그럼 또 뭐라고 바꿔 써야 하나요?

용어는 아니지만 '이름' 때문에 생긴 에피소드 한 가지 전해드리겠습니다. 2002년이었습니다. 당시 〈한빛은행〉이 은행 이름을 〈우리은행〉으로 바꾸었습니다. 그런데 그즈음 은행들은 자신을 지칭하는 명칭을 '당행'에서 '우리 은행'으로 바꾸어 쓰도록 직원들에게 권장하고 각종 내부 문서에도 '우리 은행'이라는 명칭이 정착되던 시기였습니다.

그런데 '우리 은행'이 갑자기 타행을 지칭하는 명칭이 되니 '우리 은행'을 '우리 은행'이라고 할 수 없게 되었고 혼동을 피하기 위해서 다시 당행이라는 한자어를 끄집어낼 수밖에 없었습니다. 또한, 〈국민은행〉 직원들 간에도 '우리 은행'이라고 하면 어느 은행을 지칭하는 것인지 불분명하고, 〈국민은행〉에서 〈신한은행〉에 '우리 은행'이라고 해도 어느 은행을 가리키는 말인지 헷갈리는 표현이 되었습니다.

할 수 없이 은행원들은 영문 'Woori'를 외국인이 발음하는 대로 '워리은행'이라고 부르기 시작했습니다. 지금도 〈우리은행〉은 은행원들 사이에서는 '워리은행'입니다. 이런 이름을 생각해 낸 당사자나 이를 승인해 준 금융당국이 디테일에서 좀 부족한 것 아닌가요?

자네 입으로는 아니야

2023.6.7.

현충일 오후에 참다 참다 못해서 몇 줄 썼습니다.

2010년 3월 26일 밤 9시 22분이었답니다. 백령도 남서쪽 약 1km 지점에서 초계업무를 수행하던 군함이 갑자기 선체가 반쪽으로 잘리며 침몰합니다. 군·경에 민간 선박까지 동원돼서 몇 날 며칠 젊은 병사들을 건져보려고 했지만 성과는 없었습니다. 이 와중에 '작전지역에 남아 있는 772함 수병은 전원 귀환하라'는 어느 시인의 추모시가 자식 가진 부모들의 가슴을 찢었습니다. 천안함 얘기인 줄 다 아시지요?

그런데 그게 사건이 규모에 비해 하도 감쪽같아서 원인 파악에 '심각한' 조사분석이 필요했습니다. 미국 등 다른 나라 전문가까지 동원한 조사단이 두 달이 지나고 나서야 '북한의 어뢰에 의한 침몰'이라는 결론을 냈습니다. 정치권에서는 정부 차원의 조사 결과를 수용했고 '전사'한 장병들에 대한 예우와 추모 등이 진행되었습니다. 하지만 몇몇 사람들은 아직도 엇나가는 얘기들을 합니다.

그런데 사실 제가 하고 싶은 얘기는 다른 쪽입니다. 바로 당시 군함의 함장이었던 자의 어처구니없는 행보입니다. 한두 해 침묵하다가 쭈뼛쭈뼛 그림자를 비추더니 이제는 아예 언론에 비중 있는 존재로 등장하면서 담론의 중심에 서고자 하는 것 같습니다.

세상에 어찌 이런 일이 있을 수 있을까요? 대한민국 장교가, 그것도 지휘관이, 부하가 46명이나 수장됐는데도 그 낯을 들고나와서 당돌하고 뻔뻔스럽게 국민 앞에 서고 있습니다. 군함이 폭파된 이유가 무엇이었든 그 함장이 저렇게 당당할 수 있을까요? 북한으로 쳐들어가 어느 항구를 점령했다고 해도 그 와중에 부하의 반을 잃었다면 평생을 근신할 일 아닌가요? 대통령의 미국방문에 같이 가자고 해도 "가당치 않습니다."라고 손사래 쳐야 하는 것 아닌가요? 그는 지금 대한민국의 모든 지휘관을 모욕하고 있습니다. 그가 정치판에서 목청을 돋우는 순간 그에게 부하는 소모품이고 그 주검들은 그가 밟고 올라설 정치적 사다리가 되는 것입니다.

저 같으면 바로 서해대교 위에서 뛰어내렸거나 그럴 용기가 없었다면 머리 깎고 절에 들어가서 죽을 때까지 부처님께 용서를 구하며 살았을 겁니다. 하지만 그 친구가 이제 공인이 돼 버렸으니 저도 작심하고 한마디 하기로 합니다. 이봐, 아무리 할 말이 있어도 자네 입으로는 아니야.

스티브 잡스

2023.6.12.

우리가 고등학교 입학했던 1974년, 미국은 베트남전 패색이 짙어졌고, 닉슨 대통령은 워터게이트 사건이라는 불미스러운 이유로 임기 중간에 자리를 내놓은 최초의 미국 대통령이 되었습니다. 또한 중동 사막지대의 몇 나라가 석유생산량을 줄여대서 미국경제의 목을 조르는 마당에 설상가상으로 제조업 쪽에는 일본이 진출하기 시작했지요.

그러나 그 와중에도 실리콘밸리의 신문에는 십여 페이지에 달하는 구인란이 줄을 이었는데, 〈아타리〉라는 스타트업의 광고는 눈에 띄게 심플했습니다. "놀면서 돈 벌자." 참으로 게임개발업체다운 카피입니다.

광고를 낸 바로 그 날, 근처 마을에서 자란 열여덟 살의 한 소년이 회사 안내데스크에 나타나서 "취직 안 되면 안 돌아갑니다"라며 버티더랍니다. 안내직원이 기술임원에게 메시지를 보내 "경찰을 부를까요?"라고 물었는데 뜻밖에도 임원이 면접을 보겠다고 했다네요. 이 히피 같은 소년은 지방대학을 중퇴했고 엔지니어링에 대한 배경이 전혀 없었지만, 면접을 본 임원은 그의 기술에 관한 열정을 받아들여 시간당 5달러의 수습생으로 채용하기로 합니다. 그 소년의 이름은 '스티브 잡스'입니다.

입사 후 각종 잡냄새는 자기가 다 피우고 다녔지만, 오히려 동료들을 쓰레기 취급했던 잡스는 6개월 후에 인도로 순례 여행을 떠납니다. 인도에서 환각제를 복용하며 공동체에서 생활하던 그가 1년 후에 까까머리에 진황색 가운과 샌들을 걸치고 다시 〈아타리〉에 나타나서 일을 달라고 했답니다. 물론 이번에도 〈아타리〉에 오래 머물진 않았지만 그래도 이후로 여생을 상업적 비즈니스에 투신합니다.*

잡스는 1976년에 같은 이름을 가진 워즈니악이라는 사람과 애플을 창업하고 PC를 만들어 냅니다. 지금은 당연한 '마우스'도 애플이 PC에 연결합니다. 잡스는 1985년에 경영권 분쟁에서 지고 쫓겨났지만 1997년에 다시 애플 CEO로 복귀합니다. 이때부터 본격적인 스티브 잡스의 시대가 열립니다. 아이맥, 아이패드, 아이팟, 아이폰이 탄생하죠. 하지만 아쉽게도 그는 2022년 10월 5일, 56세의 젊은 나이에 단명의 사주로 인생을 마감합니다. 본인의 간을 잡스에게 기증하겠다던 동료 팀 쿡이 회사를 이어받아 세계 최고, 최대의 기술기업으로 키워냅니다.

애플이 최근에 '가상현실'도 '증강현실'도 아닌 '혼합현실'이라고 표현하면서 '비전프로'라는 헤드셋을 내놨군요. 엄청 비싸던데(한 500만원?) 이게 또 어떤 반응을 일으킬지 궁금합니다. 개인이 구입하기 좀 부담스러우니 PC방 같은 영업장에서 잠시 빌려서 써보는 사업은 어떨지요?

---

* AMERICANA(BHU SRINIVASAN, 2017), p427~429.

타이타닉, 타이탄

2023.6.22.

1780년에 존 피치라는 사람이 만든 증기선박이 시속 6km로 미국 델라웨어 강을 오르내리며 옆을 지나가는 다른 선원과 노잡이들의 넋을 빼놓았습니다. 이후 동력을 이용한 여객선이 허드슨 강 등 하천과 연안에서 돛대와 삿대를 대신하며 여객을 실어 날랐습니다.*

백 년도 더 지난 1900년대에는 선박 기술이 고도화되고 수요도 늘어 고급 크루즈 선박이 큰 바다를 건너다녔습니다. 그런데 1912년 4월 15일, 영국에서 미국으로 항해하던 '타이타닉'이라는 배가 캐나다 해안으로부터 600km 떨어진 해역에서 빙하와 충돌해 침몰합니다. 당시 750만 달러 — 제가 나름 계산해 보니 요즘 돈으로 약 4,500억 원입니다—를 들여 건조한 호화 유람선의 처녀 항해였습니다. 2,200여 명의 타이타닉 탑승자 중 700명이 구조되고 1,500명이 바다에 빠졌습니다.

그런데 이 망망대해에서 침몰한 배에서 700명이나 구조됐다는 사실이 오히려 더 놀랍지 않습니까?** 이는 당시 발명된 지 얼마 되지 않은 최신 무선통신 덕분이었습니다. 그 시기에는 군함을 비롯한 대형 선박

* AMERICANA(BHU SRINIVASAN, 2017), p58.

** 거기서도 100년이 지난 2014년에 세월호가 침몰한 때에도 생존자 비율이 타이타닉과 비슷했다는 사실에 갑자기 열이 받네요.

들이 무선통신 시설을 갖추고 항해하고 있었는데 타이타닉호도 최신 무선통신 시설을 갖추고 있었습니다.

한 승조원이 밤 10시 25분에 사고 사실을 가까운 캐나다의 무선기지국에 알렸고 이 무전이 근처 해역에 있는 다른 배들에게 뿌려져 서너 채의 대형 선박이 타이타닉을 향해 전속력으로 달려갔습니다. 하지만 타이타닉의 전파는 새벽 0시 27분에 이지러졌고 새벽 2시 27분에는 배가 가라앉았다는 소식이 들어왔습니다.

〈뉴욕타임스〉가 아침 뉴스를 준비하는 동안 사람들은 사망자와 구조된 자의 명단을 확인하기 위해 백화점과 타임스퀘어에 몰려들었습니다. 〈워너메이커스〉라는 백화점이 쇼핑객에게 재미로 제공하는 무선 뉴스와 타임스퀘어 전광판이 실시간 중계국이 되었기 때문입니다.*

최근에 이제는 유네스코 수중문화유산으로 지정된 '가라앉은 타이타닉'을 보겠다고 내려간 잠수정이 교신이 끊겨 미국과 캐나다에 비상이 걸렸습니다. 인당 3억 원을 내고 구경하러 갔다는데 4~50시간분의 산소밖에 없다니 걱정입니다. 아니 그런데 이거 버뮤다 삼각지대**가 여기도 있었나요?

---

* AMERICANA(BHU SRINIVASAN, 2017), p293.

** 플로리다, 버뮤다, 푸에르토리코 등 북대서양 3개 지점을 잇는 삼각형 모양의 지역을 말하는 것인데 1900년대 어느 지역 언론사 기자가 유독 많은 비행기나 배가 실종된 지역이라고 말하면서 유명해졌습니다. 그러나 각종 통신수단이 발달한 이후 계속적인 사고가 발생하지 않았으며, 지금은 비행기나 배들이 이와 같은 터부를 인식하지 않고 항행합니다.

부디 무사 귀환을 기원합니다. 친구들도 더운 여름 안전하고 편안하게 지내시길 바랍니다.*

* 그러나 결국 구조하지 못했고 나중에 잠수정 잔해만 발견했다고 합니다. 이 잠수정 이름은 '타이탄'이었고 4,000m 깊이까지 내려갈 수 있도록 설계되어 있었답니다. (타이타닉호는 약 3,800m 깊이에 있다고 합니다.) 나중에 잠수정을 조사한 기술자들은 이 잠수정이 물에 들어가기 전에 이미 치명적인 결함이 있었다고 했습니다.

구인광고 2023.6.30.

다음은 어느 스타트업에서 구인광고를 하면서 사원에게 주는 혜택을 열거한 것입니다.

- 업계 최고 수준 보상 (기존 연봉 대비 최대 ○○% 인상)
- Fresh start: 월요일 1시간 늦게 출근 / T.G.I.F: 금요일 1시간 일찍 퇴근
- 조식 지원, 점심 식대 지원, 무제한 간식 & 커피 머신
- 교육비, 도서 구입비 등 지원, 최신 업무 장비 지원
- 눈치 안 보는 휴가 사용 (연차/반차/반반차, 승인 절차 없음)
- 사람 스트레스 없이 일에만 집중할 수 있는 환경
- 경조 휴가 지원(결혼, 출산 등), 명절 선물

요즘 윗사람이 아랫사람에게 할 수 없는 말들이 있는데, 그중 한 가지가 "이게 되겠어?"라는 말이고, 문신이거나 삭발이거나 슬리퍼거나 아무것도 참견하지 않는다고 하며, 재택근무도 본인이 결정해서 회사에 알려주기만 하면 된답니다. 심지어 어떤 회사는 '시키는 일이 마음에 들지 않으면 하지 않아도 됩니다'라고 불복종을 정당화하는 지침을 운영한다는군요.

나이 든 우리 입장에서 보면 '저런 조건으로 저런 혜택을 주어도 되겠어?'라고 의구심을 품을 수 있겠지만, 다음과 같은 기준으로 이해를

해보고자 합니다.

1. 다 필요 없어. 능력밖에….

2. 전부 무시해. 성과만 챙겨….

어찌 보면 돈 벌려고 발 벗고 나선 모습입니다. 프로그래밍의 절정 고수를 모시고, 마케팅의 귀재를 초빙해야 하는 젊은 기업의 새로운 문화가 마치 마뜩잖은 낯선 문물을 접한 것처럼 보입니다. 하지만 이 또한 결국 우리 세대가 적응해야 할 부분이 아닐까요?

밥 좀 주세요

2023.7.8.

저녁상(서울-양평 간 고속도로)을 차리던 엄마(정부)가 아빠(야당)하고 다투더니 화가 나서 밥상을 차리지 않겠다고 합니다. 배고파서 기다리던 아이들(양평군민)이 당황하고 있네요. 엄마는 “뭐 꼭 밥상을 차리지 않겠다는 것이 아니니까…”라고 아이들에게는 말끝을 흐립니다. 하지만 아이들은 이미 울기 시작했습니다. 할아버지한테 이르겠다고 집을 나서기 직전입니다.

아내가 친정어머니가 좋아하는 반찬으로만 밥상을 차린다고 남편이 주장하면 아내가 “그럼 당신이 같이 와서 요리 좀 거들어봐라. 애들 배고프니 같이 만들면서 얘기해보자”, 뭐 이런 진행이 그나마 좀 바람직하지 않을까 합니다.

전국 학력고사 수석에, 서울법대 수석에, 사법시험 수석까지 그야말로 한 시대를 두뇌로 평정했던 해당 부처 장관님이 다소 감정적인 동시에 조금은 경솔한 대응을 보인 것이 아닌가 해서 보는 저도 당황했습니다. 아니면 이런 의외의 멘트도 역시 최고의 두뇌에서 생성된 것이니, 다수당에 대한 시위나 충격요법을 통한 역전의 발판이 될 것을 계산했을지도 모르겠군요. 그 멘트 덕분에(?) 아이들이 밥 못 먹는 것을 ‘아빠가 밥 차려주는 엄마한테 시비를 걸었기 때문’이라고 생각할 수도 있거든요.

어쨌든 권력을 잡고 있는 쪽에서 좀 더 유연하고 포용력 있게 대처해 주면 좋겠다는 생각입니다. 죄 없는 아이들이 결식하는 사태가 발생하지 않기를 바랄 뿐입니다.*

---

* 서울-양평 간 고속도로가 갑자기 노선(종점)이 변경되었는데, 야당은 이를 영부인네 집안 땅 있는 곳으로 바꾼 것이라고 하고 정부 여당은 효율성 검토의 결과라고 맞서고 있는 상황입니다.

비 오는 아침

2023.7.15.

세차게 비가 내리는 아침입니다. 참새 몇 마리가 총무 사무실 처마 밑에서 (사실 어닝입니다.) 비를 피하고 있네요. 재잘재잘. "며칠 동안 비가 내려서 먹을 것을 구하지 못했겠구나"라는 생각에 책상 서랍에 있던 과자를 부스러트려 문밖에 놓았습니다. 잠시 한눈을 팔고 다른 일을 하다가 보니 과자가 감쪽같이 없어졌습니다. "어라, 잘 먹네" 하고 다시 조금 부숴 놓은 후 잠시 있다 보니 이번에는 과자 주변으로 개미가 까맣게 몰려서 '회식'을 하고 있네요.

과자는 다시 없어졌고 개미가 먹은 것은 아니라고 생각하면서 세 번째 부스러기를 놓았습니다. 그때 손님이 들어와서 잠시 얘기하다가 나갔는데 비명을 지릅니다. "어마! 저 쥐 봐!"

사무실 앞 공간에 두어 평쯤 되는 녹지가 있는데 잡초가 꽤 무성한 땅 밑으로 집을 내놓고 서생원들이 활동하는 모양입니다. 잠시 혼란이 옵니다. "아 그럼 지금까지 쥐들이 과자를 먹은 건가?"

어쨌든 쥐 두 마리는 놀란 사람보다 더 놀라서 다시 과자 앞에 나타나지 않았고 참새가 두어 마리씩 나타나서 과자를 물어 빗속으로 도망갔습니다.

어릴 때 소쿠리를 나뭇가지로 받쳐 놓고 곡식을 좀 뿌려 둔 다음, 나뭇가지에 끈을 달아 멀찌감치 줄을 잡고 있다가 참새가 곡식을 먹으러 오면 줄을 낚아채서 잡은 적이 있습니다. 그때 놀란 것이 이 참새라는 놈이 얼마나 성마른지 소쿠리로 씌워 놓은 공간에서 몇 시간을 참지 못하고 그냥 죽어버린다는 것이었습니다.

어린 마음에도 충격을 받고 그다음부터는 절대로 참새를 잡지 않았습니다. 비 오는 날 먹이를 제공한 것이 60년 전 조상을 살해한 뉘우침의 발로였는지도 모릅니다.

극한 호우라고 표현되는 장마의 한가운데 달리 힘 보탤 곳 없이 참새 정도나 걱정하는 노인의 아침나절이었습니다. 참새보다 훨씬 소중한 우리 친구들 주변에 비 피해가 없기를 바랍니다.

과일 특공대

2023.8.1.

극한 호우 뒤에 '막장 더위'가 찾아왔습니다. 사람도 짐승도 심지어 선인장도 더위를 견디지 못하고 죽어버렸다고 하니 그 거대한 위력 앞에 그냥 두려울 따름입니다. 더위를 피하고 추위를 막으려고 인간이 동원하는 '에너지'라는 수단이 결국은 '재해'라는 부메랑으로 돌아오는군요.

어제 아내가 퇴근길에 사과 좀 사 오라 해서 동네 마트에 갔다가 깜짝 놀랐습니다. 사과나 참외는 만 원에 3개, 수박은 10kg짜리가 5만 원. 수박 한 통에 5만 원이라니! 내가 지금 어디 타임머신이라도 타고 멀리 온 걸까?

잠시 정신을 차리고 정리해 봅니다. 지나친 강수로 과일 농사가 쑥대밭이 됐다고 들었는데, 저 수박이 정녕 공장에서 제조된 것은 아닐 테고, 그렇다면 어느 농민은 대박이 난 것 아닐까요?

그러나 유통과정을 빼고 설명할 수 없는 일이라고 봅니다. 시장이란 것이 우리가 갖고 있는 상식보다는 매우 복잡하더라고요. 원유나 철강이나 곡물 같은 거창한 품목에서부터 양파나 마늘, 과일 같은 소박한 품목까지 농업이나 공업 사이에 상업이 개입해서 가격을 주무릅니다.

그러면서 이 사람들이 하는 얘기가 이것이 시장이요, 경제요, 자본주의라고 합니다.

과거 구소련이 붕괴하고 경제의 90% 이상을 소련에 의지하던 쿠바가 거의 혼수상태에 빠졌을 때, 쿠바에 구원의 손길을 내민 건 일반 사람들이 잘 모르는 원자재 거래상이었답니다. 관광객 유치를 위해 고급 호텔을 지어주고 미국의 쿠바에 대한 경제 봉쇄를 요령껏 피해 가면서 원유를 주고 설탕을 받아서 또 돈을 남겼다고 하네요.

수박이 비싸다 한들 어디서 수입하기도 어려운 과일이니 중간에서 유통하는 '이름 없는' 분들이 수완을 발휘해서 수익을 올리려는 노력이 보이는 것 같은데, 이게 혹시 저만의 편견인지는 모르겠습니다.

30여 년의 미국생활을 마치고 귀국한 어느 부인이 한국에 돌아와서 가장 놀란 것이 과일 가격이었다고 합니다. 그분이 이제는 한국의 과일 가격에 적응했는지는 몰라도 최근에 귀국한 교포가 처음 맞닥뜨린 과일이 저 수박이 아니길 바랍니다.

그런데 이쯤 되면 정부에서 '산지 직송 과일 특공대'라도 운영해야 하는 것 아닌가요?

신용평가와 미인대회 2023.8.7.

세계 3대 신용평가사의 하나인 〈피치〉라는 회사가 미국의 신용등급을 한 단계 내려서 여러 나라의 증시가 일제히 하락했다고 하네요. 예전에 신용평가 관련해서 어떤 선생님이 설명을 아주 쉽게 해주시더라고요.

> "신용평가라는 분야를 미인대회로 생각하고 신용평가사는 심사위원으로 이해하면 됩니다. 그래서 이 심사위원들이 대회에 출전한 미인 후보들을 보고 등급을 매겨주는 거죠. '너는 좀 예뻐.' '너는 좀 덜 예뻐.' 뭐 이런 식으로 말이에요. 좀 특이한 것은 이 위원들이 '너는 지금은 못생겼지만 좀 있으면 예뻐질 것 같아.' '너는 예쁘지만, 내년쯤 미워질 것 같은데?' 같은 평가도 한다는 거예요."

다소 냉소적인 비유인 줄은 알지만 그럼에도 매우 적절하다는 생각이 들었습니다. 그런데 이 심사위원들의 권력이 막강해서 누구라도 이분들의 평가를 받아야 세계 경제의 무대에 나설 수 있다는 것입니다. 물론 이분들이 미모를 평가하기 위해서 100년 이상씩 공부를 해 왔기 때문에 시장의 신뢰가 확보되어 있습니다. 그럼에도 불구하고 세계 3대 신용평가사가 지난 2001년 〈엔론〉이라는 당시 세계 최대의 에너지기업을 "쓸만한 미인이야"라고 평가했다가 얼마 후 초유의 회계부정을 저

지른 것이 탄로 나자 갑자기 "못생겼어, 더 못생겨질 거야!"라고 태도를 바꿔버린 일이 있었군요.

최근의 신용등급 하락에 대해서 미국의 어느 은행 최고경영자는 "현재로서는 미국이 전 세계의 신용을 좌지우지하는데 그보다 신용이 앞서는 나라가 있다는 것이 웃기는 일"이라고 했다는군요. 하지만 이분들의 권위는 바위처럼 단단하고 쇠처럼 견고해서 지금도 지구상의 수많은 미인 기업들이 저 세 분의 심사를 받는 날을 기다리며 화장을 고치고 있습니다.

사실 어떤 물건이든 서비스든 누군가 객관적으로 그 가치를 정확하게 평가해 준다면 그 일 또한 가치 있는 일일 것입니다. 당연히 돈도 벌 수 있어야겠지요. 그러나 '독식'이 일상이 되면 '배탈'이 날 수도 있습니다.

1970년대 후반부터 일본이나 중국도 신용평가사를 만들어 심사위원에 껴 보려고 했지만 아직은 땅꼬마 같은 존재들이라 워낙 노회한 세 분 앞에서는 맥을 못 추고 있군요. 그런데 저 막강한 3대 심사위원은 누구에게 평가를 받아야 할까요? 절대권력은 절대 부패할 거라는 말이 특정 정권에만 적용될 것 같지 않아서 그렇습니다.

잼버리

2023.8.12.

장마도 끝나고 태풍도 지나가고 잼버리도 막을 내렸습니다. 말도 많고 탈도 많아서 제가 현황을 좀 봤습니다. 우선 올림픽 경기가 열리면 참가선수가 약 1만여 명, 동계올림픽은 3천 명 내외라고 하는데 잼버리는 무려 4만3천 명이 참가했다고 하네요. 이 정도라면 국내외를 막론하고 최대 규모의 행사라 할 수 있겠는데, 여기서 어떤 형태로든 승부를 가르는 게임이 벌어지지 않아서인지 일반 국민에게 '흥행'이라 할 것은 별로 없었던 것 같습니다.

그런데 이 잼버리가 엉뚱한 게임을 이끌어 내고 말았군요. 야당과 여당이 서로 삿대질하고 청와대와 정부부처가 갈등을 표출하고 중앙정부와 지방자치단체가 책임을 미루고 있습니다.

사실 제가 봐도 태어나서 처음 당하는 국제적 망신인지라 부끄러움과 안타까움으로 며칠을 숨도 크게 못 쉬고 지냈습니다. 이해관계가 전혀 없는 제가 그럴진대 그에 책임이 있는 공무원들은 잠이나 제대로 잤을지 모르겠군요.

그런데 이제부터가 문제일 듯합니다. 세간의 호사가들이 여기저기 잡다한 채널을 통해서 별별 구석을 다 들춰내기 시작했습니다. 전 정권이 잘못했다고 핑계 대는 말이 나오자 그 시절의 어느 공직자가 "지금은 문재인 정부 집권 7년 차"라고 해학적인 멘트로 응수를 했군요.

여성가족부가 잼버리 준비를 잘하라고 해외연수 보내준 공무원 18명이 현재는 해당 부서에 1명도 근무하지 않고 있다고 합니다. 대통령이 조직을 없애겠다고 했으니 이제 끝물이라고 다음 근무지를 염두에 둔 인사가 앞섰나요? 자치단체 공무원들은 연수출장을 가서는 손흥민도 만나고 유럽여행만 제대로 하고 감격하며 돌아왔네요.

이제 누가 어떻게 책임을 지든 우리 늙은이들이 크게 행세할 일도 없겠지만, 문제는 저기 참가했던 대원들이 청소년이라는 사실입니다. 엊그제 한국에서 겪은 일이 70년도 가고 80년도 갈 기억이라는 생각이 드니, 무능한 관리들이 국가의 얼굴에 칠해 놓은 이 먹물을 어떻게 지워야 할지 막연할 따름입니다. 막판 K팝 공연으로 다소나마 만회가 되었을까요?

칼부림하고 다니는 놈들 인성검사 하지 말고* 저 스카우트 중에 뒤끝긴 성격 찾아내서 무마하세요. 하긴 남의 나라 점령해서 식민지로 뭉개고, 사람을 노예로 부려 먹은 놈들도 선진국이라고 얼굴 들고 다니는 판인데 이쯤이야 뭐 몇 년 지나면 괜찮아지겠지요?

---

* 연쇄살인이나 잔혹한 범죄가 발생하면 범인이 소위 '사이코패스'냐 아니냐를 분석하던데 도대체 이런 게 무슨 소용이 있는 것인지 궁금합니다. 사이코패스는 감형해 주나요? 아니면 국민의 호기심 충족용 발표인가요? 범행 전에 사이코패스를 찾아내서 범죄를 예방한다면 몰라도 이건 전형적인 사후약방문 아닌가 합니다.

뇌물과 선물

2023.8.21.

뇌물은 인간이 어떤 단체나 조직을 형성하고 그 구성원간 권력이 차별화된 때부터 발생했을 것이라는 생각입니다. 우리나라는 15세기경부터 이슈가 됐고 금지와 허용으로 갈팡질팡하던 역사가 있네요. 다른 나라도 비슷할 거라고 생각하는데, 국가 간의 교역이 활발해지면서 국경을 넘나드는 뇌물문제가 생기자 급기야 1997년에는 OECD 회원국 간에 뇌물 금지 협약을 맺었고, 2003년에는 유엔에서 반부패협정을 주도했군요.

하지만 이런 노력들이 소위 선진국 중심으로만 이루어지다 보니 아직도 많은 나라에서는 뇌물이 횡행하고 있는 것으로 알고 있습니다. 아프리카 어느 나라에서 사업을 하려면 정치 실세인 아무개와의 관계가 필요하다든가 하는 좀 굵직한 것에서부터 중국에서 낮은 비용으로 통관하는 방법, 그리고 동남아 어느 국가를 여행할 때 입국심사를 간소화하는 방법 등의 자잘한 것까지 예로 들 수 있겠군요.

그런데 저는 개인적으로 선진국의 조건 중 하나가 '뇌물이 없는 사회'라고 생각합니다. 사실 선진국이 되면 뇌물이 없어지는 건지 뇌물이 없어져서 선진국이 되는 건지는 잘 모르겠습니다만.

우리나라는 2015년에 〈김영란법〉*이라 하여 공직자를 비롯한 언론인, 교사 등이 받을 수 있는 '뇌물'의 기준을 세분화하여 정해 놓았습니다. 여기엔 두 가지 변수가 있는데 직종이 공무원이냐 언론인이냐에 따라 받을 수 있는 금액이 다르고, 또 평상시보다 명절에는 더 받아도 된다는 것입니다.

그런데 최근 어려워진 국민을 위해서 뇌물 한도를 올리겠다는 소식이 있네요. 이런 상황을 근거로 제가 몇 가지 상상을 해봅니다. 이제 화물차 업계가 어려워지면 공직자 이삿짐 비용을 내줘도 되고, 가전제품 대리점이 힘들다고 하면 공직자에게 냉장고, TV 선물해도 문제 삼지 않는 겁니다. 또 공연계가 비명을 지르면 연극이나 음악회 입장권을 공직자에게 뿌리도록 합니다. 선심 쓸 곳을 찾아서 표를 확보하는 것으로 보이기는 하는데 수작이라고 터놓고 비판하기에는 농부, 어부를 뒷심으로 삼았으니 눈치를 볼 수밖에 없습니다. 그런데 어쨌든 한도가 올랐으니 거기 맞춰서 줘야 하는 다른 쪽 국민 생각은 한 것일까요?**

선진국은 목적보다는 그 목적을 이루는 과정이 깨끗하고 정당한 나라입니다. 정겨운 명절 풍습으로 가장된 뇌물이 법률로 옹호되는 모습 같아 한마디 해봅니다.***

---

* 정확히는 '부정청탁 및 금품 등 수수의 금지에 관한 법률'입니다. 2012년 김영란 당시 국민권익위원회 위원장이 발의한 법안이라서 그렇게 부릅니다.

** 위 법률 시행령 개정으로 2024년 8월 27일부터 공직자 등에게 대접할 수 있는 식사비 한도가 3만 원에서 5만 원으로 증액되었고 선물 한도도 기존 10만 원에서 15만 원으로(명절 등에는 30만 원으로) 상향되었습니다. 참고로 참여연대는 반대 입장을 분명히 밝혔군요.

*** 2024.8.24. 동아일보 사설은 "청탁금지법 바로 알기(공직자 선물은 이렇게)"라는 권익위의 카드뉴스를 "마치 공직자에게 선물하라고 조장하는 듯한 내용"이라며 '뇌물가이드' 같다고 했습니다.

운전 교육

2023.8.31.

스쿨존 차량 속도제한이 밤 9시 이후부터는 30에서 50으로 완화된다고 하네요. 개인택시 조합에서는 당국에 건의와 요구를 지속한 결과 얻어낸 '성과'라고 조합원들에게 공치사하고 있고, 우리 강서구 어느 작은 정당에서는 자신들이 "불합리한 속도제한 바로 잡아라!" 라고 외친 결과라고 홍보할 것 같습니다. 아무튼, 내비게이션 업체들이 시간별로 제한속도 다르게 안내해야 하니 일거리 좀 생겼겠네요.*

최근에 어느 증권 유튜버가 학생들에게도 주식시장 관련 교육을 해야 한다고 주장하는군요. 선진국은 주식투자가 일반인들의 생활로 정착되어 있고, 우리나라도 그 방향으로 나아갈 것이 뻔한데 준비를 좀 해야 하는 것 아니냐는 의견입니다. 사실 대학생들도 규모와 관계없이 주식, 코인 등에 투자하는 일이 많은 것 같고, 모 증권사에서는 대학생을 대상으로 모의 투자대회를 개최하기도 하네요. 아르바이트로 모은 푼돈이나마 알량한 지식이라도 있으면 맨땅에 헤딩은 아닐 것이라는 생각입니다.

그런데 저는 중고생에게 한 가지 더 교육할 것을 제안합니다. 바로

* 일거리는커녕 일 년이 지나도 바뀌지 않고 있습니다.

운전과 교통 관련 교육입니다. 첫째는 성인이 되면 예외 없이 운전하며 생활할 것이기 때문이고, 둘째는 우리의 운전문화가 그리 점잖거나 세련되지 않다는 생각 때문입니다. 이게 면허시험 치를 때 잠시 외우는 것 말고, 주차할 때, 주행할 때 갈등을 피하고 사고를 예방하도록 미리 좀 가르치면 좋겠습니다. 운전대만 잡으면 욕부터 해대는 사람들과 보복운전 나쁘다 하니 "야, 도발하니까 보복하는 거야!" 하는 사람들을 좀 줄여 가야 하지 않을까요? 지금도 총무 사무실 앞 도로에서는 빨리 비키지 않는다고 빵빵거리는 차들이 이 평화롭고 작은 커뮤니티를 신경질적으로 몰아가고 있습니다. 자동차 구조보다는 자동차가 만드는 바람직한 교통 흐름과 사회구조를 가르쳐야 합니다.

오늘은 지구와 달의 거리가 가장 가깝게 궤도가 형성되는 날이라서 달이 훨씬 크게 보인다고 하네요. 이른바 '슈퍼 문'이라고 하던데 저녁 7시 반 경에 뜬다고 합니다. 오늘 놓치면 14년을 기다려야 한다니 먹은 나이도 있고 해서 괜한 조바심에 저녁을 기다립니다. 이런 현상을 알려주는 과학자들께 감사와 존경을 표합니다. 그런데 돈은 좀 되는 건가요?

석유 이야기 1

2023.9.8.

이라크 바그다드 북부의 어느 도시에 바바 구르구르(Baba Gurgur)라는 지역이 있는데 이곳에는 땅에서 불길이 솟아오르고 있답니다. 4천 년 정도 됐다고 하는데 구약성서에도 나온다고 하네요. 이곳은 1927년에 유전으로 판명되었고 지금도 전 세계에서 손꼽히는 대형 유전이라고 합니다.*

이 지역도 처음에는 영국, 프랑스 등 열강의 지배로 자원배분이 이루어지고 있었답니다. 그러나 당시 석유는 수요가 그리 많지 않았다네요. 본격적인 산업화 이전이고 공장도, 선박도 석탄으로 움직일 때였으니까요. 그런데 제2차 세계대전이 끝나면서 석유수요가 치솟고 — 일본의 수요는 그전보다 100배가 되었답니다 — 원유를 생산하는 나라들이 물정을 파악하기 시작했는데 여전히 서구의 과점기업들이 유가를 통제하면서 산유국들을 따돌렸군요.

드디어 1960년 9월에 사우디아라비아, 베네수엘라, 이란, 이라크, 쿠웨이트 등 몇 개 산유국이 모임을 만들겠다고 선언했습니다. OPEC이라는 막강한 카르텔이 탄생하는 순간이었습니다. 물론 창설 당시의 슬

---

* The World For Sale(Javier Blas & Jack Farchy, 2021), p284.

로건은 '석유 가격과 공급의 안정화'였고, 나중에 인도네시아, 가봉 등까지 가입해서 지금은 회원국이 13개국이네요.

OPEC은 유가를 쥐고 흔들며 이후 1973년, 1978년 두 차례에 걸쳐 '석유파동'이라는 사태를 통해 국제경제에 찬물을 끼얹었고, 이 기간에 석윳값이 10배 정도 뛰었다고 합니다.

우선 1973년 아랍-이스라엘 전쟁 시에 OPEC은 미국을 비롯한 네덜란드, 포르투갈, 남아공 등을 대상으로 석유수출을 금지해서 심각한 경제적 타격을 주었습니다. 미국은 한동안 고속도로 최고속도를 55마일(약 90km)로 제한하는 등 고육지책을 운영했고, 나중엔 결국 이스라엘이 시나이반도와 골란고원에서 철수하도록 설득했습니다.

다행히 두 번째 석유파동 이후에 석유수입국들이 원자력 등 에너지원의 다변화와 러시아, 멕시코 등 산유국거래처의 다변화를 백방으로 서둘러 OPEC의 기세를 다소 누그러뜨렸습니다.

석유는 산유국 내부적으로도 갈등을 초래합니다. 이란과의 전쟁 이후 수십조 원의 빚을 감당하지 못하게 된 이라크가 생산량을 줄여서 가격을 좀 높이자고 주장했습니다. 하지만 이를 귓등으로 흘려버린 쿠웨이트가 계속 석유를 퍼 나르자 결국 1990년 8월 2일 사담 후세인의 최정예부대가 국경을 넘어 이틀 만에 쿠웨이트를 점령했습니다.* 결과는 아시지요? 석유 얘기는 한 번 더 해야겠네요.

---

* The World For Sale(Javier Blas & Jack Farchy, 2021), p100~101.

지진 2023.9.13.

지난주 토요일 신○택의 산티아고 순례길 답사기를 성황리에 전해 들었습니다. ○택이가 순례길보다 더 힘들었을 법한 자료를 작성했고, 참석한 친구들은 당장 내일 떠나도 될 듯 순례를 준비할 수 있는 시간이었습니다. 참석하지 못한 친구들은 네이버 블로그 〈신○택의 서재〉* 에서 ○택이가 작성한 값진 자료를 열람할 수 있습니다.

은행에서 일할 때 어느 외국인이 창구에 나타나 무슨 업무를 요청하면서 자기소개를 이렇게 했습니다. "저는 모로코라는 나라에서 왔습니다. 아프리카의 유일한 백인국가지요." 당시 모로코라는 국가는 알고 있었지만 그게 중동인지 아프리카인지 잘 몰랐고 더구나 그 나라가 백인국가인지 흑인국가인지는 더욱 개념 밖이었습니다. 그런데 엊그제 지진으로 모로코에 너무 큰 피해가 발생해서 저도 속이 상했는데, 뉴스 화면에 나오는 사람들이 백인들이어서 20년 전 외국인고객의 독특한 자기소개가 상기되었습니다.

알고 보니 모로코가 지진대에 포함된 나라군요. 비교적 최근인 1966년에 무려 12,000명, 2004년에 630명이 지진으로 희생됐다고 하네요.

---

* https://blog.naver.com/nicholashyuntagshin

그냥 궁금해서 최악의 지진이 어떤 것이었나 검색해봤더니 1556년 중국 산시성 지진으로 83만 명의 사망자가 발생했다고 합니다. 천안이나 전주의 인구가 65만 정도 된다니 그 규모가 가히 짐작됩니다.

리비아는 일 년 강수량의 3분의 2가 하루 만에 쏟아져 수천 명이 사망했다고 합니다. 동아건설에 다니던 중학교 동창이 대수로 공사에 파견돼서 일하고 있었는데 카다피가 순시를 오면 그의 말 옆에 바짝 붙어 뛰어가며 현장을 설명했다고 합니다. 그 친구의 말로는 카다피의 포스가 장난이 아니었답니다. 당시 리비아는 교육이나 의료는 전액 국가 지원이었고 빵은 무료로 주기 뭐하니까 머리통만 한 빵 하나에 10원 뭐 이렇게 했다네요. 그래서 사람들이 빵을 먹기도 하지만 트럭에 올라타고 누워서 베개로 쓰더라는 얘기도 해주었습니다. 그런데 지금은 소득도 당시만 못한 것 같던데 내전상태에 재해까지 가세해서 사람들이 불쌍해 보이는군요. 저 대수로는 물 끌어당기는 수로지 내보내는 수로는 아니었나 봅니다.*

서울에도 비가 오는군요. 우리 비는 더위를 보내고 가을을 불러줄 아주 곱상하게 생긴 물방울입니다. ○택이 블로그에 다시 접속해서 우산 쓰고 걷는 산티아고가 되어봅니다.

* 2014년에서 2020년까지 내전이 지속되었다고 하는데 2024.8.1. 구글 검색결과 미 국무성 영사국에서 여행하지 말라는 등급으로 표시해 놨네요. 범죄, 테러, 소요, 납치 등이 횡행한다고 합니다.

석유 이야기 2

2023.9.18.

석유는 산업화 이후 '검은 황금'이라고 불리면서 국제경제를 오일 탱크에 얹어 놓고 다녔습니다. 유가가 안정적일 때에는 탱크가 초호화 크루즈가 됐고 유가를 흔들어대면 풍랑에 놓인 조각배가 되었습니다.

OPEC 밖에서도 석유는 무기입니다. 2014년 3월 푸틴이 우크라이나 영토였던 크림반도 병합에 서명했을 때 서방은 대러시아 경제제재의 일환으로 국영 석유회사에 대한 거래를 제한했습니다. 이 조치로 푸틴의 정치생명까지 위기에 처했지만, 어찌어찌 이 위기를 넘겼다고 합니다. (자세히 설명하자면 원자재 브로커 얘기까지 해야 하니 오늘은 생략합니다.)

석유는 플랑크톤, 박테리아 같은 유기물이 일부 식물과 바다 밑에 쌓여서 수백만 년이 흐르는 동안 열과 압력에 탄화수소로 변한 것이라는데 지금까지 밝혀낸 매장량으로는 베네수엘라가 가장 많이 갖고 있다고 합니다. (이 나라가 왜 요즘 '망한 나라'가 됐는지 모르겠네요.)

원유를 정제하면 가솔린 약 45%, 디젤 약 29% 그리고 플라스틱, 아스팔트, 윤활유, 심지어 화장품 원료까지 나오고, 무려 3천 종 이상의 제품이 석유를 이용해 만들어진답니다. 그러니 식용을 제외한 거의 모든 상품에 '석유 칠'을 해 놨다고 생각해도 무리는 아닐 겁니다.

그런데 석유가 앞으로 25년 정도면 바닥난다고 합니다. 어쩌면 유전이 계속 발견되고 있으니 좀 더 쓸 수도 있겠네요. 각 국가와 기업에서는 석유 고갈을 대비해서 대체에너지를 개발하고 있지만 이미 우리가 아는 원자력, 태양열, 풍력, 수력 등이군요. 원자력이 효율적이지만 핵연료 처리 때문에 각국의 태도가 엇갈리고 있습니다. 전기생산의 거의 70%를 원자력에 의존하는 프랑스는 옹호하는 반면, 미국이나 독일은 억제하고 있습니다. 우리나라는 왔다 갔다 하고 있지요? 얼마 전부터 빌 게이츠 등 사업가들이 클린 원자력 개발을 위해 노력한다는데 기대해 봅니다.

그런데 석유가 고갈되면 산유국의 전성기도 끝나는 걸까요? 아니요. 산유국들은 이미 석유를 팔아 축적된 자본을 세계 각국에 뿌려 놨다고 합니다. 굳이 비유하자면 건물주가 된 이들이 월세 받아서 자식들도 잘 살 수 있는 자산을 형성해 놓았답니다. 부러워라.

최근 다시 주유소 가기가 겁나는군요. 전기자동차가 늘어도 산유국이 밸브를 조절하면서 가격을 농단하는데, 재래식(?) 자동차 소유주의 소박한 기름 타령이 절박한 나라 경제를 예감하는 건가요? 일요일 벌초 갔다가 예초기에서 뿜어대는 석유 냄새 맡고 돌아와 석유 얘기 2탄 적어봤습니다.

노란 버스

2023.9.20.

정부가 또 사고를 쳤네요. 법제처가 초등학교 체험학습에 노란 버스를 이용해야 한다고 하니 노란버스'만' 이용해야 하는 것으로 이해한 건지 경찰이 "노란 버스 아니면 단속하겠다"고 합니다. 멋모르고 일반 관광버스를 예약했던 학교는 달리 대책이 없어 부랴부랴 예약을 취소하고, 관광버스 업계는 단체로 수백억 매출이 사라지고, 위약금은 학교에서 교사들에게 분담시키고, 기대하던 어린이들은 좌절하고…. 이건 또 무슨 뜬금없는 '색깔론'인가요?

언론에서는 탁상행정의 표본이라고 비판하지만 정말 무능하고 소신 없는 저런 인간들이 국민의 세금을 월급으로 받으면서 '공무를 집행'한다는 것이 가시지 않는 더위에 짜증을 무더기로 얹어 놓는 꼴입니다.

처음 제주교육청에서 법제처에 유권해석을 요청했다는데, 굳이 해석해달라 하는 교육청 놈들도 소신 없고, 해석하는 법제처 놈들도 경직된 고목나무 같은 놈들이고, 단속하겠다는 경찰청 놈들도 정말 융통성 없는 그야말로 보신주의 철밥통들입니다.

이게 공무원들도 잘못된 것인지 뻔히 압니다. 빡센 시험 봐서 얻은 자리인데 그 사람들이 머리가 나쁠 리는 없습니다. 하지만 만약에 무시하고 진행하다가 혹여 사고라도 나면? 만약에 내가 괜찮다고 해석해 줬다가 혹여 사고라도 나면? 만약에 내가 단속하지 않고 내버려 뒀다가 혹여 사고라도 나면? 이런 머리가 작용한 겁니다. 그러니 내가 안전한 쪽으로 해석하고 운영하는 거지요.

봄가을 어린이 나들이에 5만 대 정도의 관광버스가 필요한데 노란버스는 겨우 몇천 대밖에 없다 하니 체험학습은 이제 물 건너간 거라고 봐야겠네요.

언론에서 일제히 두들겨 패 대니 규정을 고쳐서 갈 수 있게 하겠다고는 하는데, 아니 "노란 색깔 아니라도 버스 외부에 노란 현수막이나 시트지 붙이면 됩니다." 뭐 이런 해석은 하면 안 되나요?

아이들 발은 묶어 놓고 어른들만 늴리리야 여행 다니는 모습이 참 얄밉습니다.

그런데 '체험학습'이라는 것이 사실은 '소풍' 아닌가요? '학습'을 달고 다녀야 누가 시비 걸지 않는다는 생각인지 아니면 좀 더 교육적인 표현이라는 판단인지. 어린이들에게도 부담스러운 명칭일 것 같고요. '소풍'이라는 자연스럽고 낭만적인 말 두고 이렇게 퇴행적 개명을 단행한 교육 당국도 뭔가 미흡한 집단입니다. 관청 등에서 쓰는 말을 바꿀 때는 국립국어원 허락받도록 했으면 좋겠습니다.

늦더위 잦은 비에 건강 조심하세요!

내 아이는 왕의 DNA를 가졌다 2023.9.27.

교육계의 소용돌이에 관심이 끌리는군요. 방학도 있고 연금도 후해서 인기 있는 직업으로 알고 있던 교직인데 갑자기 몇몇 교사가 스스로 목숨을 끊으면서 도대체 학교 내 상황이 어떻길래 이런 일이 발생하는지 당혹스럽기도 하고 궁금하기도 합니다.

우선 학생 인권과 교권의 대립이라는 전제하에 '학생인권조례'라는 것을 검색해봤습니다. '때리지 마라, 용모에 간섭하지 마라, 야간자율학습이나 보충수업을 강요하지 마라, 휴대폰을 뺏지 마라, 소지품 검사를 하지 마라' 등 정말 학생에게 '요긴한' 내용으로 구성돼 있네요. 많은 지자체에서 이를 수용하고, 비록 조례지만 학교가 지키지 않으면 징계를 당하는 비교적 강력한 규범이라고 합니다.

그런데 저 규정만 봐서는 지키기 어려워 목숨을 끊을 정도로 엄정하고 가혹한 규범으로 보이진 않습니다. 알고 보니 정작 문제는 학생도, 규범도 아닌 학부모에서 비롯되는군요.

"내 아이는 왕의 DNA를 가졌다"는 교육부 공무원에서부터 "아이가 수업 중에 다쳤으니 피해를 보상하라"고 하며 교사에게 400만 원을 '삥뜯은' 농협은행 직원도 있네요. 말 안 듣는 아이 청소시켰다고 민원에

이의신청에, 급기야 소송으로 대법원까지 끌고 올라간 학부모도 있습니다. (결국 졌습니다.)

우리 학교 다닐 때만 해도 선생님께 얻어맞는 일이 그냥 일상이었고, 맞다가 대걸레가 부러져도 '학생 인권' 이런 건 없었는데, 어느 날부터인가 '군사부일체'라는 유구했던 패러다임이 일거에 쓰레기통에 처박혔군요. 이제는 선생과 학생이 역전된 채로 교권이 학생 인권에게 탈탈 털리는 모습입니다.

누군가 "선생 표는 1장이고, 학생(학부모) 표는 30장이다"라고 하여 학생조례가 교권을 압도하는 이유를 정치적으로 설명했네요. 그래서 결국 초등교사는 부모한테 맞고, 중등교사는 학생한테 맞고…. 그렇게 교육현장에서 비교육적 하극상이 벌어지고 있군요.

아무리 내 새끼가 귀하고 소중하다 한들 교사의 목숨을 받아 낼 정도로 진상질을 한다는 것이 대한민국의 국격을 규정해 주는 사건 아닌가요? 이제 교육도 스승도 모두 사라졌으니 학교도 앞머리에 '주식회사'를 붙이고 본격적으로 돈이나 버는 지식산업에 나서야 맞는 건가요?

추석 연휴 잘 지내시고, 맛있는 거 많이 드시고, 부모님 살아 계신 친구들은 효도하시기 바랍니다. 총무는 명절 쇠고 송년회 계획 만들어 오겠습니다.

최○황 칼럼

2023.10.4.

추석 명절 잘 쇠셨나요? 계절이 바뀔 때 노인들이 많이 돌아가시는군요. 뭐 굳이 의학적인 근거를 대지 않더라도 이해가 갑니다. 부모님 계신 친구들 혼정신성하시기 바랍니다.

명절 전 친구들에게 문자를 보냈더니 한국경영자총협회 정책본부장을 지낸 우리 친구 최○황이 답신을 보냈습니다. 며칠 전 〈논객닷컴〉이라는 미디어에 기고한 칼럼인데 작금의 현실을 비판하며 나라를 걱정하는 시니어의 쓴소리가 크게 들립니다. 그 내용을 간추려 소개합니다.

> 한국은 교육을 기반으로 선진국이 되었다. 그러나 지금은 교육에 대해 형성된 지나친 욕구가 나라를 어렵게 하고 있다. 자녀들이 귀하게 자라 허영심과 베짱이 마음가짐을 갖게 된 것이 문제다. 결혼은 집 장만 등을 이유로 기피하고, 육아는 교육비 등의 이유로 회피하는 데 실제로 이와 같은 문제가 장해가 되는 것이 아니라 그저 젊은 시절을 즐기기 위한 것으로 보인다. 어느 나라가 집 장만부터 하고 결혼하는가? 또 교육비는 출산 후 10년도 더 지나서 할 걱정인데 말이다.
>
> 과도한 남녀평등의 추구는 사회를 이상한 구조로 바꿔버렸다. 초등학교 교사는 남녀 성비가 1:20 정도 되며, 심지어 경찰과 군대도 여성의 진출이 늘었다. 남성의 군 가산점 등을 폐지하여 역차별을 초래한 결과이거나 물리적 위력이 필요한 직업도 단지 월급이 제때 나오는 공무원

으로만 인식되고 취급된 결과일 것이다. 학생에게 매 맞는 교사가 많아진 것은 성비 불균형이 초래한 것일 수도 있다.
이제 경찰이나 군인이 누군가에게 얻어맞을 수도 있다. 지나친 남녀평등의 추구와 그 결과물이 나라의 미래를 어둡게 하는 이유가 되고 있다.

다소 예민한 사안일 수도 있지만 기탄없는 의견에 박수를 보냅니다. 시간을 내서 전문을 읽어보시길 권합니다. 〈논객닷컴〉에서 2023년 9월 11일 자 '최○황칼럼'을 검색하면 됩니다.

친구들도 나누고 싶은 의견이나 사건 등 알려주시면 언제든 공유하겠습니다.

하마스, 이스라엘 2023.10.7.

중동지역 문제는 총무가 감당하기에 너무 어려운 주제입니다만 사안이 막중하다는 핑계로 몇 줄 적어보겠습니다.

예루살렘은 기독교가 부흥하면서 유럽인들의 성지가 되었습니다. 그러나 어느 날 이슬람 세력이 그 순례를 방해하면서 성지순례는 목숨을 걸어야 하는 일이 되었습니다. 두고 볼 수 없었던 기독교 세력은 십자군을 결성해서 성스런 땅을 되찾고자 11세기 말부터 거의 200년을 투쟁했습니다. 그러나 성공하지 못했습니다.

수백 년이 지난 18세기 말에 나폴레옹이 이집트를 정복하면서 다시 관심의 대상이 된 팔레스타인 지역은 이제 과학자들이 성경의 근거를 찾으러 방문합니다. 이는 1830년대가 절정이었다고 합니다. 사실 1700년대만 해도 데카르트나 스피노자 같은 이성주의의 발현에도 불구하고 종교적 믿음과 과학적 탐구는 공존했다고 합니다. 그러나 과학이 화석을 근거로 지구의 나이가 수천 년이 아닌 수십억 년인 것을 알아내고 노아의 방주를 설명할 수 없게 되자 이제 종교와 과학은 '빠이빠이'를 하고 각자의 길을 가게 됐다고 합니다.*

* The Zealous Intruders(Naomi Shepherd, 1987), p77.

이후 팔레스타인은 이집트의 지배와 오스만제국의 통치 등 굴곡진 역사 속에서 과학이 떠난 자리에 종교만 남아 기독교, 유대교, 이슬람교 등이 엎치락뒤치락한 채로, 이루 말할 수 없는 갈등과 대결을 일상화하며 현대사의 문턱을 넘었습니다.

그런데 19세기 말 유대 국가를 세우겠다는 시오니즘의 태동을 배경으로 영국의 지지와 미국의 도움을 받아 결국 1948년 이스라엘이라는 나라를 건국합니다. 그 뒤에는 사원 내부의 자리다툼 정도가 아닌 '전쟁'이 일상화되는군요.

최근 다시 발생한 전쟁이 신문과 방송을 장악하고 있네요. 젖과 꿀이 흐르던 땅에 피와 눈물이 흐르고 있습니다. 그런데 그 규모가 예전 같지 않아서 많은 사람이 걱정하고 있군요. 과거 어느 영화에서 비행기를 납치한 이슬람 테러범이 그를 비판하며 설득하는 서양인에게 묻는 장면이 있었습니다. "신의 이름으로 사람을 더 많이 죽인 게 과연 어느 종교일까?"

총무가 일하는 동네인 강서구에 구청장 한 명 새로 뽑는다고 온 나라가 떠들썩했습니다. 종교로 나뉘고 사상으로 나뉘고 신념으로 나뉜 이 세상에서 지방선거라는 하나의 이벤트가 '대결'처럼 보였을까 걱정스럽습니다.*

---

* 집권당 소속의 전 구청장이 당선무효에 해당하는 형을 선고받아 보궐선거가 이루어졌는데, 집권당에서는 다시 같은 사람을 공천해서 법원의 심판을 국민의 심판으로 극복하려 했습니다. 그러나 뜻을 이루지 못하고 야당후보에게 자리를 내주고 말았습니다. 결과적으로 구청장 자리 하나 빼앗긴 것이 아니라, 정치적인 타격이 큰 셈이 되었습니다.

메이드 인 차이나

2023.10.23.

사과대추를 먹다가 생각나서 몇 줄 써봅니다. 은퇴 후에 두어 차례 중국에 다녀왔는데 그곳에서 겪은 식품에 대한 '주관적' 경험입니다.

우선 산둥반도의 청도에 있는 농수산물시장에 갔다가 사과대추가 있길래 한 봉지를 사서 먹었습니다. 그런데 깜짝 놀랐습니다. 지금까지 먹어본 사과대추 중에 가장 맛있는 상품이었습니다. 우리나라는 충청북도 보은이 사과대추 산지인데, 물론 우리나라 사과대추도 정말 맛있습니다. 하지만 중국산이 더 맛있더군요.

또 한 번은 옌타이의 어느 골프장이었습니다. 특이하게 살구나무가 많이 심겨 있고 마침 아주머니들이 커다란 소쿠리를 갖고 살구를 수확하고 있었습니다. 호기심에 땅에 떨어진 살구를 하나 집어 들었는데, 아주머니들이 손사래를 치며 뭐라고 하는 것이었습니다. 혼나는 줄 알고 긴장해서 쳐다보니 "왜 땅에 떨어진 걸 먹어, 여기 소쿠리에 많잖아. 이걸 먹어요" 하는 제스처였습니다. '아이고, 중국 인심이 좋구나!' 하고 감사하며 몇 개를 집어 카트를 탔습니다. 그리고 그 살구를 입에 무는 순간, "세상에, 살구가 이런 맛이었네!" 하고 감탄사가 절로 나왔습니다. 지금까지 먹어본 살구 중에 가장 맛있는 살구였습니다. 아니 제가 국내에서 그렇게 과일 복이 없었나요? 아니면 중국산이 저급하다는 선입관이 그 효용을 극대화 시켰나요?

청도에서 귀국하는 날 시장에 들렀더니 참기름을 현장에서 짜서 팔고 있었습니다. "이거 통관이 되느냐?"고 물으니 "생참깨가 아니고 가공한 것이라 괜찮다"고 해서 한 통을 샀습니다. 재래시장인지라 플라스틱 통에 담아서 비닐봉지로 몇 겹을 싸고 또 싸서 투박하지만 견고하게 포장해 주시더군요. 집에 와서 짐을 풀고 참기름은 잠시 잊어버리고 있었는데 저녁에 아내가 말합니다. "오, 이거 참기름 최상급인데?"

중국산 3천 원, 국산 1만 원인데, "그래, 참기름을 수입해야겠다" 하고 잠시 이것저것 찾아봤더니… 관세가 7천 원이었습니다.

과거 중국의 어느 수출업자가 한 말이 생각납니다. "한국에서 값싼 상품을 원하니까 거기 맞춰 주는 거지요. 고급도 원하면 얼마든지 있습니다."

아직도 'Made in China'라고 하면 어쩐지 좀 B급 상품이라는 생각을 하게 되나요? 지금까지의 우리 수입과 소비구조가 그렇긴 합니다만, 하지만 중국산이 B급인 게 아니라 그냥 B급을 들여온 것 아닌가요?

황색언론 2023.11.3.

전 국가대표 펜싱선수가 자칭 트랜스젠더에게 사기당한 것이 유럽이나 중동에 전쟁 난 것과 비슷한 비중으로 기사화되어 언론을 도배하는군요. 개인적으로 하나도 궁금하지 않은 일을 신문과 TV와 인터넷에서 끈질기게 마주쳐야 하니 차츰 짜증이 나기도 합니다.

이런 걸 황색언론이라고 하던데, 자극적이고 선정적인 내용을 뉴스로 해서 어떻게든 시청자나 구독자의 관심을 끌어야 한다는 생각이군요. 무엇이 소식이 되고 무엇이 정보가 될 것인가 하는 순수한 고민보다는 누구의 소식을 어떻게 포장해야 사람들이 더 귀를 기울일까 하는 탐욕스런 자세로 뉴스를 생산하는 것 같습니다. 급기야 몇 년 전부터는 너나 할 것 없이 '한 건 터뜨리고 말겠다'는 거의 사행심에 가까워지는 호기심마케팅이 언론을 지배하는 것 같습니다.

2022년 마약사범이 1만8천여 명이었다고 하는데, 유독 연예인이 그 숫자에 포함되면 며칠 동안 온갖 매체에 재탕 삼탕으로 등장하고 겨우 "조사에 성실히 응하겠습니다"라는 한 마디가 무슨 뉴스라고 마이크에 카메라에 아주 야단법석을 떠는 모습이 정말 흉물스럽습니다.

황색언론이라는 말이 1900년경에 등장했다고 하니 어제오늘의 일은 아닌 것 같은데 뉴스자막이 신문 가판대에서 인터넷 사이트로 자리를 옮겨 올라간 후부터는 '황색'이 아주 '샛노랑'으로 바뀌어서 클릭 쟁탈전이 매우 심해졌네요.

이미 1941년에 모트(Mott)라는 사람이 다음과 같은 특성으로 황색언론을 정리했다고 합니다.

1. 별것 아닌 뉴스를 '겁나게' 커다랗게 활자화함.
2. 그림이나 사진으로 도배함.
3. 소위 전문가라는 사람의 명의를 도용해서 가짜뉴스를 생산함.
4. 주말판 신문에 화려한 컬러사진과 만화를 곁들임.
5. 사회적 약자에 대한 상식 이상의 극적인 동정심을 유발함.

최근 어느 서울대 교수님이 〈예능 국가 돼 버린 대한민국〉이라는 글을 쓰면서 "모니터 지배자가 세상을 지배"한다고 하셨네요.* 국민이 예능에 심취해 버리니 뉴스도 예능화해야 먹고살 수 있다는 말씀으로 들었습니다. 예능이 먹여 살리는 나라. 정치인도 예능인이 돼야 하고 지식인도 예능인이 돼야 하는 나라.

그런데 두어 가지 궁금해지네요. 이런 시대정신이 정말 잘못된 것인지, 만약 잘못된 것이라면 언론이 스스로 색깔을 바꿔야 하는지 아니면 마우스를 쥔 소비자가 정신을 차려야 하는지.

* 신동아 2023.11.2. 이근 서울대국제대학원 교수

정부24

2023.11.9.

〈정부24〉라고 하는 인터넷 민원사이트가 있습니다. 이곳에서 주민등록등본을 비롯한 토지대장, 건축물대장 등 각종 민원서류를 온라인으로 발급받을 수 있습니다. 대부분 수수료도 없습니다. 정말 편해진 세상이라는 것을 느낍니다. 잘 모르긴 하지만 우리나라 말고 또 어느 나라에서 이렇게 편하게 민원서류를 발급받을 수 있을까 하는 생각입니다. 저도 일하면서 토지대장, 건축물대장 등 각종 공부를 열람하는 경우가 많은데 아무 생각 없이 서류를 출력하다가도 "역시 인터넷 강국이야"하고 은근 자부심을 느끼게 됩니다.

이십여 년 전의 일입니다. 러시아워가 지나도 도로의 교통 정체가 풀리질 않자 당국에서 궁금한 나머지 지나가는 차를 세워서 "어디 가느냐?"라고 물어봤답니다. 그런데 대답한 운전자 중 다수가 "동사무소(구청) 갑니다"라고 했다는군요. 그래서 정부에서는 당시 금융결제원을 통해서 가장 방대한 전산네트워크를 갖고 있던 은행들이 행정 전산망과 연계해서 민원서류 발급을 처리해 주면 교통체증 해소에 도움이 되겠다는 생각을 했습니다. 실제로 '민원 EDI'라는 명칭으로 추진하려고 했는데 은행(은행 노조)이 반발했습니다. 가뜩이나 밀리는 창구에서 민원서류까지 발급해 주라니 직원들 업무가중과 본연의 업무인 금융서비스 질 저하가 예상된다는 주장이었습니다. 결국 추진 계획은 무산되고 도로는 계속 붐볐습니다.

그러던 어느 날, 민원서류 발급창구가 인터넷에 등장했습니다. 중앙행정기관, 지방자치단체, 교육청, 공공기관 등에서 취급하는 무려 1만3천여 건의 민원업무를 온라인화해 버린 것입니다. 사용자도 갈수록 늘어서 지난 10월에는 3천3백만 명 이상이 접속했답니다. 인터넷 등기소, 건강보험공단 등 사이트를 빼놓고도 이 정도라는군요.

'민원 EDI'가 정상적으로 진행됐다면 아마 시티폰* 꼴이 나지 않았을까 하는 생각이군요. 기술과 기회가 우후죽순 같은 이 시대에 '안목'이 필요하다는 새삼스러운 가르침입니다.

그런데 요즘도 때를 가리지 않고 도로가 붐빕니다. 올림픽대로는 출근 시간보다 점심시간에 더 차량이 많은 것 같고요. 그렇다면 이 시기에 한 번 더 지나가는 차를 세워서 어디 가느냐고 물어봐야 하는 것 아닌가요?

---

* 중계기가 있는 공중전화 박스 옆에서 전화를 거는 것만 가능했던 휴대전화기. 삐삐 이후에 출시되었으나 이후 휴대폰의 탄생으로 금세 사라짐.

소변 대신 방사능? 2023.11.17.

얼마 전에 중국 청도에 있는 칭다오 맥주 공장에서 누군가 맥주 원료에 소변을 봤다고 하는 충격적인 뉴스가 있었습니다. 오늘 보니 그 일 때문에 중국 맥주 수입이 40% 줄어들었다고 하네요. 최근에 중국산이 결코 B급이 아니라는 글을 썼는데, 이제 중국 사람이 B급이 아니라고 어떻게 엄호해 줘야 할지 좀 당황스럽군요.

과거 중국인 왕중추라는 사람이 쓴《디테일의 힘》이라는 책을 읽었는데, 그 안에 재미있는 내용이 다시 생각나 기억나는 대로 옮겨보겠습니다.

중국에 한참 산업화가 진행될 때 어느 미국 기업이 중국에 투자를 추진하면서 중국 공장을 방문하게 되었답니다. 그런데 마침 점심시간이라 식당에 들러 직원들이 식사하는 모습을 먼저 보게 되었는데, 미국 기업인이 깜짝 놀라서 이렇게 얘기했답니다. "아니, 이런 밥을 주고 어떻게 일을 시킵니까?"

점심시간이 끝나고 생산현장을 살피러 갔는데, 일하는 모습을 본 미국 사람이 다시 놀라서 말했답니다. "아니, 이렇게 일을 하는데 밥을 줍니까?"

저 일화가 이삼십 년 전 일이었던 것 같은데 아직도 저렇게 '깽판'을 치는 사람이 있으니 이걸 어떻게 받아들여야 할지 모르겠습니다. 한 2년 전에는 김치 공장에서 알몸으로 일하는 사람 사진이 돌아다녀서 놀랐는데, "세월이 지나도 저 되놈들 하는 짓이라는 게 변하질 않는군" 하며 탓해야 하나요? 아니면 "세상 어디 가나 상상을 초월하는 행위를 하는 사람은 있는 거야"라고 무마해야 하나요?

그런데 칭다오 맥주가 줄어들고 대신 일본산 맥주 수입이 300%나 늘었다고 하는데 이건 또 어찌 된 일인가요? 지난 2011년 일본에 지진이 발생해서 후쿠시마 원전이 파괴되고 그 방사능 후폭풍이 국내에서 일본 맥주를 멸종시키다시피 했는데 이제 안전해진 건가요? 아니면 위험이란 것은 인간의 뇌 속에 있는 것이지, 음료수 안에 있는 것은 아니라는 건가요?

굳이 수입 맥주 찾지 말고 당분간 국산품 애용하면 어떨까요? 오줌 대신 방사능을 선택하는 건 A급 소비자가 되는 길은 아니라는 생각입니다.

사람의 자식 2

2023.11.21.

얼마 전 문자에 강아지 압류당한 얘기를 해드렸는데요. 전체적인 내용이 '반려동물이 제대로 대우받지 못하고 있다'는 것이었습니다. 강아지가 '가축'에서 '애완동물'을 거쳐 '반려동물'로 그 사회적 지위가 인간과 같아졌음에도 법적 지위는 '물건'이라니, 이게 온당한가 하는 의문이 듭니다.

그런데 국회의원들이 마냥 놀고 있지만은 않았습니다. 1991년에 '동물보호법'이 제정되어 지금까지 20여 차례 개정해 오며 '동물'을 보호하는 근거가 되기 위해 노력하고 있습니다. 법은 '죽이지 말고, 학대하지 말고, 유기하지 말고' 등에서부터 '보호센터, 윤리위원회' 등 조직까지 매우 체계적으로 구성해 놓았습니다. 하지만 '반려동물을 압류해서는 안 된다'는 명시적인 내용은 없군요. 이게 입법상의 허점인지, 또는 민법의 원칙에 거스르지 않으려고 일부러 넣지 않은 것인지, 아니면 '압류'가 '학대'에 포함되는 것으로 보는 건지 저는 모르겠습니다.

강아지 입장에서 본다면 다음과 같지 않을까요? "아니, 초원에서 잘 놀고 있는 우리를 잡아다가 같이 살자고 해서 할 수 없이 밤잠 안 자며 집도 지키고 양도 지키고 아주 충성스럽게 일하고, 한 번도 속인 적이 없으며, 주는 밥 먹으면서 달다 쓰다는 둘째 치고, 더 달라고 떼를 쓴 적이 있나 안 준다고 삐지는 적이 있나, 초저녁이든 꼭두새벽이든 들어오면 꼬리 치며 열렬히 환영해줬지, 게다가 끌어안고 뽀뽀하고 별 스킨십을 다해도 바이러스 하나 옮긴 적이 없는데… 왜 우리가 아직도 '압류 대상'이냐고요?"

그런데 기르다 말고 내버리는 반려동물이 1년에 10만 마리가 넘는다는데 이건 정말 주인이 '물건' 취급하는 것이니 압류하지 말라는 말이 오히려 뻔뻔스러워 보입니다.

하지만 요즘 동물병원을 보면 동물이 사람 대우를 받는 것 같네요. 최신 의료기기로 정성을 다해 치료하고 앞으로는 동물병원도 내과, 외과, 산과, 소아과 등 분야별로 전문화될 것이라고 합니다. 한방동물병원도 이미 운영되고 있는 것으로 알고 있는데 멀지 않은 장래에 구급차, 응급실 같은 시설을 갖춘 대형병원도 나타나리라고 봅니다.*

최근 개 식용 논란이 다시 불거졌더군요. "아, 아직도 '보신탕'이 있구나" 하는 생각이 들었습니다. 어떤 녀석은 이미 가족이 되었는데 어떤 녀석은 아직 야만성의 표적인 상황을 그저 "견생의 스펙트럼은 넓군"하고 방관하기는 좀 그렇지요?

---

* ① 대학병원 진료순서 모니터 화면에 사람과 강아지 이름이 번갈아 올라올 날도 있을 것이라는 생각입니다.

② 2024년 9월 추석에는 드디어 대통령 부부가 강아지를 안고 국민에게 명절인사를 했습니다. 그랬더니 또 "왜 개만 예뻐하나요?" 뭐 이런 식으로 비판되기도 하는군요.

돈 복무

2023.11.29.

돌아가신 제 고향의 어느 어른은 6·25전쟁 때 처남을 대신해서 군대 가셨다고 합니다. 땅마지기나 갖고 있던 처가에서 큰아들이 징집되자 농사를 핑계 삼아 "가족들 먹는 것 걱정하지 않게 할 테니 자네가 좀 가 주게"라고 사위한테 부탁했다는 것이지요. 아마도 "내가 김○○이올시다"라고 징집된 사람 행세를 하면서 입대했을 겁니다. 주민등록이 있던 시절도 아니고 지문을 등록해 둔 것도 없으니 그렇다면 그런 줄 알았던 것이지요.

그런데 미국에서는 남북전쟁 때 북부군이 이런 것을 "양성화"했었다고 합니다. 돈 있는 사람은 다른 사람에게 300달러를 주고 자신을 대신해서 복무할 수 있게 했다는군요. 그 때문에 뉴욕에서는 시위가 발생하기도 하고 '300달러맨'이라는 신조어가 돈으로 군 면제를 사는 사람을 비아냥거리는 욕설로 사용되기도 했답니다. 그런데 그 '300달러맨' 중 한 사람인 J.P.모건이라는 금융재벌이 1863년에 담배에 소비한 돈이 같은 금액이었다니 부자들에게 큰돈은 아니었던 것 같습니다.*

최근에 인요한 국민의 힘 혁신위원장이 "BTS를 왜 군대에 보내냐?"

---

* Americana(Bhu Srinivasan, 2018), p148.

고 발언해서 세간의 관심을 끌었군요.* 깊은 뜻을 헤아리기 전에 우선 저하고 같은 생각이어서 반가웠습니다.

사실 병역면제는 법적으로는 평등권에 위배되는 발상이고, 정치적으로는 다수의 표를 잃을 수 있는 위험한 사안이며, 철학적으로는 "과연 올림픽 금메달리스트가 4식구 부양하는 가장보다 국가나 사회에 공헌한 것이냐?"라고 도전받을 수 있습니다.

그래서 경제적으로 접근해봤습니다. 돈(외화)을 엄청나게 버는 스타는 군 복무를 '돈 복무'로 대체해 주면 어떨까요? 손흥민 연봉이 160억이라던데. 연간 100억 정도만 받고 면제해 주면 매년 쪽방촌 사람들 1,000명 정도를 일반 서민이 먹고사는 만큼 도울 수 있지 않을까요? 국방비로 쓰자면 탱크 한 대 가능할 것 같은데…. BTS도 뒤지지 않을 겁니다. 우리 시골 농부가 사돈댁 서너 명 먹여 살린 것과는 차원이 다르지 않나요? 방위산업체 등 병역특례 제도를 감안하면 뭐 그리 대단한 발상도 아닙니다. 손흥민과 BTS는 지나갔지만 다른 스타가 진정한 자본주의의 아들이 될 수 있기를 바랍니다. 그런데 본인에게 선택하게 할 것인지, 아니면 '돈 복무' 명받으면 강제할 것인지, 고민해야겠네요. 하지만 군대 가면 오히려 욕먹을 것 같군요.**

---

* JTBC 방송과의 인터뷰, 2023.11.13.

** 2024년 9월에 다른 사람 행세를 하며 군에 입대했던 젊은이가 있어 큰 뉴스가 되었습니다. 주민등록증으로 막을 수 없었던 사고였나 봅니다. 그런데 혹시 이런 일이 완전범죄로 끝난 경우는 없었을까 하는 의문이 들었습니다. 예나 지금이나 돈 때문인 듯합니다.

마피아 1

2023.12.15.

조직폭력배 뉴스는 잊을 만하면 나오네요. 핑계 삼아 미국 마피아 얘기를 2편으로 친구들에게 전해보겠습니다.*

1920년 1월 어느 날 미국의 수정헌법이 적용되는 날인데 이때부터 주류 제조 및 판매가 금지되었습니다. 다만 마시는 것은 불법이 아니었습니다.

이후 포도즙, 공업용 알코올, 코카콜라의 판매량이 엄청나게 늘었다네요. 포도즙을 묵히면 발효주가 되고, 공업용 알코올은 밀주제조에 쓰였으며, 콜라는 아마 대체재로 쓰였던 것 같습니다.

이 와중에 술과 관련된 각종 불법이 자행되는데 그 중심지가 시카고의 씨세로라는 작은 마을이었습니다. 이곳에 존 토리오라고 뉴욕에서 온 깡패가 '권력'을 잡고 있었는데, 시카고 전역으로 힘을 키우려고 한참 분발하고 있었습니다. 이 자가 몇 년 전에 뉴욕에서 데려온 스무 살 청년이 있는데 그 이름이 '알 카포네'였습니다. 카포네는 가구 대리점을 하나 차려 놓고 장사하는 척하면서 바로 옆에 '아지트'를 두고 있었습

---

* Americana(Bhu Srinivasan, 2018), p316~319.

니다.

따로 디온 오배니언이라는 사람이 아일랜드 출신과 몇몇 유대인들을 규합해서 도시 북쪽의 밀주시장을 장악하고 있었고, 시칠리 출신의 제너 6형제는 이탈리아 사람들을 시켜서 불법 위스키를 만들고 있었습니다. 얼마 후에 토리오가 오배니언과 협업을 하기로 제휴했습니다.

하지만 곧 오배니언이 손을 떼겠다고 하며 자기 지분 50만 달러를 요구했고 토리오는 이를 받아들였습니다. 그런데 정산을 하고 며칠 지나지 않아 밀주 현장에 경찰이 들이닥쳤고 토리오는 현장에서 붙잡혔습니다. 토리오는 오배니언이 자신의 뒤통수를 쳤다는 것을 알았습니다. 토리오는 제너 6형제와 합의하고 오배니언을 제거할 계획을 세웠습니다.

1924년 늦은 가을 어느 날, 오배니언은 자신 소유의 꽃가게에서 피살됐습니다. 토리오는 오배니언 일당의 복수를 의식하고 세간의 이목을 피해 다녔지만 결국 몇 달 뒤에 피격됩니다. 다행히 부상이 크지 않았고, 토리오는 즉시 은퇴를 결심했습니다. 그리고 재판이 끝나면 얼마간 복역한 후에 이 도시를 떠나기로 결정했고 병상에서 알 카포네를 찾습니다. 자신의 변호사들을 불러 놓고 카포네와 몇 시간을 협의한 끝에 결국 이 스물다섯 청년에게 모든 것을 물려줍니다. 5월이 되자 제너 6형제 중 3명이 수 주 만에 피살되고 나머지 3명은 자취를 감춥니다.

마피아 2

2023.12.15.

1925년 말 카포네는 시카고 밀주시장의 1인자가 됩니다. 이후 카포네는 밀주시장을 마치 기업가가 경영하듯 꾸려 나갑니다. 다만 자신의 명의로 아무것도 소유하지 않았고 심지어 은행 계좌 하나, 집 한 채도 없었습니다. 그런데도 카포네는 사회 각 층에 기부를 해서 '현대판 로빈후드'라고 불리기도 했으며 그가 야구장에 나타나면 모든 관중이 박수로 환영했답니다.

그런데 1929년 2월 백주에 7명을 자동소총으로 살해하는 갱단의 혈투가 벌어지고 카포네가 그 배후로 지목되면서 정부는 그를 체포하기로 합니다. 하지만 아무런 증거도 확보할 수 없었고 결국 과세당국이 카포네의 회계원을 통해서 과거 7년 동안 겨우 1백만 달러의 소득을 파악하고 기소합니다. (1년에 1억 달러를 벌었다는 얘기도 있거든요.) 이후 카포네는 알카트라즈 감옥에서 7년을 살다가 석방되지만 50세를 채우지 못하고 사망합니다. (이미 감옥에서 치매 증상을 보이고 다른 재소자한테 얻어맞았다는 기록이 있군요.)

미국에서의 마피아는 한 두목을 정점으로 하는 시칠리와 다르게 '패밀리'로 구성되었으며 범죄조직을 '민주적'으로 운영했다고 합니다. 예를 들어 패밀리 간 분쟁은 9명으로 구성된 위원회에서 정리해 주고, 정교한 코드에 의해서 행동하며, 구성원은 반드시 부모 양쪽이 이탈리아 출신이어야 했답니다. 어느 조직원이라도 제거하려면 패밀리의 우두머리가 승인해야 하고, 우두머리를 없애려면 다른 우두머리들의 승인이 필요했다고 합니다. 이런 것들이 아메리칸 마피아의 기반이 되었으며 비록 범죄시장이기는 하지만 이성적인 카르텔의 독점범위를 정해 놓고 돈 한두 푼에 무모하게 충돌하는 일이 없도록 했다고 합니다.

금주입법은 예나 지금이나 그렇듯이 술로 속 썩는 여성들이 앞장섰고 이게 주당들의 반발을 물리친 것이라 합니다. 당시 미국은 술로 버는 세금이 규모가 커서 재정적으로는 금주할 수 없는 처지였지만 다행히(?) 소득세가 새로 도입돼서 이를 메워줬다고 합니다.

그런데 이 금주법이 어두운 사업을 키웠고 인물과 조직도 키웠습니다. 시카고뿐 아니라 뉴욕의 할렘이라는 곳도 어둡게 했군요. 명정사회를 물리치니 냉혈인들이 총을 차고 나타난 겁니다. 하지만 금주법이 거둬들여 졌어도 이런 폭력이 술과만 결탁하지는 않을 겁니다.

영화로 남은 카포네는 상업성이 덧씌워져 여전히 냉철한 카리스마를 유지하고 있지만 다시 나타나면 안 되겠지요? 그러게 법 지키고 술 덜 마십시다.

청첩 2023.12.26.

요즘 젊은이들이 결혼에 별로 관심이 없다고 하는데 정작 결혼하려는 커플들은 예식장을 구하지 못해서 1년씩 혼사를 미루고 있다고 합니다. 어느 모임에서 그런 얘기를 했더니 "그동안(코로나 시절) 문 닫은 예식장이 너무 많아서 그렇다"는 분석이 있네요. 그러나 "사실은 마음에 드는 예식장이 부족한 것이지 예식장이 없는 건 아니다"라는 분석이 마음에 드는군요.

과거 미국 어느 골프장의 클럽하우스에서 결혼식 하는 것을 본 적이 있는데, 멋진 야외행사가 가능한 장소라고 생각했습니다. 우리나라도 사례가 있는 것으로는 압니다만 일반적인 일은 아닌 것 같습니다. 체육시설이나 종교시설 같은 곳을 적극적으로 예식장으로 사용할 수 있도록 해서 마음만 먹으면 결혼할 수 있도록 젊은이들을 배려해야 할 것 같습니다. 결혼해야 아이 낳으니까요.*

그런데 결혼하려고 마음먹었고 맘에 드는 예식장도 구한 젊은이들이 있어 소개해 드립니다. 대신고 26회 동창 산악회장 김○수의 딸(○안)과 예비사위(김○태)입니다.

---

* 하지만 2024.11.17. 각 신문에는 요즘 20대 젊은이 5명 중 2명은 비혼 출산이 가능하다고 했다는 소식이 실려 있어 저를 좀 멋쩍게 했네요.

• 일시 : 2024년 1월 21일(일) 15:00
• 장소 : ○○회관 아트홀 1층 그랜드볼룸홀
• 김○수 전화번호 : 010-○○○○-○○○○

○수에게 축하전화 많이 하시고, 당일 많은 친구들이 참석해서 행복한 출발을 지켜봐 주시기 바랍니다.

밤비노의 저주 2023.12.29.

야구선수 이정후가 1,400억 원을 받고 미국 구단에 입단하게 됐다는 소식이 큰 뉴스가 되었군요. 박수 치며 축하합니다.

사실 미국, 일본 빼고 나면 한국과 쿠바 등 중남미 몇 개 국가, 대만 정도나 야구에 열심이지 그리 글로벌한 스포츠는 아닙니다. 야구를 폄하했던 어떤 사람은 "도둑질(도루)이 인정되고, 몰래 사인을 해 대며, 투수에게 너무 의존하는 것이 1급 스포츠는 아닌 것 같다"고 했습니다. 실제로 미국 내에서도 인기로는 미식축구와 농구 다음이라고 하네요. 그럼에도 불구하고 연봉규모로 볼 때 야구 시장은 엄청나군요.

미국에서 야구라 하면 우선 베이브 루스라는 미국 최초의 스포츠 영웅을 떠올리게 합니다. 1895년에 독일 이민자의 어려운 가정에서 태어난 루스는 워낙 거칠게 자라다가 불과 7살에 싸움질을 하고 소년원에 갔습니다. 무려 12년을 있었다고 합니다. 그런데 그게 결코 불행이 아니었던 것이 그곳에서 인생이 바뀌었군요. 소년원의 선생들이 빡세게 훈육하기도 했지만 야구도 가르쳤다고 하네요.

누구도 '천부적'임을 부정할 수 없었던 루스는 1914년에 마이너리그에 입단했는데, 피칭이 좋아서 계약이 됐다고 합니다. 실제로 그는 투수로서 통산 94승 46패에 1916년에는 아메리칸 리그 자책점 1위를 기록했다고 하네요. (오타니가 생각나는군요.)

같은 해에 보스턴 레드삭스로 팔려 가서 투타를 겸했는데 다음 해에 레드삭스는 월드시리즈 우승을 합니다. 그리고 1920년에 몸값이 뛰면서 뉴욕양키스로 갔습니다. 그런데 루스를 방출한 레드삭스는 2004년까지 세기가 바뀌도록 월드시리즈 우승을 하지 못했습니다. 이걸 '밤비노(루스의 애칭)의 저주'라고 했다는군요.

흔히 그렇듯 루스도 여자와 술을 좋아했답니다. 결혼하고도 걸핏하면 여자와 팔짱 낀 모습이 포착되고, 바와 나이트클럽을 돌며 진탕 마시고도 호텔 욕조에 맥주를 채워 넣으라고 한 다음 돌아와서 '입가심'을 했다고 합니다. 그런데도 술이 경기력에 영향을 미친 적이 없다니 할 말은 없군요. 하지만 결국 53세에 뇌종양으로 죽었습니다.*

'망나니' 또는 '개차반'이 호칭으로 마땅한 사람들이 세상 최고의 어떤 실력을 갖추면 '풍운아'라고 불리는군요. 엊그제 자살한 배우 이선균 씨는 뭐라고 불러야 할까요?

며칠 있다가 미국 야구선수는 한 명 더 소개하겠습니다.

---

* American Heroes(Bill O'neill, 2020), p69~75.

히스패닉 아니면 흑인

2024.1.4.

김포 지하철에 1호 외국인 기관사가 나타났다고 하네요. 뉴스에 나올 만한 사건입니다만, 제가 20년 전에 뉴욕에서 목격하기로는 이미 뉴욕 지하철의 기관사와 차장 등 승무원은 거의 100% 히스패닉 아니면 흑인이었습니다. 드디어 우리나라 지하철도 다인종이 운행하는 시대가 되었구나 하는 생각이 들었지만 이제 무인전동차 시대가 되어 기관사가 없어질 것을 상상하니 그냥 한 줄의 가십거리로 지나가는 거 아닌가 하는 생각이 듭니다. (이미 김포 골드라인도 무인 시스템인데 일종의 백업을 위해서 기관사가 타기는 하는 모양입니다.)

재키 로빈슨이라는 미국 흑인 야구선수가 있었는데 그가 야구를 시작한 1945년경에는 니그로 리그라고 해서 흑인리그가 따로 있었다고 합니다. 그런데 그해 니그로 리그에 입단했던 로빈슨이 바로 브루클린 다저스라는 메이저리그 팀에 스카우트됩니다. (다저스는 1958년에야 뉴욕에서 LA로 옮겼습니다.) 당시 사회 구석구석 흑백차별이 당연시되던 시절이라 이 최초의 메이저리그 흑인 선수를 두고 많은 사건과 일화가 발생했겠지요. 다행히 동료 선수와 팬들이 살갑게 해준 덕택에 상대 팀 선수와 관중들의 태클과 야유만 받아넘기면 됐다고 합니다.

그런데 어찌 됐든 그의 기록은 이렇습니다. 잠시 다저스의 마이너리

그에 있다가 1947년 시즌에 메이저로 올라와 첫해 내셔널리그 신인왕, 6번의 메이저리그 올스타, 1949년 메이저리그 MVP, 내셔널리그 도루왕 2회, 1962년 야구 명예의 전당에 입성, 생애 통산 타율 0.311.

1956년에 은퇴를 했는데 그의 등번호 42번은 메이저리그 통틀어 영구결번 처리를 하고, 2004년부터는 매년 '재키 로빈슨 데이'라는 날을 만들어서 참가하는 모든 선수들이 42번을 달고 경기를 한다고 합니다.

그런데 무슨 우연인지는 몰라도 로빈슨 역시 53세의 나이에 심장마비로 세상을 뜹니다. 베이브 루스와 같은 나이에 죽었군요.*

최근에 뉴스를 보니 프리미어리그(축구)에 흑인 심판이 기용됐는데 2008년 어떤 사람 이후 처음이라고 하네요. 심판 숫자가 25명 정도라고는 하지만 선수 구성에 비하면 너무 초라한 몫이군요. 선수는 능력이고 혹시 심판은 연줄인가요?

---

* American Heroes(Bill O'neill, 2020), p257~264.

선거철까지만 기다려

2024.1.13.

4월에 총선이 있다고 하여 정치권이 부산합니다. 누구는 가던 배에서 내려 목적지가 다른 배로 갈아타고 누구는 배를 새로 만들어서 타겠다고 하선하는군요. 육지에 있던 누구는 어떤 배든 올라타려고 물심양면으로 노력하고 있을 거고요. 하여간 순풍에 돛 달고 순항하시길 바라며, 혹여라도 좌초하거나 침몰하거나 아님 보트피플 신세로 전락하지 않기를 바랍니다. 배가 중요한 건지 물살이나 바람이 중요한 건지 잘 알아서 판단들 하시겠지요.

어제 TV에서 보니 인도의 어느 지역에 물이 부족해서 정부에서 물차를 보내 배급을 하더군요. 그런데 줄 서서 기다리던 어느 여인이 말하길 "선거 때는 물차도 자주 보내더니…" 하며 정부를 원망했습니다.

우리도 선심의 레벨은 좀 다르지만 선거철에 쏟아지는 각종 정책과 공약은 어느 나라와 다르지 않겠지요. 어제도 무슨 부동산 대책이라고 해서 내놨는데 그 내용만 보면 이제 곧 부동산 경기가 살아날 것 같습니다. 그런데 문득 제 생각은 정치인들은 국민을 위해서 할 일이 있어도 선거철까지 기다렸다가 풀어놓는 것 아니냐 하는 것입니다. 그렇다면 국회의원 지역구를 4개 정도로 구분해서 1년에 한 번씩 돌아가며 선거를 하는 것은 어떨까요?

그런데 과열이 문제이기도 하군요. 유튜브 채널을 하나씩 차지하고 정치적 프로파간다는 기본에 거짓말을 해서라도 내 편을 확보하고 상대편을 욕되게 하려는 노력들이 절정을 이룹니다. 단톡방에는 모 대학 모 교수 명의로 거의 격문에 가까운 글들이 올라옵니다. 하지만 대학교수라는 분들이 더구나 명망 있는 분들이 절대로 그렇게 천박한 얘기를 경솔하게 하지 않습니다. 결국 정당 대표에게 칼부림을 해서 국민을 놀라게 하고 자신은 양심수인 양 반성과 거리를 두는 일이 반복되네요.

사람들을 상대하다 보면 말 많고 목청 돋우는 사람들은 거의 60~70대 남성들이 대부분입니다. 언론의 자유가 있고 사상의 자유가 있는데 시비 걸 수는 없는 일입니다만 성향을 넘어 편향이라는 생각이 들 때마다 피하고 싶어집니다. 그런데 나이 먹은 사람들은 꼬리도 길어요. 이 얘기 하고, 저 얘기 하고, 한 얘기 또 하고 그럽니다.

하지만 바로 우리가 그 세대입니다. 남 말이 아니라는 것이지요. 앞으로 투표하는 날까지 어떤 일이 또 생길지는 모르지만 우리 친구들이라도 올 한 해는 좀 과묵하고 자중하는 노신사가 되어보면 어떨까요?

북한음식점

2024.1.24.

한 5년 전쯤에 서울 홍대 입구에 누군가 북한식 주점을 차리고 있었는데 우선 그 외관이 다소 파격적이라서 SNS에서 논란이 된 적이 있습니다. 건물 외벽에 인공기를 그려놓고 김일성, 김정일 부자의 사진도 걸어놓았던 모양입니다.*

당시 어느 블로그의 글을 보니, 구청에는 일반음식점으로 허가를 내놓고 개업을 준비 중이었다는데 당황한 구청에서 경찰에 국가보안법 위반 여부를 판단해 달라고 요청했다고 합니다. 경찰에서는 인공기 등을 단순 게시한 것은 문제 삼기 어렵다고 하면서도 검토해 보겠다고 했다 하네요.

점주는 처음에는 "다 알아보고 한 것"이라고 대수롭지 않은 듯 말하더니 반향이 커지자 다시 경찰에 "인공기와 김일성 부자 사진을 철거하겠다"고 했답니다.

그런데 최근 이 기사 관련 글이 마치 새로운 일인 것처럼 어느 블로그에 날짜를 숨기고 올라왔네요. "이제 완전 북한 공산당이 점령했다",

---

* 2019.9.14. 채널A 인터넷 기사

"이건 표현의 자유가 아니라 빨갱이의 짓이다", "온 나라가 미쳤다" 등 패닉에 가까운 표현과 함께 전 정권을 싸잡아 격하게 성토하는 내용으로 다시 나타났습니다.

인터넷에 '북한 음식점'이라고 입력하니 전국 여러 곳의 식당이 검색되는군요. 다행히 냉면 국물이나 만두 속에 어떤 이념의 소재가 첨가되지는 않았나 봅니다.

그런데 어떤 사람이 이 음식을 진짜 북한식으로 포장했네요. 하지만 저는 이게 어떤 이데올로기 문제가 아니고 마케팅이 갈 데까지 간 게 아닌가 싶어 오히려 더 자본주의적이라는 생각이 드는군요.

과거 이슬람 세력이 점령하고 있던 스페인을 15세기에 가톨릭 세력이 다시 접수하면서 그 지역에 있는 사람들(주로 유대교인이나 무슬림)에게 가톨릭으로 개종하든지 아니면 그 지역을 떠나라고 명령했답니다. (약 4만 명이 북아프리카나 포르투갈로 갔습니다.) 그 이후 지역에 밀정을 풀어 특히 개종한 사람들을 감시하며 거짓이라는 증거가 나오면 종교재판에 회부했다고 합니다. 당시의 종교재판은 산 채로 불에 태워 죽이는 것이었다고 하는데요.

그런데 지금 스페인에서 아랍국가 국기와 무함마드 초상화를 내걸고 할랄 음식을 판다면 그곳 사람들의 반응이 어떨까요? 상황이 같은 것은 아니지만 감히 말씀드리자면 우리도 저런 광고가 별것 아닌 것으로 받아들여지는 날이 오기를 바랍니다. 5백 년 지나야 가능한 건가요?

인력사무소

2024.1.27.

며칠 동안 날이 꽤 추웠습니다. 대학 동창 하나가 노가다 일자리를 찾으려고 새벽에 인력사무소에 나간 얘기를 글로 써서 올립니다. 새벽 3시에 접수하니 7번째라고. 먼저 온 사람들 보고 "저놈들은 잠도 없나?" 라고 사돈 남 말을 합니다.

> "담벼락에 오줌을 누다가 얼굴을 들어보니 달님이 자기 물건을 쳐다 보고 있더라…." 그리고 "오늘은 부디 스타렉스 타고 오신 분의 간택을 받아 저녁에 쌀 한 봉지와 연탄 한 장을 사 들고 귀가할 수 있기를 바란다…."

단톡방에 올린 저 글을 읽고 누구는 박노해 시인의 글이 생각난다고 했고, 누구는 노가다 하지 말고 글 쓰라고 했습니다. 삶의 애환에 해학을 버무린 솜씨가 굉장히 문학적입니다. 과거 같으면 노가다가 저런 글 솜씨 있으면 위장취업 아니냐고 했을 텐데, 이제 칠순에 쭈글거리는 외모는 사람들의 경계심을 늦추기에 충분합니다. 부디 일당을 챙겨 아내를 감동시키기 바랍니다.

엊그제는 사무실에서 키우던 화초 작은 화분을 햇볕 쬐면서 세상 구경 좀 하라고 밖에 내놓았습니다. 저녁에 다시 들여놓았는데 오늘 아침 출근하니 그중에 반이 얼어서 잎이 흐물거리고 있습니다. 기온을 생각지 못하고 이런 짓을 저질렀으니 여태 먹은 나이가 부끄러워집니다. 한편으론 이 추위에 땅속에 뿌리 박고 잎은 갈색으로 위장하여 물기를 다 털어내고 봄날을 기약하는 잡초들이 대단하다는 생각을 합니다.

그러고 보니 새벽 3시에 인력시장으로 나가는 저 친구는 잡초요, 거기 나갔다가는 근육이나 심장이나 둘 중의 하나가 흐물거리게 될 저는 화초 같은 존재라는 생각이 듭니다. 잡초는 제 힘으로 살지만 화초는 남이 주는 물과 온도로 살아가니 풀이라 하여 다 같은 풀이 아닙니다. 그래도 화초는 외모라도 아름다워서 보는 사람 행복하게 하지만 이제 우리 같은 늙은이는 화초라 하면 추위에 내놨다 들여놓은 꼴이고 잡초라 하면 더 이상 누가 쉽게 값을 쳐주지 못할 형편입니다.

우리 친구들은 지금 잡초같이 살고 있나요? 화초같이 살고 있나요? 이 나이에 추운 곳으로 나갈 엄두를 못 내는 것을 굳이 '딸깍발이 정신'이라고 두둔하기도 좀 낯간지런 일이긴 하지만 어쨌든 큰 기침 한 번 하고 자리에 앉아 자판 두드립니다. 뭐가 됐든 건강하게 열심히 삽시다!

공공의 적 전세제도 2024.2.5.

부동산 경기 때문에 걱정들이 많습니다. 이웃 중국에는 헝다그룹이라는 부동산 대기업이 망하기 일보 직전이고 이 회사가 짓다 만 아파트들이 도처에 흉물처럼 버려져 있다는군요.

우리나라도 태영건설이라는 건설사가 워크아웃에 들어갔습니다. 그 중에 부각되는 문제점이 PF라는 것인데, 건설 쪽 관심이 없는 친구들을 위해서 간단하게 이해를 돕겠습니다.

땅이 있고 그곳에 아파트를 지으면 돈이 되겠다고 건설사(또는 시행사)가 판단하면 그 땅값의 10%를 내고 계약을 합니다. 그리고 금융기관(주로 제2금융권)에서 나머지 땅값을 대출받아 (브리지론이라고 합니다.) 매수를 끝내고 건축허가를 낸 다음, 은행 등을 다시 섭외해서 건축비를 대출받습니다. (이게 PF. 브리지론 상환 포함) 그 돈으로 건물을 짓고 분양에 성공하면 시행사는 보통 10% 내외의 수익을 갖게 됩니다. 5,000억 공사일 경우 500억쯤. 2~3년에 버는 거지요. 그런데 경기가 좋을 때 전국에 이런 현장을 10~20개쯤 운영한다고 생각하면 어떻게 돈이 만들어지는지 이해할 수 있겠지요? 하지만 지금 분양이 되질 않고 있답니다. 자금회수가 불가능해지는 거지요. 건설사(시행사)가 먼저 망하고 다음에 은행이 망합니다.

다음은 전세 이야기입니다. 주로 빌라나 오피스텔인데요. 3억 원에 팔리는 물건에 3억 원 전세를 가겠다고 하면 은행에서 전세자금 대출을 80%까지(2억4천만 원) 해줍니다. 서민들은 6천만 원의 자기 자금으로 3억 원짜리 전세를 얻습니다.

그런데 갑자기 부동산 가격이 하락하고 3억 원짜리가 2억5천만 원이 됩니다. 대출도 2억 원까지만 가능해집니다. 그러면 집주인이 5천만 원을 물어내서 다시 2억5천만 원으로 전세를 놓으면 됩니다. 그런데 집주인에게 돈이 없습니다. 더구나 10채를 갖고 있다면 5억 원이 필요합니다. 임대인은 만세를 부릅니다. 3억 원을 호가하던 집을 경매 넣으면 2억 원이나 받을까 말까 합니다. 임대인과 임차인이 먼저 망하고 다음에 은행이 망합니다. 여기서 '빌라왕'이니 '전세사기'니 하는데, 빌라 가격이 오르길 바랐던 임대인이 사기꾼일까요?*

이 두 가지 현상은 우리의 부동산 산업과 부동산 시장이 '계속 상승'을 전제로 꽃길만 쳐다보고 내달린 결과입니다. 그럼 대책이 뭘까요? 다시 가격을 올리는 수밖에 없습니다. 그래서 또 무리한 정책을 내놓습니다. 자! 그럼 다시 올라갈까요?

---

* 우선 전세제도를 없애야 합니다. 정부에서 서민에게 정책자금으로 전세대출을 해줄 것이면 그 돈으로 월세를 지원해 주면 된다는 생각입니다. 주택 투기의 기본 정석은 전세 끼고 이른바 '갭투자'를 하는 것입니다. 집값이 내려가는 게 그렇게 두려운가요?

출산정책

2024.2.8.

출생률이 점점 낮아져서 머지않은 장래에 대한민국이 사라져 버릴 거라고 외국 학자도 걱정을 해주는군요. 그래서 대책을 세워봤습니다.

우선 임신은 시험관 아기 방식*으로 수정한 후, 이를 엄마 뱃속이 아닌 인공 자궁에서 자라게 합니다. 이 인큐베이터는 엄마의 뱃속과 똑같은 조건에서 아기를 탯줄로 연결해서 키웁니다. (가능하겠지요?) 엄마는 아무런 신체적 부담 없이 일을 하면 됩니다.

출산 시점이 되면 인큐베이터에서 꺼내서 양육시설의 요람으로 옮기고 보모가 아기를 돌봅니다. 아기가 면역력을 갖추면 엄마와 아빠는 면회를 합니다.

아기는 전문시설에서 단계적인 교육을 받으며 성장합니다. 소질과 재능에 따라 친권자인 부모와 상의해서 특성화 교육을 받을 수 있습니다. 부모는 1원도 비용을 부담하지 않습니다. 말귀를 알아들을 정도(4~5살)가 되면 부모가 아이를 데려갈 것인지 계속 맡겨둘 것인지 선택할 수 있습니다. 국가에서 정한 시점이 되면 퇴원해야 하지만 대학 졸업할 때

* 1978년 영국에서 시작됐다고 하는데 이제 대중화되는군요. 하지만 지금도 IVF(체외수정)라고 해서 미국 대통령선거의 토론주제가 되기도 합니다.

까지 학비나 의료비는 전혀 없습니다. 부모는 소득에 따른 세금을 내면 됩니다. 아이가 집에 오면 적당한 크기의 주택을 제공합니다. 생활비도 지급합니다. 시설에 있는 동안에도 집에 다녀오고 싶으면 언제든 갈 수 있습니다. 한 달이건 일 년이건 돌아오고 싶을 때 돌아오면 됩니다.

아기는 여럿을 같은 날 태어나게 할 수도 있고 한 달 단위로 생산할 수도 있겠지요. 부모가 결정합니다. 물론 정부의 출산정책이 있어 너무 많이 신청하면 정부가 관여합니다. 우리 늦둥이도 가능하겠네요.

위와 같은 제도는 기존 방식이 어려워 꺼리는 부모를 위한 것이기 때문에 기존 방식으로 '임신'하거나 '출산'하려는 사람은 말리지 않습니다. 출산휴가도 줍니다. 출산 후에 아기를 시설에 맡기고 싶다고 하면 받아줍니다.

이상 소설입니다만, 공상과학 범주에 들지 않기를 바랍니다. 출생률이 문제라면 시행할 만하지 않을까요?*

그런데 또 다른 문제는 지금 태어나도 일자리가 없다는 것이지요. 저렇게 사회가 공들여 생산해서 '전업 자녀'를 만들어 집으로 돌려보낼

---

* 그런데 좀 다른 시각에서 비슷한 주장을 한 사람이 있군요. 미국의 여성활동가인 Shulamith Firestone(1945~2012)이라는 사람이 이미 1970년에 자신이 쓴 The Dialectic of Sex라는 책에서 아예 '생물학적 가족'의 해체를 주장하면서 생물학적 임신을 '재생산 기술(reproductive technology)'로 대체해야 한다고 했답니다. 물론 당시의 이 주장은 인구 관련이 아니라 낙태 관련 여성의 자기 결정권에 관한 근본 대책으로 내세운 것이었답니다. (A brief history of Feminism, PATU/ANTJE SCHRUPP, 2024) 하늘 아래 새로운 것은 없다더니…

거라면 과연 부모가 선택할 것인지 궁금해집니다. 결국 출산정책이 평면적으로 다루어질 수 없다는 것인데… 그냥 외국인 근로자가 더 나을까요?

선거 2024.2.14.

어느 잡지*에 보니 올해에는 최소한 64개국이 지방선거가 아닌 전국 선거를 앞두고 있으며 전 세계 인구의 49%가 투표를 했거나 할 거라고 합니다.

대만, 파키스탄, 인도네시아는 이미 큰 선거를 치렀고 미국, 인도, 멕시코, 러시아 등에 선거가 있답니다. 우리나라도 정치인들이 분주한 일정을 보내고 있지요?

과거엔들 이렇게 몰린 적이 없겠습니까마는 선거가 평온하고 순탄하게 이루어진다면 이게 그리 큰 이슈가 될 일이 아닐 것으로 봅니다. 그런데 올해는 특정 국가의 선거가 국제적 이슈가 되는 사례가 많군요.

미국 얘기를 좀 하자면, 도널드 트럼프라는 인물이 2017년 예상을 깨고 당선돼서 4년 임기를 마치기는 했는데 '남들 다 하는' 연임이란 걸 못해서 절치부심하고 와신상담하여 권토중래를 꾀하고 있군요. 미국 헌법은 대통령을 두 번 할 수 있도록 하는데, 이 헌법이 1947년 개정된 것이라서 그 전에 우리가 잘 아는 루스벨트 대통령은 4선을 했답니다.

---

* Time 2023.12.28. 온라인판

(역사상 전무후무의 기록인데 아마 이 분 때문에 개헌한 건가 봐요.)

역사를 보니 그로버 클리블랜드라는 인물이 1885~1889년, 그리고 1893~1897년, 이렇게 띄어서 두 번 대통령직을 수행했군요. 트럼프가 당선된다면 130년 만에 두 번째 연임 아닌 중임 대통령이 탄생하는 것입니다. 그런데 2번 이상 당선된 사람은 지금까지 46명의 대통령 중에서 21명이라고 하니 꽤 연임 가능성이 높았네요. (제가 "남들 다 하는" 이라고 표현한 것은 2000년 이후 대통령들은 전부 연임했기 때문입니다.)

그런데 역시 연임을 노리는 현직 대통령은 역사상 최고령(82세)이라서 일부 문제 삼는 사람들이 있군요. (그전에는 레이건이었습니다.) 사실 트럼프는 미국 농촌이나 소도시의 살기 어려운 계층을 타겟으로 "미국이 쓸데없는 곳에 돈을 퍼주고 있어서 당신들이 어려운 거야"라고 바닥 민심을 자극했고 그게 먹혀서 당선되기도 했습니다. 그런데 이제는 노골적으로 "러시아가 나토를 침공하든 중국이 대만을 공격하든 돈 내놓지 않는 곳에 미국은 없다"고 소리치는군요.

트럼프 당선을 가정하면 각자도생이 또 화두가 되겠군요. 이참에 우리나라 정치인들이 국민이 원하는 해법을 강구해서 선거에 임하기를 바랍니다. 점집이나 찾지 마시고요.

종교 갖는 법

2024.2.26.

주말에 모임이 있었습니다. 여러 가지 얘기를 하다가 죽는 얘기, 장사 지내는 얘기 등으로 화제를 삼기 시작했는데 누군가 가족 납골당을 만들어 유골을 봉안한다는 말을 했습니다. 그랬더니 옆에 있던 사람이 “영혼이 떠난 육신을 왜 그리 우대해야 하냐?”고 시비를 겁니다. 그 사람이 초코파이를 예로 들었는데 파이(영혼)를 지키던 비닐 포장(육신)은 파이가 떠난 순간 버려야 할 껍질이지 그걸 왜 모시느라고 법석을 떠느냐고 했습니다. 다행히(?) 반론이 없었고 얘기는 종교 쪽으로 흘렀습니다.

경찰 출신의 회원이 1992년 10월 28일 다미선교회 휴거사건을 상기하며 당시의 긴장됐던 비상출동 상태와, 자정이 지나 아무 일이 없었을 때의 천태만상을 회고했습니다. 덧붙여 자신의 동료 중 한 명이 그 교회 신도로서 전세방을 빼고 퇴직금을 챙겨서 이장림 목사에게 갖다 드렸다는 얘기도 했습니다. 목사님이 휴거는 사람만, 알몸만 올라가는 것이라고 했다면서요.

그러자 다른 회원이 ‘종교 갖는 법’이라고 하면서 “종교는 몇 가지라도 두루 믿어보면서 선택해야 하는 것”이라고 말했습니다. 옷 한 벌도 이것저것 입어보면서 사는데 하물며 내 영혼의 터주가 될 종교를 아무 비판 없이 선택하는 것은 무모한 짓이라는 겁니다. 그래서 자기는 지금까지 기독교(신교, 구교), 불교, 이슬람교, 힌두교, 통일교 등 여러 종교를 믿어봤다고 합니다. 그런데 재미있는 얘기가 본인에게는 '여호와의 증인'이 가장 가슴에 와 닿았다고 하는군요. 술 한잔 하면서 나눈 얘기라서 그랬는지는 모르겠지만 이것도 더 이상 질문하는 사람이 없었습니다.

《다빈치 코드》라는 소설에 보면 등장인물인 사일래스라는 사람이 어떻게 기독교에 '인도'되는지가 절묘한 상황으로 묘사됩니다. 어쩌다 감옥에 간 그는 갑작스런 지진으로 옥 벽이 붕괴되면서 다른 죄수들과 함께 얼떨결에 탈옥합니다. 죽을 고비를 넘기며 도망치다가 탈진해 의식을 잃었는데 깨어나니 어느 사원이었고 그를 살려낸 신부님이 성경을 펼치며 하나님의 의지로 사일래스라는 사람의 감옥을 깨버린 근거를 제시하며 같은 이름을 붙여줍니다. 이 정도 상황에서 "아 잠깐만요! 이슬람 쪽 좀 잠시 다녀올게요"라고 쇼핑을 요청할 수는 없겠지요.

그런데 모태신앙인 친구도 있나요? 친권을 행사하신 것까지는 좋은데 부모님은 쇼핑을 하고 결정하신 건가요?

밥그릇 문제 1

2024.2.28.

2000년 12월 22일 정부가 국민은행과 주택은행을 합병하겠다고 발표했습니다. 외환위기를 극복한 당시 김대중 정부가 국내 대형은행 구조조정을 시작한 것이었습니다.

합병소식에 놀란 두 은행 노동조합은 파업을 결의하고 일산 국민은행 연수원에 모여 '투쟁'을 외치며 궐기했습니다. 두 은행이 합치면 직원의 반은 해고될 것이라는 불길함 때문이었습니다.

눈보라에 추위에 무기한 파업투쟁은 연약한 사무직 근로자들에게는 결연함이 없으면 감히 시도할 수 없는 거사였습니다. 그런데 웃기는 게 한 이삼일이나 있었나요? 갑자기 경찰 헬기가 나타나더니 연수원 운동장을 저공으로 선회했습니다. 그러자 운동장에 쳐놓은 천막들이 추풍낙엽처럼 흩어져 버리고 혼비백산한 '사무직' 노동자들이 바로 지리멸렬해서 대치하던 경찰은 곤봉 한번 못 써보고 데모를 진압했습니다. ('국민은행' 명칭을 지켰고 저도 살아남기는 했습니다만 주택은행장이 합병은행장이 됐고, 제가 근무하던 부서도 주택은행 부장이 합병부장이 돼서 저의 인맥이 파탄 나는 계기가 되었습니다.)

최근 정부의 의사증원 발표에 의사들이 반발하고 인턴·레지던트라고 부르는 전공의들이 사표를 내고 (종합)병원을 떠난다고 합니다. 밥그릇 문제이니 어떻게든 이해하려고 하는데 어제 어느 전공의의 인터뷰를 보니 한마디 하지 않을 수가 없습니다.

대전지역 의사인 이 사람은 "의사가 진료를 거부해도 지금 큰 문제 없지 않으냐? 그렇다면 의사 수는 더 줄여야 하는 것 아니냐?", "나 좀 잡아가 봐라. 변호사 상담해 보니 자신감이 생긴다"라고 비판을 넘어 아주 깐죽거리는 모양입니다. 전문직은 일터가 초코파이 껍질 같은 것이어서 내던지고 나와도 다른 껍질 찾으면 그만이니 은행원 따위보다 훨씬 여유가 있겠지만 공권력이라는 헬기가 나타나서 엄청난 바람으로 가운을 벗겨버릴지도 모르니 조심하라고 하고 싶어요. 의료계에서 평생을 헌신한 우리 닥터 친구들에게 불편한 내용이었다면 양해를 구합니다.

밥그릇 문제 2

2024.2.29.

의사 증원과 관련된 내용을 문자로 보냈더니 몇몇 친구들로부터 반응이 왔습니다. 한 친구는 종합병원 안과 진료를 받고 있어서 어제 눈 항체 주사를 맞아야 하는데 전공의 파업으로 진료가 무기한 연기되었다고 하면서 "나 실명할까 봐 두렵다"고 했습니다.

2000년 6월 김대중 정부가 의약분업을 추진할 때, 동네의원 90%가 휴진하고 전공의 87%가 집단 파업을 했다고 합니다. 당시 공교롭게도 우리 동창 중 어느 한 친구가 '돌발성 난청'으로 병원을 찾았지만 제때 치료받지 못해서 결국 한 쪽 청력을 잃었습니다. (저도 2015년에 같은 증상을 겪었는데 즉시 종합병원 진료를 받고 100% 회복했습니다. 의사도 20% 확률이라고 축하한다고 했습니다.)

그런데 과거 김대중 의약분업, 박근혜 원격진료, 문재인 의대증원 등과 관련한 의·정 대결에서 모두 의사가 이겼습니다. 뭐 합의된 것으로 마무리를 짓긴 한 것 같습니다만 3전 전패의 기록으로 다시 도전하는 정부의 펀치력을 국민이 더욱 궁금해하는 것 아닌가 합니다.

한편, 우리 친구 중 의대 교수님 의견도 있습니다. 현재 우리나라의 의료체계는 나무랄 데 없으며 "한국 행정이 배출한 최고의 스타"인 '의료보험' 제도 덕분에 우리나라 환자들은 값싸고 친절하고 수준 높은 의료 천국에서 살고 있다고 합니다. 그런데 정말로 의사가 2천 명이나 부족한 실정이라면 그야말로 지금이 '의료대란' 수준이어야 한다는 것입니다. 따라서 의사를 2천 명이나 늘리겠다는 것은 정부가 잘못 판단하는 것이라고 합니다.

물론 의협의 주장(350명)과 비슷하게 우리 친구도 300명 정도를 제안합니다. 사실 부족한 숫자가 어떻게 산출된 것인지 일반 국민은 잘 모릅니다. 또한 일반 환자(?)는 병원 이용에 별 불편이 없는 것이 사실입니다. 그러나 '응급실 뺑뺑이'니 '내외산소'니 하는 말들이 우리나라 의료시스템의 불균형성, 심지어 기형성을 노정하는 것임은 부인할 수 없습니다. 전교 수석들만 모인 극강의 지적 단체인 의사회가 몸으로 투쟁하지 마시고 쾌도난마의 논리로 난적인 공권력을 설득해 보시길 바랍니다. 오늘이 전공의 복귀 시한이니 잘 정리돼서 우리 친구 항체 주사 속히 맞을 수 있기를 기도합니다.

춘삼월이 연휴로 시작됩니다. 마음도 쉴 수 있도록 국가적 갈등이 봄눈과 함께 녹는 휴일이 되기를 바랍니다. 3월에는 좀 더 밝은 소식으로 함께하겠습니다.*

---

* 이 책을 준비하는 2024년 9월 현재도 갈등은 지속되고 있습니다. 하지만 제 개인적인 안목으로는 정부가 조금씩 밀려가는 추세입니다. 그런데 야당은 초기에 정부와 궤를 같이하는 것 같더니 이제는 이 갈등을 빌미로 정부를 성토합니다. 뭐 비판할 수 있다고 봅니다만 이런 상황에서는 단순한 비판이 아니라 자신들의 대안을 제시해야 한다는 생각입니다. 예를 들어, "지금까지 우리 나름대로 연구해 보니 의사 증원규모는 500명 정도가 맞는 것 같다. 정부는 이 숫자로 증원범위를 조정하고 의료계도 이 정도에 동의하라"고 하는 것이지요.

판다 유감

2024.3.6.

지구상에는 약 120만 종의 동물이 있다고 합니다. 그런데 이 중 100만 종 이상은 곤충이라고 하네요. 그래도 참으로 다양한 동물이 같은 땅에서 살고 있군요. 하지만 모두 편하게 번식하며 잘 살고 있는 것은 아니고 몇몇 종은 '멸종위기'라고 해서 없어지지 않도록 사람들이 노력하고 있습니다.

중국에는 그 멸종위기의 동물 중에 판다라는 곰이 서식하는데 약 1,900마리 정도가 야생에서 생활한다고 합니다. 그런데 이놈들이 생긴 게 귀여워서 많은 사람들의 사랑을 받고 있군요. 각 나라는 달리 구할 수가 없으니 중국에서 데려와 사육하면서 사람들에게 보여주고 있습니다. 세계 21개국의 27개 동물원에서 볼 수 있다고 하네요.

그런데 특이한 게 중국은 판다를 팔지 않고 임대를 하는 모양입니다. 이게 잘은 모르지만 CITES라는 국제협약이 있어서 멸종위기의 동식물을 함부로 거래할 수 없도록 규제하기 때문이랍니다. (1984년 이후의 일이며, 그전에는 선물로 주기도 했습니다.) 그런데 그 많은 멸종위기종 가운데 유독 판다만 임대가 되며, 중국은 거기다 무슨 외교적인 요소를 가미해서 '우호적인' 국가에만 빌려주는 상징성을 입혀 놓았네요.

어쨌든 우리나라에도 2014년 판다 한 쌍을 들여와서 얘들이 2020년에 새끼를 낳았는데 협약에 의해 이놈이 7월까지 중국으로 반환되어야 한다고 합니다. 그런데 이런 얘기가 오래전부터 각종 언론에 보도되면서 "서운하네, 아쉽네, 울었네." 뭐 이런 말이 연일 뉴스로 올라오는군요. 다시 쓴소리가 나옵니다.

야생에서 인간을 외면하고 살아야 할 짐승을 우리에 가두고는 이름을 붙여 의인화하고 상품화하여 눈요기하다가 그 대단한 이별기를 신파조로 묘사하는 행태가 다시 노란 먼지를 느끼게 하는군요. 얼마나 많은 사람들이 그리 애처로울지 모르겠으나, 사실 눈물은 사육사 한 사람 것으로 충분하지 않을까요?

엉뚱한 소리라고 할지 모르겠지만 우리나라에서 해외로 나가는 입양아 수가 아직도 일 년에 몇백 명이라는데 이 아기들 출국할 때 과연 몇 사람이나 환송하고 울어주었는지, 어느 언론이 출생에서 출국까지 그 암울한 상황을 깊이 있게 취재하고 문제로 삼았는지 묻고 싶습니다.

세상천지 아이들이 굶어도 품에 껴안은 강아지의 비만을 걱정하는 세태이긴 합니다만 어디는 슬픔을 조장하고 어디는 외면하는 것 같아 아쉽습니다.

프로님 2024.3.19.

"길을 가다가 '사장님'하고 불러봤더니~ 열에 열 사람 모두 다 뒤돌아보더라~" 기억나시나요? 돌아가신 가수 현미 씨가 불렀던 가요의 한 구절입니다. 1967년이라고 하네요. 그런데 세월이 흘러도 거리에서 마주친 상대방에게 '사장님'이라고 불러주면 싫어하는 사람이 없군요.

제가 운동하러 다니는 체육시설의 어느 50대 초반의 회원은 자신보다 열 살쯤 위로 보이는 사람에게는 무조건 '회장님'이라고 부릅니다. 저에게도 '회장님'이라고 하는데 다소 부담스럽긴 하지만 기분이 나쁘지는 않습니다.

과거 은행창구에서 고객 응대를 하면서 호칭으로 인한 에피소드가 있었습니다. 매뉴얼대로 '고객님'이라고 부르면 되는데, 어떤 직원은 (친밀도를 높이기 위해서) '아버님, 어머님'이라고 부르고 또 어떤 직원은 (더 높은 존칭으로) '어르신'이라고 불렀습니다. 그런데 가끔 이의를 제기하는 손님이 있더군요. "내가 왜 당신 아버지야?", "어르신? 나 그렇게 늙지 않았어."

최근에 건강검진 후 한 가지 검사를 더 받아보라 해서 병원에 갔습니다. 접수하는 곳에서 어떤 도우미 아주머니가 "환자분, 뭘 도와드릴까요?" 하더군요. 웃으면서 따졌습니다. "아니 내가 그냥 검사를 받으러 온 건데 왜 나를 '환자'라고 부르는 거요?"

저도 호칭에 민감한 건가요? 못마땅한 것 한 가지만 더 얘기하겠습니다. 우리 주변에는 많은 프로스포츠가 있습니다. 야구, 축구, 농구, 배구, 당구, 골프, 복싱 등 많지요. 그런데 유독 골프계에서 선수를 '○○○ 프로'라고 부르는군요. 심지어 선수 자신이"○○○ 프로입니다." 이런 식으로 소개하기도 하네요. 그럼 저는 "안녕하세요? 장홍만 아마입니다." 뭐 이렇게 소개해야 하나요?

문제가 될 게 있을지는 모르겠으나 그 '프로'가 연습장 코치를 부르는 호칭이 됐고, 필드에 나가면 아마추어들끼리 서로 부르는 호칭이 돼버렸습니다. 아마 '손흥민 프로'라고 부르는 순간 조기축구 클럽 회원들 상호 간 호칭이 '프로'가 될 것 같습니다.

부장님, 원장님, 사장님 등 사람을 자리로 부르는 이 호칭이 사실은 개인과 개인 사이의 허심탄회함을 은연중 막아버리는 장애물이 됩니다. 동시에 무슨 인플레이션이 여기도 있었네요.

노키즈존 2024.4.1.

중학교 '물상' 시간에 '작용과 반작용'이라는 원리에 대해 배웠을 겁니다. 아주 기본적인 운동법칙이지만 그 현상을 물리적인 이해보다는 그냥 원인과 결과, 도전과 응전 뭐 이런 의미로 바꿔서 소화했습니다.

최근 어느 중앙 일간지의 인터넷 기사를 보니 아이 넷을 둔 기자가 노키즈존에 유감을 표하는 글을 썼군요. 요즘처럼 아이가 귀한 세상에 아이에 대한 배려와 존중이 확산돼도 시원찮을 마당에 오히려 노키즈존이라니, 이런 아이에 대한 몰이해가 저출산의 악순환을 야기하는 것이라며, 프랑스의 르몽드지가 우리나라의 노키즈존을 우려했다는 얘기도 덧붙였습니다.*

그런데 저는 위와 관련된 내용을 '작용과 반작용', '도전과 응전'이라는 현상으로 이해하는 것이 더 냉철한 판단이라는 생각입니다.

아이가 들어와서 '깽판'을 쳐도 그 업소의 사장이 '저출산'의 위기를 염두에 두면서 세상 귀한 존엄의 행동이므로 이해하고 수용해야 하나요? 주변 손님들이 얼굴을 찌푸리고 일어서도 "그래, 당신들이 참아야 해"라고 받아들여야 하나요? 예술의 전당 콘서트는 노키즈가 당연하고

* 동아일보 인터넷 기사 2024.04.30.

우리 동네 카페는 그것이 분별없고 사려 깊지 못한 상인의 장삿속이라 고밖에 할 수 없는 것인가요?

문제는 키즈가 아닌 그 부모입니다. 애 가진 젊은이들이 공공장소에서 아이를 주체하지 못하는 것이 노키즈존을 생산해 내는 이유이지요. 얼마 전 제가 일하는 건물 1층에서 어떤 아이가 한 삼십 분간 대성통곡을 해서 건물 전체를 울려대는데 참다못해 나가보니 바로 옆에 아이 엄마가 서있었습니다.

일본에 여행 갔던 지인에게 들은 얘기입니다. 호텔 엘리베이터를 타고 내려오는데 아래 어느 층에서 다른 일본인 여행객이 승강기를 기다렸고 문이 열렸지만 이미 만원이 된 승강기는 탑승이 불가한 상황이었답니다. 이때 예상치 못한 상황이 벌어졌는데 밖에 있던 여행객이 탑승한 사람들을 향해서 정중하게 "아이구 죄송합니다"라고 하더랍니다.

어차피 탈 수 없는 승강기를 세워 내려가는 승객들을 불편하게 했다는 사과를 우리가 감히 상상이나 할 것이었나요?

보복운전도 그렇고 층간소음도 마찬가지입니다. 너무 결과에만 집착하지 말고 원인도 헤아려봅시다. '작용'이 없으면 '반작용'도 없답니다. 기본적인 예의범절이 출산율을 올려줄 겁니다.

차별과 편견

2024.4.8.

"지금 우리 사회의 여성들은 아이를 낳는 것 외에는 인류에 기여할 수가 없으며, 단지 악기나 보석처럼 즐거움의 도구로 받아들여지고 있다. 그러나 여성은 인구의 절반 또는 그 이상이므로 그들이 사회에 공헌하는 길을 막는 것은 우리 사회가 반신불수가 되는 길이라는 것을 깨달아야 한다. 여성은 남성에 비해서 지식으로나 힘으로나 결코 뒤떨어지지 않는다. 고대사회에서 여성은 모든 일을 남성과 분담했으며, 심지어 전쟁도 마찬가지였다. 지금의 현상은 여성이 본래 무지하고, 옳고 그름이나 이해관계에 대한 구별이 떨어진다는 가치관이 초래한 것이다. 이 같은 생각이 사회에 여러 가지 해악을 초래하고 있는데, 그중에서도 가장 심각한 것이 바로 그들이 양육하는 아이에 미치는 영향이다."

이것은 1867년에 나미크 케말이라는 오토만제국의 젊은 작가가 당대 어느 신문에 기고한 글입니다. 당시 이슬람사회는 서구사회에 각 분야의 주도권을 내주면서 도대체 무엇이 잘못된 것인지 스스로 고민하고 있었습니다. 그중 일부의 '선각자'들이 여성에 대한 차별과 편견을 사회가 나아가지 못하는 이유로 꼽았습니다.*

---

* What Went Wrong?(Bernard Lewis, 2002), p70.
12세기에 한국(당시 고려)에 왔던 쉬징(Xu Jing)이라는 사람은 고려의 남성들이 여성을 휘어잡지 못하는 모습을 보고 충격을 받아 글을 남겼다는데, 여성들이 먼저 이혼을 결정하고 자녀 양육권을 가져갔으며, 재산을 상속할 수 있었다고 합니다. 또한 당초부터 딸들이 아들들과 동등하게 재산을 나눠 받았고 여성은 결혼한 후에도 자신이 지참한 재산에 대한 권리를 행사했으며 이를 자식들에게

거의 150년이 지난 지금은 어떤가요? 나라마다 지역마다 차이가 있지만 평가는 여러분께 맡기고 떠오르는 다른 이슈를 꺼내 봅니다.

군 복무 중 성전환을 이유로 강제전역 당했다가 자살한 부사관이 순직으로 인정됐다는 소식이 있었습니다. 이제 우리 사회의 성소수자가 당당하게 커밍아웃하는 것은 물론 그 이유로 당하는 차별에도 눈치 볼 것 없이 대응할 수 있는 분위기가 조성되고 있네요.* 지금부터 한 백 년쯤 지나면 우리가 상상할 수 없는 성별이 사회를 채우고 있을 수 있겠군요. 고교 시절 어느 선생님이 (우스갯소리였지만) 성별을 남자, 여자, 고자로 구분하신 기억이 납니다. 이분이 현대의 나미크 케말인가요?

또 다른 하나, 반려동물입니다. 도처에서 자식을 대신하는 제2의 가족, 이제 그들이 (인간을 통해서) 자기주장을 할 차례입니다. 의식주는 물론 의료보험이나 장례까지 국가에서 인간과 동일한 복지대책을 마련해 달라고 외칠 겁니다. 연금도 달라고 할 수 있습니다. 인구의 삼 분의 일

상속하기도 했다고 합니다. 심지어 목욕도 남성과 함께했다고 하는데 이게 남편이나 가족에 국한되는 것인지 여부는 알 수 없습니다. 어쨌든 당시 문명화된 사회에서 가장 여성에 대한 차별이 덜했던 나라가 고려와 일본이었다고 합니다. (Michael J. Seth 'A Brief History Of Korea' p47) 하지만 조선시대에 접어들어 유교가 확산되면서 여성의 권위가 잠식되었습니다.

* 2023.12.18. 교황청에서 발표한 교황님의 메시지가 '동성애자를 축복'하는 것이라 하여 각종 언론에 보도되었습니다. 하지만 가톨릭 내부에서는 이에 대한 진보적 해석을 경계해야 한다는 주장들이 많았습니다. 예를 들어 가톨릭대학교의 방종우 신부님은 "혼인은 남자와 여자의 결합만을 이르는 것이며, 따라서 교회는 이 신념과 모순되거나 혼인이 아닌 것을 혼인으로 인정한다고 암시할 수 있는 모든 유형의 예식이나 성사를 거행하지 않는다"라고 하면서 "하지만 한편으로 동성애 성향이 있는 이들에 대한 '사목적 사랑'을 당부하신 것일 뿐이며, 교황님의 '사목적 사랑'은 동성혼의 승인이 아닌, 동성애 성향과 관련해 어려움을 갖고 있는 이들을 거리로 내몰거나 핍박하지 말라는 따뜻한 권고"라고 하십니다. (2023.10.29. 가톨릭 서울대교구 주보)

이 반려동물과 함께 살고 있다고 하니 150년 걸릴 일이 아니라는 생각인데 다음번 선거의 정당이나 국회의원 출마자들은 좀 고려해 봐야 할 부분 아닐까요?*

---

* 이미 2024년 4월 총선에 출마한 후보 10명 가운데 반려동물에 관한 공약을 내세운 후보가 3명이라는 뉴스가 있었고요. (2024.4.6. 이데일리 인터넷뉴스 등) 2024.5.25. 인터넷 뉴스에는 "세계 최초로 미국에서 반려견과 나란히 같은 객실에서 하늘길을 비행하는 전용 항공 서비스가 첫 운항을 시작했습니다. 첫 시작은 뉴욕과 LA, 런던 노선인데, 가격은 국제선은 편도로 약 1천만 원, 국내선은 800만 원 정도입니다. 비싼 요금에도 불구하고 많은 요청으로 조만간 파리와 밀라노, 시카고, 시애틀 등으로 항공편을 추가할 계획이라고 합니다"라는 내용이 있네요. 조만간 반려동물이 새끼를 낳으면 그 주인이 출산휴가를 얻을 수 있겠다는 생각도 했습니다.

비상경영

2024.4.19.

오늘 뉴스를 보니 "삼성그룹의 모든 계열사 임원들이 이르면 이번 주부터 '주 6일 근무'를 시작한다"는 소식이 있네요. 처음 '어? 오타 났네'라고 생각했습니다. '주 4일' 이라고 해야 할 것을 '주 6일'로 잘못 쓴 줄 알았거든요. 그런데 이어서 나오는 '사실상의 비상경영'이라는 문구에 기사를 이해했습니다.

고대 기독교적 사상으로부터 6일간 일하고 7일째 쉬는 루틴이 2천 년 넘게 인간의 육체를 지배하다가 20세기 어느 날부터 겨우 하루를 더 쉬기로 했는데 몇 년 지나지도 않아서 다시 과거로 돌아간다고 하니 이게 정말로 이렇게 심각한 상황인지 가슴이 두근거립니다.

그런데 또 자세히 보니 직원들은 대상이 아니고 '임원'들에게만 해당하는 일이라고 하는군요. 또 어디를 보니 SK 그룹은 '토요 사장단 회의'를 20년 만에 부활시켰다고 하고요.

그런데 이런 소식에 두 가지 생각이 듭니다. 첫 번째는 군생활을 할 때 병장이 바로 밑에 상병, 일병들을 집합시켜서 혹독하게 얼차려를 가하는 상황입니다. 갓 부임한 이등병들은 (편안하게 앉아서) 쳐다만 보고 있으라고 합니다. 이게 졸병들이 오금이 저리는 일입니다. 군기가 바짝 듭니다. 삼성은 삼성 직원들만 군기 잡는 게 아니라 일반 국민들까지도 군기를 잡을 수 있다고 봅니다. 제가 가슴이 두근거리는 이유지요.

두 번째는 직장생활을 할 때 관리자로 임명된 후의 상황이 기억납니다. 실적이 시원찮으니 토요일도 일요일도 돌파구를 찾아야 한다는 생각으로 스트레스를 많이 받았습니다.

무슨 얘기를 하고자 하냐면, 임원들은, 그러니까 임기가 보장되지 않는 직원들은, 달리 볶아대지 않아도 알아서 회사 걱정을 합니다. (정확하게 회사 걱정인지 본인 걱정인지는 모르겠습니다.) 회사가 어려우면 더 합니다. 그럼에도 불구하고 그들의 기강을 세우겠다는 것은 아래 직원들에게 보여주겠다는 것으로 해석됩니다.

과거 이건희 회장이 "마누라하고 자식만 빼고 다 바꿔!"라고 해서 삼성을 또 이만큼 키워놨다면 이재용 회장의 주 6일도 그에 못지않은 초강수라는 생각이 듭니다.

시장을 삼성만큼 아는 곳이 없을 겁니다. 더 이상 토 달지 않겠습니다. 아무쪼록 임원이 하루를 희생해서 직원과 다른 국민이 편안해질 수 있었으면 좋겠습니다.*

우린 이제 육체를 비상경영해야 할 때가 왔군요. 많이 움직이세요.

---

* 하지만 우리 주변의 대부분 상점들은 일주일에 한 번 쉬는 것도 쉽지 않습니다. 동네 카페, 미용실, 세탁소, 소형마트 등 자영업자는 더 이상 투자할 시간이 없습니다.

급발진

2024.4.26.

최근 심심찮게 급발진 관련 소식이 있군요. 자동차가 기계장치에서 전자장치로 바뀐 뒤부터 이런 사고가 생긴 것으로 압니다. 그런데 지금까지 원인분석과 대책수립에는 뾰족한 것이 없나 봅니다. 미국에서도 과거 2011년에 도요타 자동차 급발진 관련 사고를 미 항공우주국(NASA)까지 나서서 조사했는데 밝혀낸 것이라고는 겨우 "운전석 바닥 매트가 잘못 깔려있어서 밟혔던 액셀 페달의 회복을 방해했다"는 해프닝 수준이더군요. 그래서 도요타는 자동차가 아닌 자동차 매트를 리콜했고요.

전문가들도 급발진 가능성을 인정합니다. 스로틀밸브라 하는 장치가 운전자의 의도와 다르게 많이 열리면 연료를 마구 보내서 급가속할 수 있다고 하고요. 이것은 센서의 오작동이거나 아니면 배선상의 문제일 수도 있다고 합니다. 하지만 어쨌든 (급발진을 주장하는) 사고가 일어나고 있으며, 이상하게도 60~70대가 대부분 이를 주장하고 있는 상황이니, 70을 바라보는 우리 친구들을 위해서 대처방법을 찾아봤습니다.

우선 급발진이라고 판단이 되면 다음과 같이 해봅시다.

① 브레이크를 세게 밟아야 한답니다. 그런데 펌프질하는 것처럼 밟았

다 뗐다를 반복하지 말고 그냥 꾸욱 세게, 있는 힘을 다해서 밟아야 한답니다. 브레이크보다 더 강한 엔진을 가진 차는 없기 때문에 초기 급발진은 이걸로 해결된답니다.

② 기어를 중립으로 바꿔 동력을 차단합니다('P'는 차량 전복 가능성이 있음).

③ 시동을 끕니다. 차량의 시동 버튼을 3~5초가량 누르고 있으면 시동이 꺼진다고 합니다. 그런데 시동이 꺼지면 브레이크 압력이 높아지기 때문에 아주 힘껏(심지어 두 발로) 브레이크를 밟아야 한답니다. 그리고 시동이 꺼지면 핸들이 잠기기 때문에 더 이상의 조향을 포기해야 합니다.

④ 어느 단계에서든 만만한 목표물을 찾아서 부딪히는 것도 최후의 수단입니다.

공터에서 시동을 걸고 자동차 브레이크와 가속페달을 두 발로 동시에 밟으면 급발진을 비슷하게 느껴볼 수 있답니다. 최근 5년 동안 급발진 관련 사고가 170건 정도라 하니 '설마 내 차가…' 하기에는 좀 무섭군요. 하지만 가장 강조해야 할 딱 한 가지가 있는데요. "당황해서 정신줄을 놓지 마라. 즉, 브레이크와 가속페달을 헷갈리지 마라"입니다.*

그런데 이제 차량에 페달을 감시하는 블랙박스를 설치하는 것은 어떨까요?**

---

* 2024년 9월 언론에 보도된 것은, 국립과학수사연구소(국과수)가 지난 5년간의 급발진 주장 사고 364건을 조사한 결과 그중 321건이 페달 오조작 때문이었다고 발표했다는 것입니다. 그런데 나머지 43건이 급발진이었다는 것이 아니라 차체 파손이 심해서 원인을 알 수 없었던 건수라고 하는군요.

** 두 달여 뒤인 2024.7.7. 지상파방송(SBS) 저녁 뉴스에서 블랙박스 설치를 원하는 사람들이

이름 짓기 2

2024.5.2.

아파트 이름을 외국어로 복잡하게 지어서 (시)부모님 못 찾아오게 한다는 우스갯소리가 있었는데요. 요즘은 아주 친구도 못 찾을 정도군요. (예: 동탄다은마을월드메르디앙반도유보라, 신내역금강펜테리움센트럴파크) 급기야 서울시가 아파트 이름 짓는 '가이드라인'을 만들어서 건설사나 조합에 나누어 줬다고 하네요. 또 다른 얘기이지만 고급이라는 이미지를 내세우기 위해서 '베스트', '노블', '퍼스트' 등 수식어를 붙이기도 하는데요. 어느 외국인은 고향 친구들에게 자기 주소를 '○○캐슬'이라고 알려주면서 불편하고 당혹스러웠다고 했습니다.

그런데 아파트 이름이 또 다른 이슈를 몰고 오네요. 최근 흑석동에 분양하는 아파트가 '서반포'라는 이름을 붙이겠다고 해서 화제가 됐습니다. 요즘 분양이 신통찮으니 누군가 아이디어를 낸 것이 "옆 사람 이불이라도 끌어다 같이 덮자"는 생각이군요.

총무가 일하고 있는 강서구의 마곡지구도 비슷합니다. 마곡동이 새

늘었다는 보도가 있었습니다. 그런데 얼핏 제조사에서 부착해서 출고하면 일이 쉬울 것 같은데 제조사는 이를 꺼린다고 합니다. 전방충돌방지기능을 좀 더 강화하는 쪽으로 연구를 해보겠다나요…. 그런데 자동차 관련 일을 하는 제 친구가 "자동차 제조사에 전혀 도움이 되지 않을 블랙박스 장치를 스스로 부착할 리가 없지"라고 했습니다. 그렇다면 정부가 개입해야 하는 것 아닌가요?

로운 개발지역으로 가치를 올리니까 인접한 다른 동 상가나 공동주택이 '마곡○○' 또는 '신마곡○○'라는 명칭을 겁니다. 그리고 다른 인근 아파트 주민들은 아예 행정구역을 마곡동으로 바꿔달라고 합니다. 김포를 서울로, 구리를 서울로 바꿔달라는 것과 다를 바 없지요. 하지만 흑석동을 서초구로 바꿔달라고 하기는 어려우니 그냥 이름이라도 빌려 쓰겠다는 것인가요? 저 위에 서울시 가이드라인에는 신월동에 있는 아파트를 '목동○○'라고 하지 말라고 하는데 사람들이 크게 귀 기울이지 않는 것 같습니다.

저도 강서구청에 구 이름을 '강남서구'로 바꾸라고 제안해 볼까 합니다. 강의 서쪽이 아니라 남쪽이 맞거든요. 한강 남쪽에서도 서쪽에 있는 동네이니 '강남서구'라고 하여도 누가 시비 걸 수 없을 것으로 봅니다. 그런데 영등포 구민인 제가 또 욕심껏 제안한다면, 강남을 차용하려고 이렇듯 난리고, 그게 부동산 투기와 무관하지 않으니, 과거로 돌아가서 영동(영등포의 동쪽)이라는 지명을 다시 활용해 '강남구'를 '영동구'로 바꾸면 어떨까요?

최근 어느 방송에서 유명 맛집의 상호를 베껴서 장사하는 사이비 맛집 관련 법률상담을 하고 있었는데, 상담하는 변호사님이 "그래서 본인 이름을 상호로 내걸면 유사상호를 만들기 어렵습니다"라고 하더라고요. 생각해 보니 외국의 상호는 거의 사람 이름이네요.*

---

* 그런데 최근 어느 웹사이트를 보니 서양인들은 성씨만을 사업체 명칭으로 쓰는 경우가 많은데 그 결과 이름이 겹쳐서 등록에 애를 먹는 사람들이 많다고 합니다. 그래서 오히려 이름 아닌 상호를 찾는 새로운 경향이 있다고 합니다.

우회전 유감

2024.5.8.

사거리 횡단보도에서 우회전하는 차량, 특히 대형차에 행인이 치이는 사고가 많아서 당국이 고민하고 있다는군요. 교통법규까지 바꾸어 가며, 단속하니 뭘 하니 해도 별 효과가 없나 봅니다.

엊그제 뉴스를 보니 사거리 신호등 앞에 대형트럭을 세워놓고 바로 옆에 180cm의 어른이 서 있도록 했는데 운전석에서 전혀 보이질 않는 상황이 구현되고 있었습니다.

위와 같은 이슈와 관련해서 두 가지 얘기 좀 하겠습니다. 우선 대형 버스나 트럭의 사각지대 문제입니다. 이게 요즘의 기술로 보완할 수 없는 부분일까요? 이해할 수 없습니다. 차량 옆에 있는 저렇듯 커다란 물체를 거울이나 센서로 알아낼 수 없다는 것이 요즘에 통할 변명인가요?

저런 상황에서 물체를 식별할 수 없는 차량의 결함을 지적해야지, 운전자의 면책을 조장하면서 보행자한테 조심하라고 하는 게 과연 옳은 태도인지 묻고 싶습니다.*

* 이 글을 쓴 지 한 달여 후인 2024.6.18. 일간신문의 기사는 "유럽연합이 올해 7월부터 신규 트럭이나 버스에 3가지 사각지대 방지 보조장치 설치를 의무화한다"고 하고, 우리나라도 경기연구원이라는 곳에서 "국내 대형차에도 어라운드뷰(사방촬영영상), 사각지대 알림시스템 등 안전장치를 의무적으로 설치하도록 규정할 필요가 있다"고 강조했다고 합니다.

두 번째는 보행자의 문제입니다. 요즘 횡단보도 건너는 사람들의 모습을 보면 사고 나는 것이 이상하지 않습니다. (특히 젊은 사람들이) 휴대폰을 보면서 신호를 기다리다가 녹색 신호로 바뀌면 다시 휴대폰에 머리를 박고 건너갑니다. (대부분 이어폰도 하고 있습니다.) 녹색 신호도 본인이 확인하는 것이 아니라 옆 사람이 움직이면 미루어 짐작하고 건너갑니다.

교통사고에 대한 평소의 제 주장은 "사고는 양쪽이 무심한 결과"라는 것입니다. 어느 일방이 잘못하더라도 상대방이 정신 똑바로 차리고 있으면 사고는 일어나지 않습니다. 보행자가 횡단보도 신호를 무시하며 아무리 제멋대로 건너도 운전자가 각성한 상태에서 사고는 일어나지 않습니다. 또한 만취 상태의 운전자가 신호를 무시하고 횡단보도를 지나쳐도 보행자가 항상 좌우를 살피고 있으면 사고를 피할 수 있습니다.

결론입니다. 우측 사각지대가 발생하는 차량은 운행허가를 내주지 말아야 하고, 횡단보도에서 휴대폰을 들여다보며 건너는 행인은 범칙금을 물려야 합니다.

당국이 잘하는 것 한 가지는 횡단보도를 사거리 모퉁이에서 조금씩 물려 설치한다는 것입니다. 차량이 똑바로 진행하기 시작할 때 횡단보도가 있으니 운전자의 시야가 좀 더 편해질 수 있다는 것이지요.

덧붙이자면 신호등도 운전자 이마 위에 설치하지 말고 앞쪽 건너편에 설치해야 합니다. 봄날 운전도 보행도 조심하세요.

남녀상열지사

2024.5.10.

남녀상열지사. 이게 혼인의 범위를 벗어나면 법률적, 도덕적 문제가 발생할 수 있지요. 원래 간통, 불륜, 그리고 그나마 좀 점잖은 말로 외도라고 하는 이 행위가 역사상 가장 복잡한 대우를 받아왔고 또 시대에 따른 사회적 대응이 가장 크게 변했네요.

과거 특히 이슬람권 국가들이 이 행위를 잔혹하게 처벌했는데 이란이나 소말리아 같은 나라에서는 최근까지도 돌팔매로 처형하는 사례가 있었다고 하고요. 어떤 나라는 왕족과의 불륜 행위를 '반역죄'로 처벌했다고 합니다.

그러나 사람들의 생각이 바뀌면서 "이게 과연 범죄냐?"라는 인식이 확산됐고 1900년대 말부터 각국이 처벌수위를 낮추거나 아예 형벌에서 제외하는 추세입니다. 우리나라도 2015년에 헌법재판소가 간통죄를 위헌법률이라고 판단함으로써 로맨스 쪽으로 방향을 바꿔주었습니다.

그래서 이후부터 맘 놓고 즐겼나요? 아닙니다. 민사상의 문제는 여전히 남아있기 때문에 돈을 좀 준비해 놔야 합니다. 소송 한 번 당하면 법원은 (예를 들어) 2천만 원 정도의 손해를 물어주라고 합니다. 조심해야 할 것은 상간 소송은 과거 간통죄의 경우와 달리 성행위(sexual intercourse)를 전제로 하지 않는다는 것입니다. 손잡고 뽀뽀만 해도 2천 만 원 물어낼 수 있습니다. 참고로 물어내고 또 만나면 다시 2천만 원입니다.

그런데 그 평범한(?) 범위에 있는 것 말고, 좀 특별한 부분도 있군요. 동성혼 또는 동성애 관련입니다. 특히 선진국이라는 나라들이 동성혼을 인정하고, 최근 교황님께서도 동성부부동맹에 호의를 표하셨습니다만 이 동성부부에게도 불륜의 문제가 발생합니다.

영국의 판례는 '남자와 여자 사이에 발생하는' 경우에만 간통으로 인정합니다. 따라서 남성 동성부부의 한쪽이 다른 남자와 바람을 피운 경우에는 간통이 아닙니다. 여자 동성부부도 마찬가지겠지요. 부부는 인정하면서 외도는 인정하지 않는 꼴이네요.

캐나다 법원에서는 이성부부의 어느 일방이 다른 동성과 불륜을 맺었을 때 간통으로 인정했습니다. 그러니까 남편이 다른 남자와 바람이 나거나 아내가 다른 여자와 바람이 났을 경우에 간통이라고 한 것이지요.

과거 우리나라에서 간통죄로 재판을 받던 어느 여인이 판사가 선고 전에 "마지막으로 하고 싶은 말이 있으면 하시라"고 했더니 이 여인 왈 "언제부터 국가가 내 몸을 관리했습니까?"라고 말했다고 합니다. 자기 몸은 자기가 관리합시다.

화엄사 홍매화 2024.5.22.

아름다운 '봄'입니다. 사계절이 문란해져서 봄가을이 위축된다고 할수록 봄은 더 값지고 소중한 계절이 됩니다.

엊그제 KBS TV에서 부처님 오신 날 특집을 봤는데 '화엄사 홍매화'라는 꽃나무를 보여주더군요. 깜짝 놀랐습니다. 그냥 놀랐다는 말만 전하겠습니다. 이 꽃나무에 대한 묘사는 제가 할 수 있는 것이 아니라는 판단에 어느 문인이라도 서술한 것을 찾으면 복사해서 올리겠습니다. 다만 수령이 300년 넘었다는 고목이 그토록 아름다운 꽃을 피운다는 사실에 늙어가는 우리도 자신감을 좀 가질 수 있겠다는 생각을 했습니다.

2007년 문화재청에서 3대 매화를 천연기념물로 지정을 했다는데(순천 선암사 선암매, 장성 백양사 고불매, 강릉 오죽헌 율곡매), 이 화엄사 홍매화는 올해 새로 지정이 됐답니다. 아직 보지 못한 친구들은 인터넷에 '화엄사 홍매화'라고 검색 한번 해보실 것을 권합니다.

그런데 문화재청이 '국가유산청'으로 이름을 바꿨네요. 문화재가 일본식 표현이었나요? 이것도 우리 한글학자들 도움을 좀 받은 걸까요?

자동 폐기

2024.5.30.

어제가 21대 국회 마지막 날이었다고 합니다. 오늘부터는 22대 국회의원 임기가 시작된다는군요. 그런데 21대 국회에 상정된 25,800여 건의 법안 중 9,500여 건(약 37%)만 처리되고 나머지는 회기 종료와 함께 자동 폐기되었다고 합니다.

국회에 상정되는 법안은 일부 의원들이 '실적을 채우기 위해서' 올리는 경우도 있다고는 들었지만 핵폐기물 관련법, 아동복지법, 구하라법 등 입법이 시급하거나 국민감정으로 지지된 법안들이 '폐기물'이 되었다는 소식에 또 생각이 많아집니다.

회기가 끝나면 법안도 폐기되는 근거를 수소문해 보니 국회법이 아닌 헌법에 따른 것이네요. 헌법 51조는 이렇게 되어있습니다. "국회에 제출된 법률안 기타의 의안은 회기 중에 의결되지 못한 이유로 폐기되지 아니한다. 다만, 국회의원의 임기가 만료된 때에는 그러하지 아니하다."

새로 구성된 22대 국회는 의원 300명 중 초선이 131명이라고 합니다. 절반을 넘는 의원들이 계속 자리를 지키고 있는데 법안은 자동으로 폐기된다니, 그리고 짐작건대 아마 똑같은 법안을 다시 위원회에 올리고 어쩌고 하는 일이 반복될 것이 뻔하네요.

나름 몇 가지 대책을 세워봅니다.

우선 헌법을 개정하면 되겠군요. 최근에 개정된 것이 1987년인데 당시와 지금의 사회적 법률욕구와 입법환경이 많이 달라진 것 아닌가요? 둘째로는 국회의원을 절반씩 또는 삼 분의 일씩 나눠서 뽑고 전체 의원의 회기가 종료되는 일이 없도록 하는 방법도 있습니다. (헌법재판소의 도움을 받아야 할 수도 있을 듯합니다.) 셋째는 국회의원의 의정평가 기준을 법안입안이 아니라 법안처리 건수로 하는 것입니다.

그런데 지방자치단체장의 경우처럼 국회의원도 선출 가능 횟수를 제한했으면 좋겠습니다. 2번 정도가 어떨까요? 개인적으로 4선 5선 의원들이 경력에 걸맞게 국가에 기여한다는 생각을 해본 적이 없으며 오히려 국민에게 실익이 없는 정쟁(권력투쟁이라고 할까요?)을 주도하는 세력이라고 봅니다.

회사에 직원이 새로 와도 전임자가 하던 일을 기를 쓰고 파악해서 무던히 마무리하는 것이 당연한 일인데 무슨 이념이 바뀌는 것도 아니고 더구나 국가대사를 그냥 일꾼이 (일부만) 바뀔 뿐인데 하던 일을 전부 그만두고 새로 시작하라고 하는 것이 상식에 맞는 건가요? (그런데 저 대책을 누군가 발의한다 해도 임기 중에 처리될까요?)

페미니즘

2024.6.1.

얼마 전에 문자에 '출생률'이라는 말을 썼다가 누군가에게 지적을 받았습니다. 페미니스트가 만든 단어라고, 그거 알고 사용한 거냐고 하더군요. 정말 몰랐습니다. '출산율'과 구분할 의식적인 경계심이 없었고요. 그분들이 단어를 고쳐서 이를테면 '유모차'를 '유아차'라고 해야 한다고 주장하는지도 몰랐습니다. 물론 고친 말들이 옳으냐 그르냐는 다음 문제이고요.*

태초에 하나님이 아담을 창조하고 그 갈빗대를 하나 꺼내서 이브를 만들었다는 성경의 얘기가 자연스럽게 여성이 남성에 종속되는 인간 역사의 흐름까지 창조했다고 봅니다. 그런데 이론이 있습니다. 히브류 말로 '아담'은 남자 이름이 아니고 그냥 '인간(human being)'이라는 것입니다. 그래서 태초에 아담은 어떤 성(性)을 가진 존재가 아니고 이브를 만든 후에 성이 결정됐다는 것이지요.**

---

* 신문 읽을 때 관심을 갖고 봤더니 조선일보는 '출생률'이라고 하고 동아일보는 '출산율'이라고 하는군요. KBS 방송에서도 출생률이라는 말을 자주 사용합니다. 중앙일간지나 공영방송이 아무런 비판 없이 용어를 선택한 것은 아닐 것이라고 봅니다. 그렇다면 '산부인과'도 '생부인과'로 '산모'도 '생모'로 바꿔 불러야 하나요? 그런데 개인적으로는 더디거나 지지부진하다는 글에서 '출생률'이라고 표현하면 마치 태아를 나무라는 듯한 느낌이 드는데 독자들께서는 어떻게 생각하시는지요?

** A Brief History Of Faminism(PATU/ANTJE SCHRUPP, Sophie Lewis 譯, 2024), 서문.

그러나 이미 그리스의 누군가가 "여자에게 읽고 쓸 줄 알게 가르치는 것은 뱀에게 또 다른 독을 제공하는 것이다"라고 했답니다. 거의 남녀 차별의 시조인 셈이네요. 중세에 이르러 그리스도교에 의한 여성차별이 심해지자 이런 조직을 거부한 여성들이 아예 사제로부터 독립하여 '신과의 직접 접촉'을 꾀하는 시도를 했다고 합니다. 그리하여 "신은 '사랑'을 통해서 만나는 것이지, '교회'를 통해서 만나는 것이 아니다"라고 주장했답니다. 이러한 저항을 통해서 벽창호 같은 남성 위주의 사회에서 여성운동은 조금씩 성과를 이루었고 드디어 1997년에는 독일의 형법이 개정돼서 부부간의 성행위에 위력이 개입되면 강간이 될 수도 있다고 하였습니다.

그런데 어느 날부터 레즈비언 여성들이 페미니즘에 중추적(?) 역할을 하게 됐습니다. 나아가 "레즈비언은 여성이 아니다." 또는 "페미니즘은 이론이고 레즈비언은 그 활동이다." 뭐 이런 주장까지 나왔네요.

최근에는 성적인 정체성이 아주 분화된 상태로 한 발 더 나아갔습니다. LGBTQI*라고 해서 성소수자를 구체적인 성향에 불구하고 집합적으로 표현하는 말이 등장했고요. 이렇듯 양성의 원칙에 동의하지 않는 사람들이 '퀴어'라는 단어를 채용해서 사용합니다. 퀴어는 '기묘하고 괴상'하다는 뜻인데 '세상의 모든 규범에서 벗어나겠다'는 의도로 사용한답니다.**

---

* LGBTQI Lesbian, Gay, Bisexual, Transgender, Queer, Intersexual

** 그런데 누구는 Q를 'Queer'와 함께 'Questioning'으로도 풀이하면서 '도대체 성 정체성을 알 수가 없는'으로 설명하기도 합니다.

'퀴어 축제'가 5월 말부터 6월 중순까지 열리는군요. 오늘은 퍼레이드가 열린다는데 자식들 행선지에 관심 좀 가져보세요.

6·25전쟁 1

2024.6.11.

호국보훈의 달을 맞아 6·25전쟁 얘기 좀 하겠습니다.

1950년 6월 23일 유엔 시찰단이 38선 전역을 점검한 결과, 소소한 충돌 외에 특별히 다른 징후는 없다고 보고했습니다. 그러나 겨우 이틀 후에 인민군이 쳐들어 왔습니다. 우리는 이걸 '6·25사변'이라고 했고, 북한은 '조국통일전쟁'이라고 했으며, 미국은 '한국전쟁'이라고 했습니다.

김일성은 단숨에 서울로 진격할 계획을 세웠고 서울만 점령하면 남조선 군대가 궤멸하고 곧바로 남조선 인민들이 들고일어나 수일 내에 전쟁을 끝낼 수 있다고 생각했습니다.

인민군은 이틀 만에 서울을 점령했고 국군은 퇴각하고 시민들은 피란하느라 아주 지옥이 따로 없었습니다. 당시 한강을 건너는 다리라고는 한강대교 하나밖에 없었으니 강북의 모든 사람들이 다리로 밀려들었는데 국군은 인민군이 따라올까 봐 피란민으로 가득 찬 다리를 폭파했습니다. 건너던 민간인 수백 명이 죽었습니다.

인민군 남침으로 놀란 것은 남한 사람들뿐이 아니었습니다. 미국도 깜짝 놀랐습니다. 트루먼 대통령은 일본에서 점령지 관리에 바쁘던 맥아더 장군에게 속히 한국을 지원하라고 명령했습니다. 유엔의 지원안도 일사천리로 가결됐습니다. 러시아가 표결에 참여했다면 당연히 반대했을 텐데, 당시 러시아는 "유엔의 대만 자리를 중국에 넘겨야 한다"는 주장이 좌절되자 삐져서 (다행히도) 유엔을 보이콧하고 있었습니다. 그래서 미국도 유엔군이라는 명목으로 참전했습니다.

그런데 사실 미국과 유엔의 즉각적인 참전은 김일성이나 러시아, 심지어 이승만 정부도 예상하지 못했던 일이었습니다. 하지만 미국의 결정에는 배경이 있었습니다. 이미 수십억 달러를 퍼부었음에도 불구하고 1949년에 장개석의 국민당은 중국 공산당에 밀려 대만으로 달아났고, 소련은 동유럽 거의 전부를 손아귀에 넣고 있었으며, 이런 상황에 남한까지 붉은색으로 물들인다는 것은 정치적으로 용납할 수 없는 일이었습니다. (해방 후 남북분단에 일말의 책임감은 있었는지 모르겠습니다.)

7월 5일에 미군 1진이 도착했지만 쉽게 인민군을 막아내지 못합니다. 하지만 국군도 힘을 내서 악착같이 저항하는 바람에 전선은 낙동강 부근에서 교착되고 김일성과 박헌영은 초조해집니다. 그런데 김일성에게 정작 또 한 가지 예측하지 못한 문제가 발생했는데… 아무래도 다음 편으로 넘어가야 하겠습니다.

6·25전쟁 2

2024.6.12.

김일성은 남침을 준비하면서 인민군이 진격하면 남쪽의 '억압받고 있는 인민'들이 열렬히 호응해서 통일은 일사천리로 진행될 것이라고 믿었습니다. 그래서 이후 점령지마다 '인민위원회'를 구성해서 '해방'된 지역을 관리하도록 하고 공직자나 지주 등 상위계층을 처단하면서 농민들에게는 농지를 나눠주겠다고 약속했습니다.

그러나 '남조선 인민'들은 그의 생각대로 반응하지 않았습니다. '해방'을 반기기는커녕 오히려 '동족상잔'의 비극을 기획한 북한에 적대감을 드러냈습니다. 남한의 젊은이들이 인민군에 지원하지 않으니 할 수 없이 징병을 해야 했습니다. 남조선 인민들은 공산주의를 경멸하기 시작했습니다. 이런 오판이 인민군의 진격속도에 지장을 주었습니다.

부산을 60km쯤 남겨놓은 채로 유엔군이 도착했습니다. 그러자 이번에는 모택동이 메시지를 날렸습니다. "혹시 북한으로 쳐들어오면 우리 '의용군'이 방어하러 나설 것이다." 하지만 당시 워싱턴과 북경은 외교라인이 없어서 미국은 이 메시지를 인도를 통해 받았으며 그냥 대수롭지 않게 여겼습니다.

9월 15일, 명장 맥아더는 8만의 해병과 260척의 전함을 이끌고 인천에 상륙합니다. 워싱턴의 반대를 무릅쓰고 악명높은 서해 간만의 차이를 극복한 역사적인 작전이었습니다. 인민군이 혼란에 빠졌고 패닉 상태의 김일성이 스탈린과 모택동에게 구해달라고 읍소를 합니다. 적화통일의 열망이 식어가는 순간이었습니다.

맥아더와 이승만은 북진을 주장합니다. 특히 이승만 정부는 지금이야말로 통일을 이룰 때라는 생각에 유엔의 승인이 나기도 전에 북진합니다. 10월 10일 원산을 접수하고 일주일 뒤 평양에 태극기를 꽂습니다. 10월 30일 이승만 대통령이 평양에 와서 군중대회를 개최합니다. 11월 하순에는 한반도 거의 전역이 국군과 유엔군의 손아귀에 떨어집니다.

그런데 이게 웬일일까요? 북한 사람의 반응도 엊그제 남한과 비슷했습니다. 저항하는 사람도 별로 없었지만 그렇다고 새로운 점령자를 반기지도 않았습니다. 하지만 이승만 정권은 국민의 환심을 사려는 노력보다는 "공산주의 부역자를 처벌하겠다"고 전 국민에 해당하는 으름장을 놓고 수천 명을 체포하면서 "토지를 농지개혁 이전의 지주에게 돌려주겠다"는 최악의 선포를 했습니다. 3편도 필요하겠네요.

6·25전쟁 3

2024.6.13.

김일성과 남은 인민군은 평안북도 강계에 숨죽인 채 숨어있었습니다. 모스크바에서 메시지가 날아왔습니다. "중국으로 피신하는 게 어때?" 이 말은 소련이 김일성을 포기하겠다는 의미로 받아들여집니다. 하지만 김일성은 곧 중국의 구원을 받습니다.

11월 하순에 맥아더는 자신의 부하들에게 "크리스마스 전에 전쟁이 끝날 것"이라고 했습니다. 그러나 이미 수 주 전에 의용군을 가장한 중공군이 조용히 북한 쪽으로 넘어온 상태였으며 드디어 11월 27일 유엔군과 국군에게 포문을 열었습니다.

유엔군은 대책 없이 밀렸고 중공군은 거침없이 쳐내려 왔습니다. 북측은 12월 6일에 평양을 되찾았고 1월 4일에는 다시 서울을 점령합니다. 이후 37도선(현재의 안성쯤)까지 내려오는 바람에 보급선을 놓친 중공군을 남쪽이 다시 반격합니다.

3월 15일에 서울을 수복하고 좀 더 올라갔으나 38선 비슷한 곳에서 전선은 또 교착됩니다. 트루먼은 다시 북진을 주장하는 맥아더를 해임합니다. 미국 정부는 전쟁을 끝내고 싶었습니다. 모택동도 마찬가지였습니다. "이 정도면 김일성을 구해준 것이니 이 전쟁은 승리라고 하자"

며 물러섰습니다.

강대국 사이의 휴전협상이 진행되는 동안 별 힘을 쓰지 못한 김일성은 총구를 내부로 돌려 갖은 숙청과 함께 '공산당 재건'을 선언합니다. 이승만 역시 자유당을 창당하고 제2국민병인 '국민방위군'을 창설했지만 자유당은 자신의 장기집권 도구였고, 방위군은 군사원조를 착복하는 수단이었습니다. 부산 피란 시절 3만 명의 평양 동조 의심자를 체포해서 3천 명을 처형했습니다.

김일성이 통일을 당분간 미루고 한숨 돌릴 틈을 찾고 있는 반면에 이승만은 계속 북진통일을 주장했습니다. 결국 '반공 포로'를 석방해 버려 휴전협상에 재를 뿌렸습니다. 참다못한 미국이 이승만을 제거하려는 계획을 세웠다고 하는데 실행에 옮기지는 않았습니다.

1953.7.27. 유엔, 중국, 북한이 정전협정에 서명했습니다. 이승만은 끝까지 서명하지 않았습니다. 결국 평양이나 서울이나 엄청난 희생에도 통일을 이루지 못했고, 미국은 지금까지 남한에 주둔하고 있으며, 소련도 이 전쟁에서 얻은 것이 없었습니다. 다만 중국은 "우방을 살려줬다"는 자존심을 세웠지만 이것도 30만 중공군을 희생시킨 결과였고 무엇보다 타이완에 쫓아갈 타이밍을 놓쳤습니다.

6·25전쟁 4

2024.6.14.

6·25전쟁 마지막 글입니다.

저의 고향은 충청남도 아산입니다. 아산만을 곁에 두고 젓갈과 숭어, 우럭, 망둥어, 그리고 각종 바닷게와 해초류가 철 따라 입맛을 돋워 주는 곳이었지요. 하지만 일찍이(1974년) 아산만 방조제가 생긴 이후로 저놈들이 좀 멀어지긴 했습니다.

6·25 때 이 시골도 인민군의 점령지가 된 적이 있습니다. 그래서 어느 날 밤 인민재판이 열렸고 지주 계층이던 한 가족 부모와 아들 둘이 재판을 받은 후에 눈을 가리고 두 손이 묶인 채로 백석포라고 하는 곳에서 고깃배에 태워졌습니다. 바다로 나간 배는 네 사람을 물에 떨구고 뭍으로 다시 돌아왔습니다.

얼마 지나지 않아 인민군이 퇴각했습니다. 그리고 며칠이 지난 어느 날 동네 소년의 눈에 수장당했던 이웃 청년의 모습이 들어왔습니다. 고깃배에 손 묶여 태워졌던 작은 아들이었습니다. 청년의 손에는 소총에 꽂는 대검이 쥐어져 있었고 그는 인민재판을 진행했던 다른 이웃의 집으로 들어갔습니다.

이 이야기는 저의 아저씨뻘 되는 사람(동네 소년)이 목격한 것을 형님뻘 되는 사람에게 전해 들은 것입니다. 그 뒤의 이야기는 해주지도 않았고 저도 묻지 않았습니다.

전쟁이 끝난 지 71년이 지났습니다. 참상이 잊혀가는 동안 북한은 이미 새로운 왕조를 구축하고 (3대째 세습을 했으면 '공화국'이 아닙니다.) 여전히 인민을 단속하고 있으며 (세계 유일의 인터넷 차단국가라고 합니다.) 반면 아직도 우리는 '빨갱이'와 '친일파'를 이념의 극단에 놓고 있습니다.

지금도 지구상 여러 곳에서 수많은 총탄이 소비되고 있습니다. 남북한의 풍선 날리기는 험악한 수사에 비하면 '유치'하기는 하지만 인류가 전쟁에서 깨닫는 게 없다는 것이 다소 걱정됩니다.

지난 3편까지의 이야기는 미국 버지니아의 제임스 매디슨 대학의 한국사 전공 마이클 세쓰 교수님이 쓴 책《간추린 한국사》에서 옮겼습니다. 다 알고 있는 얘기지만 시각이 좀 달라서 새로운 부분도 있더라고요. 하지만 통일을 부르짖던 김일성과 이승만의 민족주의적 열정은 다 옮기지 못했습니다.

나중에 8.15 광복절 해방에 관해서도 이야기해 보겠습니다. 6월 초여름인데 기온이 30도를 웃도네요. 건강하시고 동창들 행사 적극 참여하시고 항상 활기차게 생활하시길 바랍니다.

명품의 두 얼굴

2024.6.18.

며칠 새 명품 관련한 두 가지 얘기를 접했습니다. 하나는 루이비통모에헤네시(가방하고 와인이 합쳐진 이름)라는 명품회사의 회장인 베르나르 아르노라는 사람이 2024년 포브스지 선정 세계 최고 부자에 이름을 올렸다는 것입니다. 재산이 우리 돈으로 300조 원 이상이라는데 구글도 아마존도 테슬라도 아니었네요.*

또 하나는 그쪽 계열이라는 다른 브랜드의 명품가방 385만 원짜리가 원가는 8만 원이라는 충격적인 뉴스였습니다. 물론 광고도 해야 하고 세금도 내야 하니 마진이 377만 원이라고 할 수는 없겠지만 어쨌든 상상외의 '초저가'에 납품을 받는다는 사실이 놀라웠습니다.

좀 더 살펴보니 이탈리아의 가방공장에 인도 근로자를 데려다 초저임금을 적용하면서 가혹한 노동환경에서 안전조치를 무시하고도 저렇듯 빛나는 명품을 생산하고 있다고 하는데… 갑자기 엊그제 읽은 마이클 세쓰 교수님의 《한국사 이야기》 중 어느 부분이 생각났습니다. 옮겨보겠습니다.

---

* 2024.6.11. TV 프로그램(TVN 벌거벗은 세계사)에서 베르나르 아르노라는 사람의 기업사냥 진행과정을 천재적이고, 입지전적이라는 시각으로 방영하였습니다. 인터넷에는 최고 부자 1위가 일론 머스크(테슬라)고 2위가 아르노(루이비통), 3위가 제프 베조스(아마존)라는 자료도 있었습니다.

"1970년대 한국 노동자가 일을 하다가 다칠 위험성은 당시 일본의 15배에 달했다고 한다. 특히 노동력의 3분의 1을 차지하던 여성근로자들에게 환경은 더욱 가혹했다. 대부분 시골 출신이었던 소녀들은 더럽고, 시끄러운 착취의 현장에서 오로지 돈 벌어 고향에 보내야 한다는 일념으로 일했다. 벌집같이 옹색하고 토끼 사육장같이 암울한 곳에 기거했는데 심지어 밤중에는 문이 잠겼다. 대부분 짧은 머리였다. 머리카락이 길면 가발용으로 잘라 팔았기 때문이다."*

그 시절 대부분이 그랬기 때문에 삶이 자연스레 빈곤한 것이었지요. 하지만 다시 이 글을 읽으면서 우리 누님들이 저렇게 일해서 툇마루에 쌀포대라도 놓게 하고 동생들 진학시켰다고 생각하니 눈시울이 뜨거워졌습니다.

그런데 50년이 지난 지금 지구상 어느 곳에 아주 유사한 노동환경이 존재한다는 사실이 당혹스럽습니다. 향수업계는 어린아이 손으로 재스민 꽃잎을 수확하게 해서 물의를 일으키고 있군요.** 반면 능력 있는 회장님은 그 돈으로 수천억짜리 집을 마련하고 전용비행기를 타면서***

---

* 위 '간추린 한국사', p186.

** 이 글을 쓰기 바로 전날 BBC에서는 향수회사의 재료인 꽃잎을 따는 데 어린이들이 동원돼서 학대를 당하고 있다는 내용의 특집방송이 있었습니다. 물론 로레알이나 에스티로더 등 향수업체들은 일관되게 아동학대를 부인했지만, 어느 소녀가 눈이 아파 병원을 찾아와서는 "새벽 3시에 일어나서 꽃을 따러 나가는데 눈이 아프다"라고 말합니다. 의사는 눈 알러지로 진단하면서 속히 염증을 치료해야 한다고 합니다. 향수인들 원가가 얼마나 되겠느냐마는 이집트 재스민 생산지역에서 일하는 헤바라는 여성은 "아이들 4명을 데리고 밤중에 나가 일해서 번 돈이 1.5달러"라고 했습니다.

*** 아르노 회장은 최근에 전용기를 팔고 전세기를 타기로 했답니다. 자가용 비행기를 띄우면 항적이 노출되기 때문에 사생활을 고려한 조치였다고 하네요.

자신의 사업수완을 경이적인 눈빛으로 바라보는 경영학자와 기업인들에게 의미 있는 미소를 던지겠지요.

그나저나 영부인께서 어느 목사님한테서 받은 가방, 아니 파우치도, 원가로 계산하면 뭐 2~3만 원 할 것 같은데, 뭘 그리 야단법석을 떠는지 모르겠네요.

한자 이야기

2024.6.24.

엊그제 토요일에는 동창들을 대상으로 한문 선생님 이○희가 강의를 해주었습니다.

상형, 지사, 회의, 형성 등 한자가 생성된 방식을 바탕으로 글자를 분해해 보고 천자문으로 시작해서 소학을 거쳐 사서삼경을 지나 통감에 이르는 한문수학의 대장정을 정리해 주었으며, 우리나라와 일본은 스스로 한자를 만들어서 쓰기도 한다는 것을 알려주었습니다. 논답(畓), 집터대(垈), 시집시(媤) 등이 우리가 만든 한자라는군요.

한자는 이제 중국의 문자가 아니고 한국, 일본, 그리고 중화권 국가인 싱가포르, 말레이시아, 베트남 등이 자기들 나름의 방식으로 공유하는 문화라고 했습니다.

햄버거를 먹으면서 굳이 그 원산지나 유래를 따지지 않고 자연스럽게 한 끼를 때울 수 있는 음식으로 여기는 것과 비슷하다고 생각했습니다. 햄버거를 식사로 활용하는 것이지 그걸 숭배하는 것은 아니니까요.

우리가 사용하는 많은 단어가 한자에 바탕을 둔 것이므로 아이들에게 한자를 가르치면 학습능력이 배가된다는 것을 강조했습니다. 가능한 한 중학교 입학 전에 가르치면 좋다고 합니다.

2교시에는 조선시대 여성 차별적인 유교사회에서 발군의 필적을 남긴 허난설원, 이옥봉, 황진이 등 여성들의 삶을 소개하며 그들의 한시를 풀어주었습니다. 특히 이옥봉이라는 분의 시구 중 "꿈에서처럼 당신 집을 찾아갔다면 문간의 돌이 반은 모래가 됐을 것"이라는 구절에 가슴이 뭉클했습니다. 수백 년의 문학적 성취가 감히 따라잡지 못할 시상이라고 생각하면서 실로 그 애절함이 마음에 닿았습니다.

EBS 온라인 강의 8년 경력의 한문 선생님 ○희의 값진 강의에 감사 인사를 전하며, 다음에 기회가 되면 심화과정도 부탁합니다.

다음 강의는 9월 28일에 ○택이가 준비합니다. "런던 및 근교의 궁(Palace)과 성(Castle)들"이란 주제로 ○택이가 ○기의 도움을 받아 준비하고 있습니다. 기대하시고 많은 참석을 바랍니다.

백두산 여행기

2024.7.9.

친구들 여섯 명이 백두산 여행을 다녀왔습니다. 날씨와 풍광을 생략한 후기를 두서없이 쓰겠습니다.*

1. 쓰레기통입니다. 백두산 관광지(버스 터미널 포함) 내 도처에는 쓰레기통이 설치돼 있었습니다. 재활용 가능과 불가능의 두 칸이었는데 수시로 치우는 사람이 와서 집게로 수거해 갔습니다. 그럼에도 사람들이 많이 모이는 공간에는 집게와 쓰레받기를 든 사람이 바닥에 떨어진 휴지, 비닐 껍질 등을 줍고 다녔습니다. '이 정도 하니까 중국도 깨끗하네' 하는 생각이 들었습니다. 심지어 노선버스 내부에도 쓰레기통이 설치되어 있었습니다. 우리나라는 '쓰레기통을 놓지 않으면 버리지 않겠지'라고 생각하는데 중국은 '쓰레기통을 놓으면 아무 곳에나 버리지 않겠지'라고 생각하는 것 같았습니다. 버릴 곳이 있으니 은근히 편했습니다.

2. 화장실입니다. 중국의 화장실에 휴지가 없다고 가기 전부터 몇 번이나 공지를 받았는데 사실 큰 걸 호텔에서 해결하면 남자는 별로 불편

---

* 풍경 얘기 한 가지만 하겠습니다. 백두산을 차로 오르다 보니 흰 꽃이 들판을 거의 차지하고 있었습니다. 누가 무슨 꽃이냐고 물어보니 눈 같다고 하여 '눈이꽃'이라고 한다는데 귀국해서 인터넷에 아무리 검색해도 그 꽃을 찾을 수 없었습니다. (제가 잘못 들었는지도 모릅니다.) 이 꽃이 왜 특이했냐면 이효석의 '메밀꽃 필 무렵'에서 메밀밭을 "소금을 뿌려놓은 것 같다"고 묘사한 부분이 생각났기 때문입니다. 백두산의 이 꽃밭도 그런 모습이었습니다. 다만 메밀꽃이 곤소금이라면 '눈이꽃'은 굵은 소금이라고 할 수 있을 정도로 꽃무리가 컸습니다.

하지 않았고, 공중화장실은 관리인(?)이 한 명씩 상주하면서 계속 청소를 하고 있었습니다. 그 목적이 청소인지 아니면 드나드는 사람 감시인지는 모르겠습니다. 그런데 남자 화장실 소변기 앞에는 역시 한자의 나라답게 명문장이 붙어있었습니다. "向前一小步, 文明一大步" (작은 한 걸음 앞으로 내디디면, 문명의 큰 걸음이 나아갑니다.)

3. 안전벨트입니다. 버스나 승합차를 많이 탔는데 탈 때마다 기사나 가이드가 "안전벨트 하라"고 안내를 했습니다. 그런데 예를 들어 24인승 버스에 앉은 사람 중 한 사람이라도 벨트를 매지 않으면 경고음이 울렸습니다. 그래서 빈자리도 안전벨트를 채워놔야 했습니다.

4. 검색 관련입니다. 비행기처럼 기차를 탈 때도 여권 내고 승차권 내고 컨베이어 벨트에 짐 넣고 보안검색대 통과하고 직원이 탐지기로 온몸을 훑어대는 데 참으로 이국적이었습니다. 북한이 그렇다더니 중국도 자국민까지 움직이는 루트를 파악해야 직성이 풀리나 봐요.

5. 호텔 이야기입니다. 들뜬 첫날이라 저녁에 라운지 비슷한 곳에서 일행이 모여서 소주 한잔 한다고 좀 떠들었는데 시간이 지나니 참다못한 어느 방 (한국인)아주머니가 "좀 조용히 하세요!" 라고 주의를 줍니다. 다음 날 호텔 복도를 지나다 다른 방 출입문에 붙은 메시지를 보고 피식 웃음이 나왔습니다. "중국인이 투숙 중입니다. 떠들지 말아주세요."*

* 북한 식당에 들러 냉면을 먹는 일정이 있었습니다. 식당은 북한당국이 운영하는 곳이 아니고 중국인이 북한 사람을 채용해서 운영하는 곳이라고 했습니다. 20대의 젊은 여성들이 서빙을 했는데 놀랍게도 그 체형이나 복장이 대단히 세련된 모습이었습니다. (물론 상상하던 것과 비교한 결과지, 실제 서울의 젊은이들과 비교한 것은 아닙니다.) 냉면을 받고 나서 일행 중의 누군가가 식초와 겨자를 찾으니 이렇게 대답합니다. "기런 거 넣으면 맛 없습네다."

말도 마, 헷갈려

2024.7.11.

요즘 장마철이라서 폭우에 어느 곳이 탈이 났다는 안전안내문자가 수시로 오는군요. 그런데 하루에 두세 번은 사람 찾는 문자가 옵니다. “어느 지역에서 배회 중인 몇 살 아무개 씨를 찾습니다. 인상착의가 어떻고….” 가끔은 젊은 사람을 찾는 일도 있지만 대부분 노인을 찾는군요. 집을 잃고 헤매는 사람들이 꽤 많은 모양입니다.

예전에 직장에서 퇴근하면서 동료들과 함께 엘리베이터를 탔을 때의 일입니다. 한 사람이 “나는 내 차를 지하 몇 층에 뒀는지 항상 헷갈리더라” 라고 하니 옆에 있던 다른 친구가 “아이, 말도 마! 나는 내가 오늘 차를 갖고 왔는지 집에 두고 왔는지가 매일 헷갈려” 라고 하더라고요. 누군가에게 이걸 우스갯소리로 했더니 그 사람 하는 말이 “그 정도면 건망증이고, 만약 거기서 더 나아가 내가 차를 소유하고 있는지를 헷갈린다면 치매입니다”라고 하더라고요.

일반적으로 인식이 결여되어 질병의 수준에 이르는 것을 치매라고 하는데 우리가 많이 사용하는 ‘알츠하이머’는 치매 증상의 일종이라고 합니다. 그런데 대부분 60대 중반 이후에 발병해서 ‘노인성 치매’라고도 부르나 봐요. 사실 환자라도 정신이 왔다 갔다 하기도 하고 일상생활에 큰 문제가 없는 경우도 있다고 하지만 제 개인적인 생각으로는 저렇게 집을 나와서 배회할 정도가 되면 정부가 개입해야 한다고 봅니다. 정말 주변 식구들의 일상이 피폐해지는 것을 보았거든요.

치매는 다음과 같은 증상으로 온다고 합니다.

① 기억력이 나빠진다. 특히 최근 일이 기억나지 않는다.
② 뭔가를 자꾸 혼동한다.
③ 어떤 일을 집중해서 하는 것이 어려워진다.
④ 성격이나 행동이 바뀐다.
⑤ 무심해지거나 우울해진다.
⑥ 일상적으로 하던 일을 제대로 하지 못한다.

예방을 위해서는 고혈압, 당뇨, 체중, 식단 조절, 운동 등 뻔한 얘기지만 "청력이 감소되지 않도록 관리하라"는 말이 있네요.

각 구마다 치매안심센터가 있고 무료로 검사도 해준다고 하니 방문해 보는 것도 좋을 것 같습니다. 나이 제한도 없다고 합니다. 뭐 꼭 특별한 증상이 있어서 방문할 것이 아니고 그냥 한번 가보는 것이 어떨까 합니다. 나이가 증상이거든요. 그래서 나이 먹은 정치인들이 자주 하는 얘기가 있지요. "기억이 나질 않습니다."

대통령 욕하기

2024.7.19.

대통령 탄핵 관련한 국회 청문회가 열린다고 합니다. 취임한 지 2년 하고 두 달여가 지난 시점이니 아직 임기의 절반도 채우지 못한 상황인데 "잘해라"가 아니라 "나가라"고 외치고 있군요.

문재인 대통령은 임기를 2년 남긴 2020년에 탄핵청원이 있어 한동안 정치적으로 소란스러웠습니다. 제 기억으로 실정은 부동산 정책이라고 해야 할 것 같은데 당시의 탄핵청원 사유는 우습게도 "마스크 가격 폭등, 중국인 입국금지 미실행 등" 코로나 관련이었네요.

박근혜 대통령은 탄핵이 실현된 유일한 대통령이군요. '국정농단, 비선실세'라는 말로 촉발된 '촛불시위'라는 국민적 저항이 결국은 권좌에서 끌어내렸습니다. 당시 JTBC 기자가 최순실 씨네 지하주차장에서 마이크를 들이대던 모습이 아직도 눈에 선합니다.

그 전에 이명박 대통령이네요. 이 분은 광우병 소고기 관련 촛불시위에 두 번의 대국민 사과를 하고도 탄핵소추는 피했습니다. 그런데 사건이 커지며 한쪽은 이게 괴담이니 과학이니 논쟁을 하고 다른 쪽은 그런 디테일은 필요 없고 정권 타도만 하면 된다는 식의 궐기로 산만했습니다. 결국 다른 이유로 진보세력이 집권하자마자 옥고를 치렀습니다.

노무현 대통령은 무쇠솥처럼 후끈 달았다가 짧은 시간에 식어버린 케이스군요. 상고 출신에 사법시험에 청문회 스타였던 풍운아는 당선되기가 무섭게 여러 곳에서 시비를 걸었고 헌정사상 최초로 탄핵소추를 당했습니다. 나중에는 심지어 길을 가다가 돌부리에 걸려 넘어져도 '노무현 때문'이라는 식이었습니다. 그러나 노사모라는 정치 팬클럽과 부엉이바위는 바보 노무현을 애잔한 기억으로 남게 합니다.

1998년 2월 숱한 정치적 고난 끝에 죽다 살아남은 김대중이 드디어 대통령이 됐습니다. '정계 은퇴'를 번복하고 "약속을 지키지 못한 것이지, 거짓말을 한 건 아니다"라고 주장하며 기어코 대한민국 대통령 자리를 차지합니다. IMF 시대를 극복하며 노벨평화상을 수상했지만 아들들 때문에 욕을 먹었습니다.

김영삼의 문민정부는 하나회 해체와 금융실명제, OECD 가입 등의 실적에도 불구하고 IMF 구제금융을 빌미로 격한 비난을 받았습니다.

이렇게 되돌아보니 지금까지 제대로 된 대통령 한 명도 뽑아보질 못했습니다. 그렇다면 이렇듯 연달아 잘못 선택한 국민이 반성해야 하는 것 아닌가요?*

---

* 대한민국의 정치적 루틴이 되었다고 생각할 정도로 심한 것이, 국민투표 과반의 지지를 받아 대통령이 된 사람을 일 년도 지나지 않아 욕하고 비판하고 트집 잡는 것입니다. 맡겨 놓았으면 얼마간은 좀 두고 봐야 하는 것 아닌가요? 그 얼마간이 그리 짧은 건가요? 어느 교수님이 학계에서 주목받는 가장 효과적인 방법은 그 분야의 최고 이론가를 세게 비판하는 것이라고 하셨는데, 대통령을 욕해야 내 가치가 올라가기 때문에 그런 건가요? 뭔가 잘못됐다고 비판하는 것은 실무자 단계부터 시작해 보면 어떨까요?

여우와 포도

2024.7.23.

미국의 조 바이든 대통령이 연임 의지를 꺾고 후임 대통령 후보를 추천했다는 소식이 있군요. 나이가 많아서 대통령직을 계속 수행하기는 문제가 있다는 여론이 점차 거세지자 결단을 내렸답니다. 사실 이동하면서 비행기 트랩을 오르내리는 모습을 보면 조마조마하기도 했습니다만, 후보가 결정되는 관문이나 다름없는 TV토론에서 '완패'했다는 세간의 지적이 이 결단에 큰 힘으로 작용한 것 같습니다. 정적인 트럼프가 총에 맞고(빗맞았지만), 본인이 코로나에 감염된 사실도 변수가 되었나요?

우리나라 이승만 대통령이 81세에 세 번째 임기를 시작해서 1960년에 4.19로 하야할 때가 85세였군요. 1942년생인 바이든 대통령이 이제 82세가 되니 엇비슷합니다. 그래도 내려오는 모습은 좀 다르군요.

이솝 우화에 나오는 여우와 포도라는 이야기를 어려서 여러 번 들었습니다. 금방이라도 과즙이 터질 것만 같은 탐스런 포도를 점프력이 허락되지 않은 여우가 몇 번의 시도 끝에 결국 포기하면서 "저 포도는 분명히 시어서 먹지 못할 것이다"라고 한다는 것인데 이 여우의 행동을 '자기합리화' 또는 '인지부조화'의 표본적 케이스라고 하더군요.

그런데 저는 잠시 생각을 바꾸어 봅니다. 정말 하고 싶은 일이 있는데 이것을 포기해야 할 때, 뭔가 그럴듯한 핑계를 생각해 내고 목표를 '바람직하지 않은 일'로 변질시켜서 마음에서 떠나게 하는 것이 어찌 보면 현명한 자의 처신이 될 수도 있겠다는 생각입니다. 능력에 미치지 못하는 것을 '원하지 않는 것'으로 바꾸어 버리는 저런 '자기 최면'도 경우에 따라서는 존경받을 만한 능력이 되지 않을까 합니다.

미합중국 대통령 자리를 목표에서 밀쳐버리는 정치인이 많지 않을 겁니다. 트럼프는 떠나는 바이든을 향해서 "최악의 대통령"이라고 여전히 폄하하지만 제 개인적으로는 머지않아 바이든을 우상화하는 계기가 나타날 수도 있을 것이라는 생각을 해봅니다.

어느 자리가 됐든 정상에 선 사람들이 내려올 타이밍을 놓치면 꼴 보기 싫거나 안타까운 일이 생기는 거지요. 그래서 이런 일이 이슈가 된 김에 이솝 우화를 좀 다른 각도로 받아들여서, 내려오는 사람이, 아니면 도전하는 사람이, 정상이 더 이상 목표가 아니라는 확신을 가질 수 있는 적절한 핑계를 대고 홀가분하게 떠날 수 있도록 해 보는 것은 어떨까요?

종이 침대

2024.7.27.

파리올림픽이 개막되었군요. 얼마 전부터 이번 올림픽이 이렇게 저렇게 특별하다는 뉴스를 많이 접합니다. 선수단이 센 강을 통해서 배를 타고 개막식에 입장한다는 것, 도처에서 신분증(QR코드)과 입장권을 검사해서 시민들이 불편을 호소한다는 얘기 등이 있네요.

엊그제는 이번 올림픽에도 지난 도쿄올림픽과 마찬가지로 선수들이 '종이 침대'를 사용할 것이라는 소식이 있었습니다. 침대가 더 튼튼해졌는지 몇 명이 올라가서 뛰어보기도 하고 몸을 던져보기도 하는 모습이 세간의 호기심이 크다는 것을 느끼게 했습니다.

그런데 저는 침대를 종이로 만들 생각을 한 일본인들이 정말 (잔)머리를 잘 쓰는 사람들이라는 생각을 했습니다. 집이나 TV나 에어컨 같은 것이라면 다른 사람이 쓰던 것도 다시 쓰는 것이 별일 아니지만, 침대의 경우에는 남이 쓰던 것을 쓰기가 좀 꺼려지는 물건 아닌가요? 그렇다면 거의 완벽하게 재활용되는 종이로 침대를 만든다는 것이 기술을 넘어 환경 차원에서도 훌륭한 아이디어가 아닌가 합니다.

하지만 더 나아가 종이로 침대나 의자가 아닌 '집'을 만든다는 것도 아시나요? 일본의 반 시게루라는 유명한 종이 건축가가 있는데 1995년

고베 지진 때 임시수용소를 종이로 만들기도 하고 중국 쓰촨성 지진 후에 학교를 짓기도 했답니다. 심지어 2007년에는 프랑스의 어느 강에 종이 다리를 설치하기도 했다는군요. 그러고 보니 침대 정도는 약과였던 것 같습니다.*

사실 종이는 물에도 잘 젖고 불에도 잘 타기 때문에 '연약한' 물건이라는 인식이 있지만, 종이 한 장에 손가락을 베기도 하고 전화번호부 정도 되면 방탄이 된다는 사실도 우리가 알고 있습니다. 나무를 분해해서 만드는 것이기 때문에 다시 뭉치면 나무의 견고함과 내구성이 소환된다고 하네요. 중량에 신경 쓰는 전투기의 내장재는 종이로 만든다고 하는군요.

그 외에도 종이는 디지털 매체보다 장점이 많다고 합니다. 튼튼하고 (컴퓨터와 책을 대형트럭이 밟고 지나가면 알 수 있음) 보안성이 뛰어나서 러시아 정보국을 비롯한 회사나 관공서도 지극히 중요한 문건은 종이로 보관한답니다.

그런데 '종이의 날'도 있네요. 2017년부터 6월 16일을 종이의 날로 지정해 기념하고 있다는군요.** 제지협회가 세계 생산량 5위를 기념해서 만들었답니다. 파리에 있는 우리 선수단과 종이 침대를 응원합니다.

---

* 경기주택도시공사 공식 블로그 2012.11.26.

** 국내에서 처음으로 서양식 '초지기(연속적으로 종이를 만드는 기계)'를 사용해서 양지(洋紙)를 양산한 날이 1902년 6월 16일인데 종이의 날을 6월 16일로 정한 이유라고 합니다. (2016.9.30. 아시아경제)

커피, 담배, 고무

2024.7.30.

아침에 커피 한 잔 마시다가 몇 가지 생각이 났습니다. 커피는 에티오피아가 원산지라고 하는데요. 염소를 키우던 목동이 발견했는데 염소가 이 열매를 먹고 잠을 안 자는 모습을 보고는 교회에 보고를 했답니다. 성직자들의 밤샘기도에 큰 도움을 주었던 커피는 이후 가까운 아랍으로 갔다가 유럽으로 갔다가 다시 중남미로 건너가서 지금은 그쪽에서 많이 생산되고 있다는군요.

반대로 담배는 콜럼버스가 아메리칸 원주민으로부터 선물 받아 그 존재를 알게 되었다는데 급속히 유럽, 아시아 등지로 퍼졌네요. 사실 원주민들이 진통제 등으로 이용하던 민간요법 식물이었다는군요.

그런데 커피는 유럽에서 '사탄이 만들어 낸 쓴 물'이라는 혐의를 쓰다가 17세기 초에 결국 교황까지 나서서 시음해 본 후에 '인증'을 받았답니다. 담배 역시 로드리고라는 사람이 스페인으로 들여와서 피웠는데 주변에서 코와 입으로 연기를 내뿜는 모습을 본 사람들이 놀라서 종교재판에 넘겼고 무려 7년이나 구금되어 있었다고 합니다. 하지만 유럽과 아메리카를 건너다니던 선원들이 대부분 즐겼기 때문에 결국 '양성화'되었다고 하네요. 이후 1847년에 필립모리스라는 영국 담배회사가 설립됐고 종이에 말아서 피우는 형태의 담배가 (씹는 담배를 물리치고) 표준이 되더니 제1, 2차 세계대전부터는 아예 전투식량에 포함된 보급품이 됐답니다. 우리도 군대에서 담배 보급받았지요?

담배, 커피는 받는 쪽에서 신중했지만, 금수품목을 반출한 사례도 있군요. 실크로드를 통해서 비단 수출에 재미를 보던 중국은 누에 반출을 금하고 어기면 사형으로 처벌한다고 선포해 놓았답니다. 그럼에도 서기 552년에 어느 기독교 승려 2명이 이를 성공적으로 비잔틴에 들여와 7세기에는 소아시아 지역에 양잠업을 부흥시켰다고 합니다.

또 한 가지는 고무나무 얘기입니다. 1876년에 영국의 어느 탐험가가 브라질에만 있던 고무나무 씨를 본국으로 몰래 보냈다는군요. (7만 개라는 기록이 있습니다.) 런던의 어느 왕립정원에서 성공적으로 싹을 틔운 후에 아시아 지역의 식민지로 보냈는데 이게 말레이시아에 가서 얼마나 자리를 잘 잡았는지 이제는 말레이시아가 브라질을 제치고 고무나무 왕국이 됐네요. 이 '고무 도둑' 역사는 지금도 브라질 사람들이 발끈하는 얘기라고 합니다.

고무 관련해서는 다른 재밌는 얘기가 있어 내일 보내겠습니다.

고무 이야기

2024.7.31.

제1차 세계대전이 발발한 다음 해인 1915년이었습니다. 영국은 서부 전선에서 독일과 교착 상태에 빠져있었는데 뭔가 시급한 상황이 발생했습니다. 쌍안경이 필요한데 갖고 있는 것이 없었습니다.

당시 무기의 발달로 먼 거리까지 총포가 도달하니 근접전이 점차 사라지고 멀리 있는 적에게 포탄을 안겨야 하는데… 멀리 볼 수 있는 장비가 필요했던 것입니다. 하지만 오래전부터 렌즈는 독일이 장악하고 있었습니다. 지금도 유명한 Zeiss라는 상표입니다.*

달리 대책이 없었던 영국은 우리나라 '금 모으기' 비슷한 '렌즈 모으기'를 해서 2천여 점의 안경과 오페라 관람용 쌍안경 등을 확보했고 왕과 왕비까지 4점이나 보내주었지만 수만 개에서 수십만 개가 필요한 상황에 답이 될 수가 없었습니다.

영국은 마지막 수단으로 독일에 주문이라도 해보려고 스위스로 특파원을 보냈습니다. 그런데 이게 웬일입니까? 독일에서 긍정적인 대답

* 1846년 독일 물리학자인 Carl Zeiss라는 사람이 세운 광학회사입니다. 안경, 현미경, 망원경, 카메라 렌즈 등 광학 렌즈 분야의 독보적 기업입니다. 우리나라 거리의 안경점에도 심심찮게 그 이름이 걸려있습니다.

이 왔습니다. "렌즈를 만들어 주겠다. 전투에서 노획한 우리 장비를 참고로 모델명을 알려주면, 쌍안경 32,000개는 즉시, 15,000개는 한 달 후에, 소총용 조준경 500개는 즉시, 5,000~10,000개는 한 달 후에 보내주겠다." 어처구니없는 대답이었지만 곧 이해가 갑니다. "그 대신 우리에게 고무를 좀 보내달라."

어제 보내드린 것처럼 영국의 탐험가가 1876년에 훔쳐 보낸 고무나무 씨가 유럽에서 영국이 고무를 확보하는 발판이 되었고 전쟁이 터지자 영국에게 렌즈가 필요했던 것 이상으로 독일은 군용차량의 바퀴를 만들어야 할 고무가 간절했던 것입니다. 이렇게 해서 거래는 성사됐고 전쟁은 3년이나 더 지속됐습니다. 나중에 한 영국군 장교가 "북해에서 독일 함대와 맞붙었는데 우리 선단을 쌍안경으로 바라보고 있는 독일군 장교를 나도 같은 Zeiss 안경으로 맞보고 있었다"고 회고했다고 합니다.

이상은 《물질의 세계(Material World, 2023)》라는 책에 나오는 내용인데 모래나 유리 같은 기본적 물질이 중요하다고 강조하는 글입니다. 저자(Ed Conway)는 예를 들어 "코로나 19 같은 팬데믹에 백신을 보급한 것은 화이자나 모더나 등의 제약회사가 아니라 백신 담는 유리병을 만든 Schott라는 회사"라고 주장합니다. (Schott는 Zeiss가 지배하는 회사입니다.)

제가 출근해서 이 글을 쓰는 것도 사실은 고무와 안경 덕분입니다. 더운데 튜브와 물안경이었으면 좋았을 텐데요.

원자탄 1

2024.8.5.

1939년 1월 29일, 미국의 어느 젊은 물리학자가 이발소에서 샌프란시스코 지역신문을 읽다가 "독일의 화학자 두 명이 우라늄을 이용한 핵분열 반응을 성공적으로 시현했다"는 기사를 보았습니다. 기겁을 해서 이발하다 말고 뛰쳐나간 이 젊은 과학자는 방사능 연구소의 스승인 '로버트 오펜하이머'에게 이 사실을 알립니다. 그러나 오펜하이머는 칠판에 수학공식을 써가며 "핵분열은 일어날 수 없는 일이고, 누군가 실수하고 있는 것"이라고 일축합니다.* 하지만 며칠 지나지 않아 과학자들 사이에서는 '믿어도 될 일'로 받아들여집니다.

1939년 8월경 일부 과학자들의 권유로 아인슈타인이 루스벨트 대통령에게 편지를 씁니다. "극도로 위력적인 무기가 생산되고 있습니다. 폭탄 한 개를 실은 배가 항구에서 폭발하면 항구 전체와 그 주변 땅을 단번에 쓸어버릴 폭발력입니다. 독일은 이미 그런 폭탄 제조를 진행 중이며 그들이 점령 중인 체코의 광산에서 생산되는 우라늄의 판매를 중단했습니다."

편지를 받은 루스벨트 대통령은 즉시 '우라늄 위원회'를 구성했습니

* AMERICAN PROMETHEUS(KAI BIRD and MARTIN J. SHERWIN, 2005), p166.

다. 하지만 거의 2년 동안 이 위원회가 한 일은 없습니다.

1939년 9월 1일 나치독일이 폴란드를 침공하면서 제2차 세계대전이 시작됩니다. 그런데 일주일 전인 8월 24일에 독일과 소련이 불가침조약을 맺고 9월 1일에 동시에 폴란드를 공격했다고 합니다.* 1941년 6월 22일 독일은 소련을 침공하고, 12월 7일에는 일본이 진주만을 폭격합니다.

1942년 9월 18일 미국은 '맨해튼 프로젝트'라 불리는 핵무기 개발사업에 착수합니다. 당시 이쪽 책임자였던 레슬리 그로브 장군이 로버트 오펜하이머를 프로젝트 총괄 관리자로 국방정책위원회에 추천합니다. 그로브는 오펜하이머가 '노벨상을 받지 못했고', '행정 경험이 없으며', '정치적인 성향(공산주의)이 의심된다'는 이유로 고민했지만** 물리학 외의 해박한 지식에 믿음이 갔습니다.

오펜하이머는 뉴멕시코의 로스앨러모스라는 곳에 자리를 잡고 수천 명의 과학자와 기술자를 지휘하며 원자폭탄을 개발합니다. 과학자들 사이에서도 "과연 이런 무기를 만들어야 하는 것인가?" 라는 윤리적 질문을 던지는 사람들이 있었지만 그로브 장군과 그의 부하들은 개발정보가 새지 않도록 입 단속하는 데에 진심이었습니다.

---

* AMERICAN PROMETHEUS(KAI BIRD and MARTIN J. SHERWIN, 2005), p143.

** 같은 책, p186.

원자탄 2

2024.8.6.

1945년 7월 15일 뉴멕시코 남쪽 알라모고도라는 곳에서 군인과 과학자들이 핵실험을 기다리고 있었습니다. 다음 날 새벽 4시로 예정된 실험은 기상 관계로 한 시간 연장됐습니다만 결과는 성공적이었습니다. 현장에서 20마일 떨어진 곳에서 이를 관측한 과학자는 "오렌지처럼 생긴 환하고 커다란 불덩어리가 점점 부풀어 오르더니 섬광을 품은 화염이 열기로 터져 나왔다. 정확히 1분 30초가 지난 후에 무시무시한 폭발음이 천둥처럼 밀려왔다. 얼굴에 화기가 느껴졌다" 라고 했습니다. 일산에서 터진 폭탄을 잠실에서 봤는데 그렇다는 것입니다.*

1945년 8월 6일 아침 8시 14분. 미국은 일본 히로시마에 폭탄을 한 개 떨어뜨렸습니다. 국방부와 과학자들이 탄성을 지른 후 사흘 뒤 나가사키에 또 다른 한 방을 먹였습니다. 그 사이 사태를 파악한 소련이 약삭빠르게 8월 8일 일본에 선전포고를 합니다.

1945년 8월 14일** 일본 정부는 라디오방송을 통해서 '항복'을 선언합니다.

---

* AMERICAN PROMETHEUS(KAI BIRD and MARTIN J. SHERWIN, 2005), p307.

** 이 글의 날짜는 미국 기준이라서 우리나라의 역사와 차이가 날 수 있습니다.

당초 원자폭탄은 순전히 독일을 겨냥하고 만들게 되었습니다. 미국은 독일이 이 무기를 먼저 개발하면 세상이 끝날 것이라는 생각에 앞뒤 가릴 것 없이 서둘렀습니다. 그러나 역사적인 사건인 만큼 뒤에 수많은 일화가 남아있습니다.

핵개발이 한창이던 1944년 10월에는 테드 홀이라는 젊은 과학자가 자신이 작성한 핵개발 관련 서류를 뉴욕에 있는 소련 통상사무소의 직원에게 넘겨줍니다. 그는 소련을 동경하는 '사회주의자'였지 '공산주의자'는 아니라고 했는데, 미국이 핵무기를 혼자만 손에 쥐고 있으면 전쟁 후에 또 다른 핵전쟁이 일어날 것이라고 주장하면서 러시아에 자료를 넘겨준 스파이가 되었습니다.* 그런데 사실 이 무기에 대해서 테드 홀 외에도 도덕적인 회의를 갖는 과학자가 적지 않았다고 합니다.

1945년 7월 24일에는 트루먼과 처칠, 그리고 스탈린의 포츠담 회의가 있었는데 과학자들은 트루먼이 그 자리에서 핵폭탄의 개발을 천명하고 스탈린과 진지하게 군비경쟁을 하지 않을 토론을 하기를 바랐습니다. 그러나 회담에서 트루먼은 수줍은 말투로 아리송하게 말했답니다. "우리는 파괴력이 색다른 새로운 무기를 갖고 있습니다." 그러나 스탈린은 듣는 둥 마는 둥 하면서 "일본한테 잘 써먹어 보세요"라고 대답했다는군요.

---

* AMERICAN PROMETHEUS(KAI BIRD and MARTIN J. SHERWIN, 2005), p286.

원자탄 3

2024.8.7.

1945년 4월 30일에 히틀러가 자살하고 8일 뒤에 독일은 항복합니다. 이후 이미 패전한 거나 마찬가지인 일본에 원폭을 사용할 것인가에 고민이 많았고, 일부는 "우선 경고를 하고 그래도 항복하지 않으면 투하하자"는 의견도 있었습니다. 하지만 폭탄은 떨어졌고 이후 소련이 일본에 선전포고를 하자 일본은 오히려 희망(?)을 갖게 되었습니다. 미국에 항복하게 되면 '무조건 항복'이 될 텐데 소련을 이용해서 항복문서를 좀 약한 내용으로 작성할 수 있을 것이라는 기대 때문이었습니다.

결국 이미 사경을 헤매는 일본에 두 번째 강펀치를 날리고 항복을 받아냈습니다. 소련이 항복문서 작성에 어느 역할을 했는지는 모르지만 천황을 두는 제도는 남겨주었습니다. (일본은 세계에서 유일하게 천황을 모시는 나라입니다.)

이후 일본은 다시 경제적으로 부흥하며 선진국 자리를 놓지 않았습니다. 하지만 지금도 히로시마에 '원폭돔'을 남기고 동경에는 야스쿠니 신사라는 것을 차려놓고서 미치지 않고는 저지를 수 없는 살육과 참살의 만행*을 제대로 반성하기는커녕 오히려 피해자 코스프레로 전범자

* 식민 지배를 하면서 문화를 말살하고 심지어 언어를 바꾸도록 강요한 것은 일본밖에 없다고 합니다.

를 추모하고 군비를 확충하고 있습니다.

이후 원자폭탄의 위력을 실감한 각국은 핵개발에 앞다투어 나섰고 여러 나라가 걱정한 끝에 1968년에 유엔에서 '핵확산방지조약'이 채택됐습니다. 그러나 있는 핵(미국, 영국, 프랑스, 러시아, 중국) 버리자는 게 아니고 '확산'하지 말자는 것이니 이게 과연 평등한 것이냐 하는 논란이 있었고, 북한을 비롯한 몇 개 나라는 이 조약 밖에서 핵무장을 추진했습니다.

그런데 핵무기는 (그나마 이성적인) 국가 간의 전쟁에서보다는 테러집단에 의한 사용이 더 우려되는 측면이 있습니다. 비행기를 조종해서 고층건물에 들이받는 사람들이 핵폭탄을 가지고 있으면 사용을 꺼릴 이유가 없기 때문입니다. 어려운 기술도 시간이 지나면 확보할 가능성이 높아지기 마련이지요.

어느 기자가 핵개발의 주역인 오펜하이머 박사에게 물어봤습니다. "향후 이런 물건이 테러리스트에 의해서 국내로 반입되지 않도록 하는 방법이 있을까요?" 그러자 오펜하이머는 이렇게 대답합니다. "방법이 있지요. 스크루드라이버 하나만 있으면 됩니다. 국내에 들어오는 모든 물건을 한 개도 빼놓지 않고 나사만 풀어보면 되거든요."*

이놈의 더위는 뭐로 물리쳐야 할까요?

---

* AMERICAN PROMETHEUS(KAI BIRD and MARTIN J. SHERWIN, 2005), p349.

금융실명제

2024.8.13.

1993년 8월 13일 총무는 서초동의 어느 지점에서 초임대리로 일하고 있었습니다. 아침에 출근하니 무슨 '금융실명제'를 실시한다고 본점에서 서슬 퍼런 업무지침이 내려왔고 담당이었던 저는 비장한 표정으로 직원들에게 내용을 전달했습니다. 영업은 오후 2시에 시작하라고 했고 영문을 모르는 고객들은 불평하며 발길을 돌렸습니다.

당시 은행은 고객의 돈을 보관해 주지만 그게 실제로 누구 돈이냐 하는 것에는 별 관심이 없었습니다. 차명이건, 가명이건, 무기명이건 상관없었습니다. 어찌 됐든 은행에 돈이 들어와야 국가 경제에 도움이 된다는 생각이 그 배경이었다고 합니다. 그런데 바로 그 날부터 모든 예금은 '실제 명의'로 거래해야 한다는 법(정확히는 대통령 긴급재정경제명령)이 생긴 겁니다.*

통장을 신규로 개설하는 것은 신분증을 받아 확인해서 그 명의로 만들어 주면 그만이었지만 기존에 받아둔 예금을 '실명화'하는 과정이 순탄치 않은 부분이었습니다. 그래서 예를 들어 고객이 통장과 도장을 가져와서 "이게 사실은 내 돈인데 가명으로 예치했었다"라고 하면 해당

* 1997.12.31. 후속법률로 '금융실명거래 및 비밀보장에 관한 법률'이 제정되어 시행되고 있습니다.

계좌를 본래 주인 명의로 고쳐서 실명등록을 했습니다.

그런데 일부 고객이 계좌를 실명화하면 무슨 불이익(예를 들어 세무조사 등)이라도 생길 수 있다는 생각에 가명 상태에서 해지해 달라고 하는 경우도 있었고, 직원 명의로 예치한 비자금을 그대로 두자니 빼앗길까 걱정스럽고 (실제로 명의를 빌려준 사람이 자기 명의로 실명화한 후 거액을 출금해서 외국으로 도망갔다는 얘기가 있습니다.) 대표 명의로 실명화하자니 자금출처가 궁색하고 하여 고민하는 경우도 많았습니다.

정부는 D-day까지도 철통 같은 보안에 부쳤습니다. 실무 국장이 장인에게 가명 예금이 있음에도 미리 알려주지 않아 나중에 볼멘소리를 들었다는 일화도 있습니다. 어쨌든 우리나라 금융사에 커다란 획을 긋는 조치였는데 주식시장이 충격을 받고 주가가 폭락했으며, 금융기관 창구는 한동안 '신분증 실랑이'로 몸살을 앓았습니다.

그럼에도 불구하고 이 정책은 김영삼 대통령의 치적 중 손꼽히는 것이었습니다. 그해 젊은이들 인기투표에서도 연예인을 제치고 1위를 했다고 합니다. 헌법소원심판청구까지 있었지만 큰 차질 없이 제도는 정착이 되었습니다. (물론 세금이 좀 더 걷혔다는 얘기도 있습니다.) 요즘은 병원 갈 때도 신분증 필요하지요? 갖고 다닙시다.

광복절 단상

2024.8.15.

어려서 이웃 아이가 저를 괴롭혔습니다. 힘 좀 일찍 키웠다고 주먹질을 해대서 꼼짝 못 하고 얻어맞았습니다. 어느 날 시골 사촌이 놀러왔는데 이 친구가 그 사촌한테 대들다가 죽지 않을 만큼 두들겨 맞고 무릎을 꿇었습니다. 사촌이 그 애한테 저를 가리키며 "괴롭히지 마라"라고 했고 그 날부터 그 아이는 저를 때리지 못했습니다.

세월이 지나서 이제는 같이 나이도 들고 저도 뭐 그 친구가 무섭지 않고, 그 친구도 저를 더는 얕잡아보지 못하고 해서 그냥저냥 서로 화해하고 지내는 사이가 되었습니다. 그런데 제 사촌이 그 친구를 제압해준 날을 제 일생 최고의 경축일로 삼고 평생을 기념해야 할까요?

광복절 얘기입니다. 시비 걸 수 없는 우리나라 최고의 국경일 '광복절'. 그런데 언제까지 우리가 그 날만 오면 감격해야 하는 건가요? 5천년 역사에 잠시 힘이 없어 핍박당했던 시절이 있었지만, 내 힘으로 물리친 것도 아니고 다른 나라가 치워준 그 날을 계속 '국경일'로 삼아야 하는가 해서요. 차라리 유관순, 안중근 같은 영웅의 결기를 더 받드는 게 어떨까요?

일제강점기는 잠시 미친개에게 몇 번 입질을 당한 것이라고 하고 기억은 하되 더 이상 감격하지 않아도 되는 것 아닌가요? 하긴 어떤 사람들은 그 개가 남기고 간 뼈다귀가 우리에게 도움이 됐다는 평가도 하더군요. 그 사람들은 광복절에 대한 안타까움이 저하고는 영 다른 방향일 겁니다.

단군 할아버지가 우리 한민족을 처음으로 규합하신 개천절, 만주 벌판까지 내 땅으로 편입해서 역사상 가장 큰 영토를 갖고 있던 어느 날, 중국에 대한 사대와 조공을 끝내고, 열강의 간섭을 물리치고, 양반과 상민의 구분을 없애고 드디어 '민주공화국'이 된 날, "너네 이런 거 있어?"라고 자랑할 만한 한글날, 성웅 이순신의 명량대첩일 등등 개인적으로 생각해 보는 국경일입니다. 정리 좀 했으면 합니다.

제국주의의 압제를 경험한 많은 국가들이 독립일을 소중하게 여기고 기념합니다. 물론 고통스런 시간 동안 나라를 위해 싸운 선현들을 기리고 국가의 소중함을 다시 한번 일깨우자는 차원이라는 생각입니다만 싸워서 새 나라를 세운 미국 정도라면 모를까 수천 년 동안 환란의 상처를 반복한 나라라면 정강이에 앉은 딱지 정도로 생각하면 안 될지요?

이 글은 작금에 논란인 '건국절'과는 전혀 관계없는 순수 개인적인 동기에서 작성된 것입니다.*

---

* 2024.8.15. 광복 79주년이라는데 독립기념관장 임명을 둘러싸고 정부와 광복회 등 단체가 대립하는 모습을 보았습니다. 정부가 임명한 기념관장이 '뉴라이트' 즉 친일파라는 주장으로 광복회가 반대하면서 광복절 기념식에도 참석하지 않았습니다. 그 옆으로는 '건국절' 논쟁이 여전히 뜨겁습니다. 건국절을 어느 날로 해야 할 것인가에 임시정부 수립일, 광복절, 대한민국 정부 수립일 등의 중구난방에 "통일도 못 한 상태에서 무슨 건국절 논쟁이냐?"라는 주장까지 있어 조만간 속히 국민 여론을 확인해야 할 담론인 것으로 보입니다.

마케팅 이야기

2024.8.23.

마케팅은 경영학에서 매우 중요한 부분인데 이를테면 고객의 욕구를 파악해서 그 입맛에 맞도록 물건이나 서비스를 제공하는 기술이라고 볼 수 있습니다. 한편 세일즈는 그 마케팅의 일부로서 판매량을 늘리는 기법이라고 할 수 있겠네요. 최근에 과자회사 등이 같은 포장 내 상품의 내용물을 은근슬쩍 줄이고 가격은 그대로 둔 채 판매해서 (슈링크플레이션*이라 합니다.) 뉴스가 되고 소비자원에서 조사도 하고 신고센터도 운영했는데, 기업이 마케팅은 뒷전이고 세일즈에만 몰두한다는 인상을 받게 했습니다. 과자의 양을 줄이는 것은 고객의 욕구를 거스르는 것이니까요.

과거 어느 치약회사의 직원이 치약을 짜내는 주둥이의 지름을 1mm 늘이는 아이디어를 내서, 짜낸 길이만으로 치약의 사용량을 가늠하는 소비자를 속이고 치약 판매량을 늘렸다는 얘기가 대단한 세일즈 기법으로 화제가 된 적이 있습니다.

또 한 가지, 오래전부터 간에 좋다고 광고했던 영양제 '우루○'를 잘 아시지요? 본래 곰의 쓸개인 '웅담'이 간에 좋다는 한방의 정설을 이어

---

* 슈링크플레이션(Shrinkflation)은 미국의 실업가이자 경제학자 피파 맘그렌(Pippa Malmgren, 1962년생)이라는 분이 사용한 용어랍니다.

받아 영양제를 생산하면서 '웅담' 얘기를 많이 했습니다. 이 회사는 회사 이름에도 '웅' 자를 사용했고 회사 로고도 곰의 그림이 그려져 있습니다. 얼마 후에 경쟁사에서 "웅담 근처도 가지 않은 영양제를 웅담 어쩌고 하면서 광고를 하는 것이니 허위광고에 해당한다"면서 시비를 걸었습니다. 그러자 그 제약회사 담당자가 말하기를 "우리는 웅담 '성분'이라고 했지 웅담 넣었다고 하지 않았습니다" 라고 해명했습니다.*

일전에 동업하는 동료들에게 작은 선물을 할 일이 있어 인터넷을 살펴보다가 '히말라얀 핑크 솔트'라는 상품을 발견했습니다. 히말라야의 정기를 듬뿍 담고 있는 분홍빛 암염이라니 정말 귀한 상품이라고 생각돼서 당장 구입했습니다. 그런데 얼마 후에 어떤 사람이 책에다 썼더군요. "히말라얀 핑크 솔트가 채굴되는 곳은 히말라야 산 밑자락에서 최소 300km는 떨어진 곳입니다."**

요즘 홍어가 군산에서 많이 잡힌다는데 흑산도에서 군산까지 200km도 되지 않으니 그냥 흑산도 홍어라고 해도 저 소금장수들보다는 거짓말 덜 하는 게 되겠네요. 피싱이나 스미싱 등 사기전화나 문자가 따로 있는 게 아니군요. 야금야금 빼앗아 갈 뿐이지.

기상청, 예보에서 기온이라도 은근슬쩍 좀 낮추면 안 될까요?***

---

* 그냥 단순히 '우루○' 홍보광고 얘기지, 사실 ○웅제약이 줄기세포니 원샷 독감 치료제니 국민건강을 위해서 기여하는 바는 크다고 생각합니다.

** Material World(Ed Conway), p144.

*** 이 글을 쓰는 날까지 제주지역 기준으로 거의 70일에 가까운 연속 열대야가 지속되고 있다는 보도를 보았습니다. 기상청의 희망고문이라도 받고 싶은 심정입니다.

딥페이크 2024.9.3.

IT 강국답게 세계기록을 하나 더 작성했군요. 미국의 어느 사이버 보안업체가 조사한 결과로는 우리나라가 텔레그램 등 인터넷 플랫폼에서 딥페이크라는 합성물을 유포하는 건수로 53%에 달해서 미국, 일본, 영국을 제치고 1위를 달리고(?) 있답니다. 뒤따르는 나라들이 전부 선진국이란 곳이니 잠시 어깨가 으쓱 올라가네요.

그런데 첫 번째 문제는 저 딥페이크라는 합성물이 불법인데 워낙 사람의 신체(나체)를 위조하는 것이라는 점이고요. 두 번째는 이런 사고를 치는 해커들의 대부분이 10대 미성년자들이란 것, 세 번째는 날이 갈수록 건수가 늘어나고 10대의 구성비가 늘어나고 있다는 것입니다. (10대의 구성비가 2~3년 전에 59.8%였는데 올해에는 7월까지 73.6%를 차지했다고 합니다.)*

이건 법원으로 가기 전에 교육 쪽에서 먼저 손을 대야 하지 않을까 하는 생각이 듭니다. 말이 미성년자지 어린 중학생이 매우 많다는 소식도 있습니다. 따라서 이렇게 어린아이들이 자신들의 행위가 피해자에게 가할 충격보다는 다소의 성적 호기심과 '개발자'로서의 순진한 '성취

* 또 다른 문제지만 결국 피해자도 우리나라 사람이 가장 많다는 것입니다.

감'을 느끼며 작업하는 경우가 많지 않을까 합니다.

우리나라는 만 14세가 지나지 않으면 형사처벌을 받지 않는 것이 원칙이지만 촉법소년이라고 해서 10세에서 13세까지는 보호처분이라는 제재를 할 수 있습니다. 하지만 요즘 만 14세 미만에 해당하는 나이에 각종 범죄를 저지르는 비율이 크게 증가하면서 소년법에 대한 논의가 불거지고 있군요.

일각에서는 형사미성년자의 나이를 더 낮춰서 증가하는 소년범죄에 대응해야 한다는 의견이 있는데 법원에서 소년범을 오래 재판한 한 판사님은 "우리의 법과 제도가 모자라다고 지나치게 자학할 필요는 없다. 지금의 소년법과 제도에는 분명 흡족하지 못한 부분이 있지만…"이라고 하며 '소년을 위한 마음'으로 제도를 보완해야 한다고 말합니다.*

그런데 제 생각은 이렇습니다. 우리나라도 태형을 다시 도입하면 어떨까요? 태형은 청소년들이 정신 차리게 하는 데 아주 효과적일 것이라는 생각입니다. '회초리 몇 대쯤이야…' 하고 우습게 생각할 수 있지만, 싱가포르 태형의 경우 석 대 정도 맞으면 기절할 정도로 위력이 있다고 합니다.

사랑의 매로 정신 차리게 하고, 전과자로 낙인 찍지는 않으며, 따로 공간 마련해서 먹여주고 입혀주는 비용도 들지 않으니 좋은 제도 아닐

---

* 소년을 위한 재판(심재광, 2019), p316.

까요?*

* 태형은 과거 대부분의 나라들이 형벌제도로 갖고 있었는데 근대에 오면서 점차 없어졌습니다. 하지만 지금도 거의 30개국에 태형이 존재한다고 하며 대부분은 이슬람 국가입니다. 우리에게는 싱가포르의 태형이 화제가 되곤 합니다. 1994년 어느 미국 청소년이 싱가포르에서 공공기물을 부수다가 잡혀서 태형에 처해졌고 당시 클린턴 대통령까지 나서서 "좀 봐달라"고 했답니다. 그러나 싱가포르는 태형을 집행하고 그 아이를 추방했는데 미국에서 여론조사를 해보니 60% 이상이 싱가포르의 형벌을 찬성했다고 하네요.

전기차 2024.9.9.

전기차 화재로 많은 사람들이 불안해하고 일부 아파트는 "지하주차장에 전기차가 진입하지 못하게 해야 한다. 충전시설을 지상층으로 옮겨야 한다"고 하는 등 논란이 되고 있습니다. 전기차를 운행하는 사람들은 짐짓 불안하면서도 지상에 주차하라는 민원이 당황스럽기도 할 겁니다.

그런데 자동차 제조사들은 "전기차보다 내연기관 차량의 화재 건수가 더 많다"고 하고, 이를 반박하는 사람들은 "내연기관 차량 화재는 10년 넘게 운행한 차량에서 대부분 발생한다. 왜 새 차에서 불이 나는 거냐?"고 합니다.

배터리 화재가 화제가 된 후 각종 동영상이 온라인에 배포되는데 몇 개를 보니 그 점화력이 폭발력이라고 해야 할 정도로 대단하더군요. 특히 화성 배터리공장 화재 동영상을 보니 순식간에 걷잡을 수 없이 번지는 불길에 간담이 서늘했습니다.* 갑자기 집에 있는 전기 코드를 전부 뽑아놓고 있어야 안심이 좀 될 것 같은 두려운 마음이 생겼습니다.

* 2024.6.24. 경기도 화성의 리튬배터리 공장에서 발생한 배터리 발화 화재로 근로자 23명이 사망했습니다.

그런데 전기차 화재는 배터리 화재라서 마찬가지로 불이 나면 끄기가 정말 어려워 문제가 되는군요. 차를 불연재로 감싸서 산소를 차단하는 방법으로 소화하거나 아예 들어 올려서 물통에 넣는 방법이 가장 좋다는데 실제로 적용하기 쉽지 않을 것으로 보입니다.* 가장 좋은 방법은 혁신적인 소방대책이 기술로 가능할 때까지 전기차 생산·판매를 금지하는 것일 텐데요… 이미 갈 데까지 가버린 상황이라서 쉽지 않겠지요?

이런 건 어떨까요?

> 첫째, 전기차 주차구역은 뒤쪽으로 좀 낮아지는 형태로 만들어서 만약 화재가 발생했을 때 물을 채우면 배터리가 잠기게 하는 것이지요. 시공상 문제가 된다면 반대로 하부 공간을 만들어 위로 올려 주차하도록 하고 불이 나면 그 공간에 물을 채우는 동시에 차량을 빠뜨릴 수 있도록 하는 겁니다.
> 둘째, 스프링클러를 바닥에 설치하는 것입니다. 유사시 밑바닥에서 물이 솟구치도록 하는 것이지요. 이것은 물통에 넣는 것보다는 부족하지만 만들기는 더 쉽겠네요.**
> 셋째, 불연막을 텐트처럼 설치하고 그 안에 주차합니다. 화재 시 텐트로 차를 감쌉니다.

---

* 미국 같은 곳에서 그렇게 한다는데 그곳은 보통 주차장이 개방된 평지인 경우가 많으니 대책이 될 수 있겠지만 우리나라처럼 대부분 지하주차장이라면 현실성이 없어 보입니다.

** 밑에서 물을 뿌리는 것은 다른 차량으로 불이 옮겨붙지 못하게 하는 정도의 효과라는 얘기도 있습니다. 하지만 번지는 것만 막아도 큰 대책이겠지요. 운행 중 충격 방지를 위한 판이 있어서 그걸 먼저 제거해야 스프링클러 효과가 있을 것 같군요.

영어에 (The tail) wags the dog이라고 해서 '꼬리가 몸통을 흔든다'는 주객전도의 표현이 있는데 자동차가 아파트를 흔드니 그 표현이 맞을 것 같군요. 하지만 위력을 감안하면 꼬리의 비위를 맞춰야 하겠지요?

제 아이디어가 쓸데없는 것이 되기를 바랍니다.

닭도리탕

2024.9.13.

어제 통닭 시켜먹다가 갑자기 생각이 났습니다. 얼마 전에 어느 일간지에 국어학자가 아닌 음식 전문가가 '닭도리탕'에 관한 칼럼을 썼더군요. 그분 의견을 간략히 정리하겠습니다.

"요즘 '닭도리탕'이라는 명칭 대신 '닭볶음탕'이라는 말을 쓴다. '도리'라는 말이 일본어 '새 또는 닭'이라는 말이므로 이를 순화하여 '볶음'으로 대체해서 쓴다는 것이다. 그런데 닭도리탕의 '도리'는 일본말이 아니다. 순수한 우리말이다. 예를 들어 가위로 자르는 것은 '오린다'고 하고 칼로 자르는 것은 '도린다'고 하는 것이다. 닭을 칼로 잘라서 탕을 만드는데 닭도리탕이 맞는 말 아닌가?"

그래서 국립국어원 표준국어대사전에서 '닭도리탕'을 찾아보니 '닭볶음탕'이 맞는 말이라고 표시되어 있더군요. 국어원에 전화를 했습니다.

"닭도리탕 관련해서 이런 주장을 하는 분이 계시던데 혹시 국어원에서는 이와 관련한 입장이 있습니까?"
"네, 그런 주장이 있다는 것을 알고 있습니다만 국어원에서는 '닭볶음탕'을 표준어로 봅니다."
"그런데 일부에서는 '볶음'과 '탕'이 서로 다른 종류의 음식이라서 상충되는 말이라는 주장도 있던데요?"
"네, 하지만 조리를 하면서 처음에 볶다가 나중에 물을 부어주면 볶음탕이라는 것도 말이 됩니다."

알고 보니 이 논쟁이 하루 이틀 된 것이 아니더군요. 국립국어원에서는 이미 1992년에 닭볶음탕을 표준어로 정했는데 이후에도 소설가 이외수 선생 등이 '도리탕'이 맞다고 주장하는 등 논란이 됐군요. 국어원 홈페이지에도 "닭도리탕의 어원에 대해 다른 견해가 있을 수도 있습니다만…"이라고 하여 다소 유보적인 답변이 있습니다.*

볶다가 물을 부어주는지 궁금해서 유튜브를 검색하니 음식 전문가인 황교익 선생이 "그렇게 만들지 않습니다"라고 합니다. 누구는 "김치찌개도 볶다가 물을 부어 끓이는데 그럼 이것도 '김치볶음탕'이라고 해야겠네요"라고 합니다. 유튜브에는 국어원을 비난하는 많은 댓글이 달려 있습니다. 요식업협회에서도 '닭볶음탕'을 부정했다는 내용이 있군요.

일본어를 국어로 순화할 때에는 논쟁거리를 만들지 않아야 한다고 봅니다. 광화문 월대 관련한 글도 있었지만 '닥치고 변경' 같은 것은 지금 대한민국의 품위에 어울리지 않는다는 생각입니다.

한가위 행복한 명절 보내세요.

---

* 국립국어원은 누리집에서 닭도리탕의 '도리'를 '새'로 판단한 근거를 다음과 같이 설명했습니다. 간략히 하면, "어원상 '닭도리탕'은 '닭닭탕'과 같은 말이 되는데, 이와 같은 동어반복은 자연스러운 단어 결합은 아니지만, '살아생전, 처갓집, 외갓집, 해변가, 돼지족발'처럼 일부 단어에서는 언어 대중의 폭넓은 지지를 받아 사용되고 있기도 합니다. 조리 과정으로 본 음식의 특성과 음식 명칭의 생성 시기가 그리 오래되지 않았다는 점 등을 종합해 볼 때 '닭도리탕'의 '도리'는 일본어 'とり'로 판단할 수 있습니다."

우리의 소원은 통일 2024.9.24.

어려서부터 '우리의 소원은 통일'이었고 '꿈에도 소원은 통일'이었습니다. 그러나 수십 년이 지나도 '소원'은 이루어지지 않았고 일부 지쳐버린 사람들이 "통일이 쉽겠어?", "꼭 통일해야 해?" 하고 회의하기 시작했습니다. 개인적으로는 먹고살 만한 보수적인 사람들이 먼저 지친다고 느꼈습니다.

그런데 어느 날 택시를 타고 가다가 기사님하고 무슨 대화를 했는데 그분이 통일하지 않는 게 낫다고 얘기하더군요. 무슨 비용 운운하면서…. 택시 기사님이 자본가는 아닐 텐데 이제는 일부 서민들도 통일에 대한 열망이 식어간다고 생각했습니다.

최근에 드디어 정치권에 있는 유력인사가 통일 말고 다른 길을 모색하자는 식의 발언을 했습니다. 이게 북한이 통일을 제쳐놓으니 홧김에 내지르는 맞대응인지 작금의 현상을 냉철하게 진단 분석한 결과인지 알 수 없습니다만 진보진영 인사의 발언이라서 더욱 예상 밖입니다.

과거 김일성, 이승만이 그야말로 통일에 진심이었다고 봅니다. 물론 사상적으로는 동상이몽이라고 할 수 있었겠지만 그 수단과 방법을 가리지 않는다는 면에서는 두 사람의 생각이 같았습니다. 박정희 대통령 시절에도 이후락 씨가 평양을 드나들 때 통일되면 누가 먼저 대통령을 할 것인지 논의가 있었다는데 여기까지만 해도 그 열정은 나무랄 데가 없었습니다.

김대중 대통령은 일찌감치 '연방제'를 제시하면서 북한의 구상에 다소 맞장구를 쳤지만 남북 간의 이념 격차가 워낙 크고 권력구조가 너무나 판이한 상황에서 이후의 진보정권에 이르기까지 별 성과는 없었습니다.

박근혜 대통령은 2014년 1월 신년기자회견에서 "통일은 대박"이라는 세속적 표현으로 이 부분에서 앞서가던 진보에게 한 방 먹였지만 진보진영은 "선정적인 구호로 국민을 현혹한다"고 비판했습니다.

그런데 엊그제 진보정치인의 발언이 발언인 만큼 이제부터 수많은 논객들이 담론을 전개할 때라는 생각이 드는군요.* 그러다 보면 이제 통일을 할 것이냐 하지 말 것이냐가 공론의 장으로 나와도 될 분위기 아닐까 합니다.

그렇다면 혹시 통일은 더 이상 우리의 소원이 아니라 우리의 선택이 되는 건가요?

---

* 2024.9.19. 진보의 아이콘이라 할 수 있는 임종석 전 대통령 비서실장이 "통일하지 말자"는 발언을 해서 정치권에 파장을 일으켰습니다.

한국은행 총재 2024.9.27.

한국은행은 한국은행법에 의해서 설립된 무자본 특수법인입니다.* 돈(통화량)과 이자(기준금리)를 국가적인 차원에서 관리해서 탄탄한 경제기반을 유지하도록 하는 것을 목표로 하고 있습니다. 그 우두머리는 '은행장'이라고 하지 않고 '총재'라고 합니다. 비록 총재와 부총재를 대통령이 임명하지만 법에 의해서 그 중립성과 자주성이 보장됩니다.

현재 한국은행 총재는 이창용이라는 분인데, 최근 몇 가지 구체적인 내용의 발언을 해서 뉴스거리를 좀 만들었군요.

우선 농산물 가격이 심하게 오르니 정부에서 수입 등 대책을 마련해야 한다는 얘기를 했습니다. 작년 수박 한 통에 5만 원까지 가고 사과는 한 개 5천 원을 넘어가더니, 올해는 배추 한 통에 2만 원이라는 초유의 가격이 형성되어 과일, 채소가 고깃값을 초라하게 만들고 있군요.

하지만 농림부 장관은 이런 주장에 대해서 "단편적인 사고"라고 반박합니다. 어떤 신문은 수입을 해서 어질러진 농가의 형편을 각종 통계와 인터뷰를 동원해서 뉴스화합니다.

---

* 한국은행법 제2조

이창용 총재의 다음 발언은 부동산 관련 정책대출인데, 이 '선심성' 대출이 늘면서 집값 상승의 큰 요인이 된다고 분석한 것입니다.* 이런 지적에 대해 국토부 장관은 "정책자금으로 살 수 있는 집들은 인기 지역에는 많지 않아 직접원인이 됐다고 볼 수 없다"고 말했습니다. 그런데 어느 언론에서는 "하지만 그 비인기지역의 집을 판 사람들이 또 대출받아서 인기 지역으로 간 거지"라고 반박합니다.**

또 하나, 강남 부동산에 대한 초과수요가 입시경쟁 때문이라고 분석하고 지역별로 명문대 입학정원을 안배하자는 주장을 했군요. 언젠가 하버드 대학의 마이클 샌델 교수님이 아이비리그의 입학에 추첨제를 도입하자고 주장했는데*** 하버드에 유학한 이 총재가 그 수업을 듣고 오신 것 같습니다.

지금까지 한국은행 총재가 이렇게 구체적인 대안을 내놓은 기억이 없습니다. 제가 듣기에는 과거 일부 정치인의 '사이다 발언'보다도 훨씬 톡 쏘는 것 같은데요. 누구든 정부정책을 비판할 때에는 이렇게 좀 구체적인 안을 내놓았으면 좋겠습니다. 정치인은 눈치 볼 곳이 너무 많아서 함부로 구체화할 수 없는 건가요? 농민을 위한다는 정부, 이미 대출을 펴준 정부가 쉽게 맞장구칠 수는 없을 것이니 두 장관의 얘기는 그

---

* 2015년 229조 원이었는데 2023년 701조 원이 되었다고 합니다. 2019년 기준 국내총생산(GDP)에서 부동산업이 차지하는 비중보다 전체 대출금 중에서 부동산에 대출되는 돈의 비율이 2.5배 이상 높다고 합니다.

** 국토부 장관은 또 "집 살 생각이 없는 사람이 정부가 싼 이자로 돈을 빌려준다고 과연 집을 살까?"라고 했다는데 이게 집 살 생각이 없는 사람이 대부분이라는 의미인지 궁금합니다.

*** 이 책 2022.4.11. 문자에 있습니다.

렇다 치고요….

혹시 저분 정치하실 생각 없는지 궁금합니다.

| 말 문 |

우선 사과부터 드립니다. 이 책에서 저에게 욕먹은 정치인, 공무원, 한글학자, 기운 넘치는 노인, 몇몇 교습가들 등 많은 분들에게 송구하다는 말씀을 전합니다. 제 의견이 그렇다는 것이고 여러분을 응원하는 가족과 동료와 또 다른 시민들이 있을 것이니 부디 마음 상하지 마시고 열심히 일하고 생활하시기 바랍니다. 혹시라도 이 책을 통해서 본인과 관련된 내용을 읽고 저에게 대거리를 주신다면 감사히 받겠습니다.

다음은 이 책이 나올 수 있도록 도와준 우리 대신고등학교 26회 졸업생 친구들 모두에게 감사를 드립니다. 동창회의 명맥을 잇게 수십 년간 노력한 설진석 회장과 그간 모임을 이끌어 온 허준행, 황인선, 유진성, 이영인, 설승진, 이재봉 전 회장과 강신홍 전 총무께 머리를 숙입니다. 최근 동창회는 이재봉 대표와 설승진 대표가 물심양면 있는 힘 다해 바퀴를 굴려주고 있습니다. 그리고 정명식, 김형수, 한규석 등 소모임을 활성화하며 저를 도와준 가까운 친구들에게도 감사드리고 총무의 부탁에 주저 없이 재능을 기부해 준 전 KBS 영상취재기자 김용기, 전 제일기획 런던지점장 신현택, 전 교장 선생님 이태희 등 우리 동창회의 브레인들에게도 허리를 굽힙니다.

또한 항상 친구들이 모이는 곳에서 만담을 주재하는 마술사 김한석 친구에게 박수를 보내며, 문자를 보낼 때마다 성원을 아끼지 않는 이영술을 비롯한 임병량, 최재황, 이순재, 양송현, 손주호 친구들 때문에 힘이 났습니다.

친구가 아프면 팔 걷고 나서서 진료와 치료에 앞장서는 일산백병원 신경외과의 이채혁 교수, 유진성모안과의 유진성 원장, 그리고 크게 나서지는 못해도 항상 동창회를 성원하는 문성혁 전 해양수산부 장관, 임성남 전 외교부 제1차관, 김용환 전 문화체육부 제2차관 등 모든 친구들 덕분에 이 책이 출간됐습니다.

끝으로, 빼놓을 수 없는 친구 하나, 고등학교 3학년부터 50년간 인생을 같이 한 황인모 세무사가 저의 총무로서의 길을 순탄하게 하였음을 알려드립니다.

글을 쓰면 여기저기 지적하고 건의해서 글 맵시를 돋워준 딸 장명진 변호사, 첨단과학 분야의 '리버스 멘토'가 되어준 사위 김환영 공학박사, 젊은이들의 세상을 엿보게 해준 아들 장경은 개발자, 그리고 은퇴 후 돈벌이 시원찮아도 삼시 세끼 부지런히 챙겨준 나의 아내 이복재에게도 고마움을 전합니다. 끝으로 극진히 사랑하는 우리 손주 일현이가 이 책을 읽고 할아버지와 할아버지 시대를 이해했으면 좋겠습니다.

글을 계속 쓸 수 있을지는 한두 가지 형편에 따라 정해지는 것이 아니므로 장담하지 않겠습니다.

회비 좀 보내주세요

초판 1쇄 발행 2024년 12월 13일

지은이 장홍만
펴낸이 류태연

펴낸곳 렛츠북
주소 서울시 영등포구 문래북로116, 1005호
등록 2015년 05월 15일 제2018-000065호
전화 070-4786-4823 **팩스** 070-7610-2823
홈페이지 http://www.letsbook21.co.kr **이메일** letsbook2@naver.com
블로그 https://blog.naver.com/letsbook2 **인스타그램** @letsbook2

ISBN 979-11-6054-735-1 03810